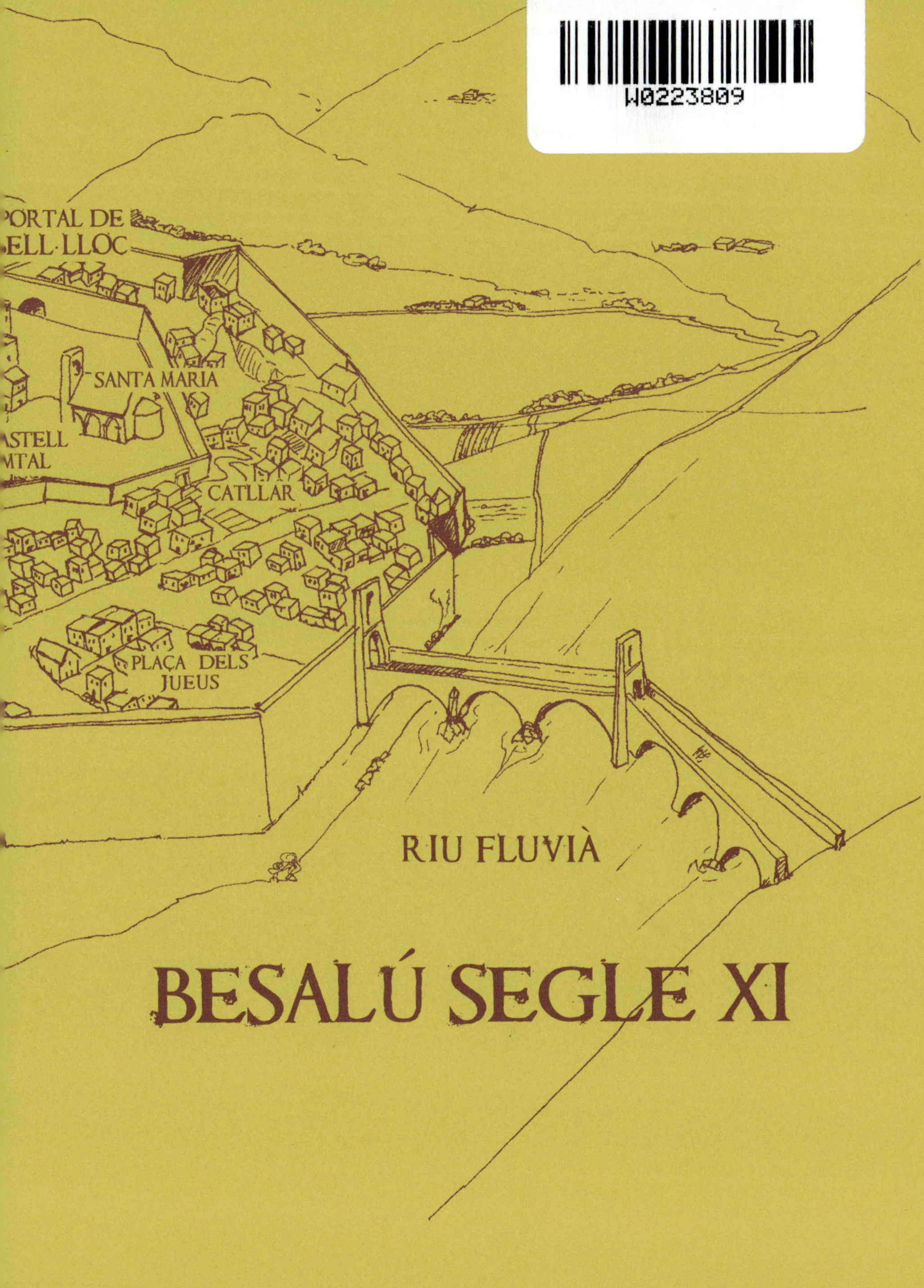

BESALÚ SEGLE XI

CARREFOUR, 12
30/8/07

EL PONT DELS JUEUS

MARTÍ GIRONELL

EL PONT DELS JUEUS

Columna

COL·LECCIÓ CLÀSSICA
PRIMERA EDICIÓ: FEBRER DEL 2007
SEGONA IMPRESSIÓ: MARÇ DEL 2007
TERCERA IMPRESSIÓ: ABRIL DEL 2007
QUARTA IMPRESSIÓ: MAIG DEL 2007
CINQUENA IMPRESSIÓ: MAIG DEL 2007
SISENA IMPRESSIÓ: MAIG DEL 2007
SETENA IMPRESSIÓ: JUNY DEL 2007
VUITENA IMPRESSIÓ: JULIOL DEL 2007

CARRER PEU DE LA CREU, 4 - 08001 BARCELONA
ISBN: 978-84-664-0804-2
DIPÒSIT LEGAL: B. 37.093-2007
FOTOCOMPOSICIÓ: VÍCTOR IGUAL, S.L.
CARRER PEU DE LA CREU, 5-9 - 08001 BARCELONA
IMPRÈS A: GRUP BALMES-AM

www.columnaedicions.com

Als meus pares, que m'han ensenyat a estimar el meu poble i a estar-ne orgullós, i a l'Eva, amb qui redescobreixo cada racó de Besalú.

Estem tan acostumats als ponts que podem arribar a creure que no existeixen. Els ponts se'ls ha d'anar a veure des de baix. Només allà ens adonarem que no és solament una obra pública, sinó que constitueix una de les grans demostracions de l'enginy humà. El pont és tot el contrari d'una frontera. El pont és la bellesa de la idea. El pont és la suma de les arts, fruit de la força del tità i de la mirada de la puntaire.

Joan Barril

De l'Arxiu Comarcal d'Olot. Actes notarials de Besalú

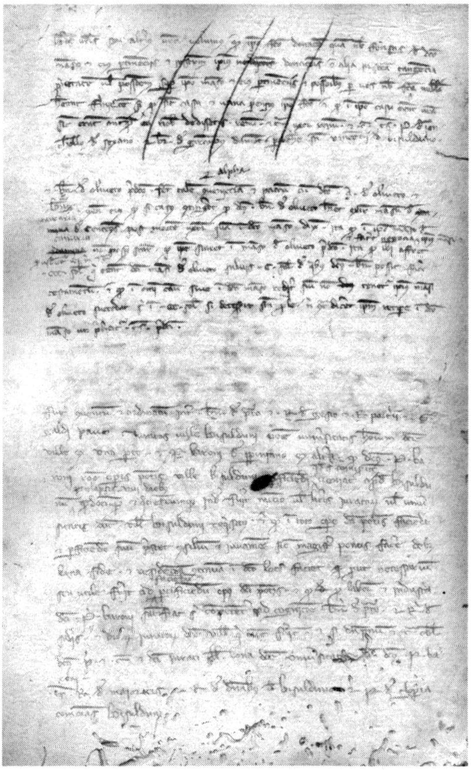

Document original en què es deixa constància del contracte entre la vila de Besalú i Pere Baró el dia 17 de desembre de 1316.

Bernat de Prat, Ramon de Gesio, Ramon Porter i Guillem Guerau Pauci, jurats de la vila de Besalú, per una part; i per l'altra, Pere Baró, de la vila de Perpinyà, el qual per raó de les obres del pont de Besalú vindrà a la vila durant vuit dies, com a mestre d'obres per assessorar i supervisar les tasques de construcció. Fou avisat per una carta dels jurats de la vila i se li comunica que mantindrà residència continuada a Besalú i obtindrà tot el necessari per a la construcció del pont.

Introducció

El 30 d'abril de 1316 hi havia molts nervis a cal notari. L'excitació i l'agitació les provocava la família Roure. Estaven delerosos per confirmar els pactes matrimonials entre la segona filla, Agnès, i Bernat, l'hereu de la rica i prestigiosa família Rec de Banyoles. Tortosa de Rec, el patriarca, havia sabut crear un llinatge dels més honorables de la diòcesi de Girona. Els Rec tenien nom i reconeixement entre els cercles polítics, econòmics i socials, sobretot gràcies als negocis mercantils, activitat que els havia obert moltes portes. Unes bones perspectives que, a partir d'ara, també s'obrien per a la família Roure.

Joan de Roure era la viva imatge de la satisfacció. Ell, que venia d'un petit mas situat en una parròquia a la vora de Besalú i s'havia hagut de guanyar la vida treballant com un escarràs, estava orgullós. I se'n sentia molt precisament ara, anys després i veient com el seu negoci de draps del carrer del Canó li havia procurat nom i fortuna i podia assegurar el futur de la seva estimada filla. La filla gran, Joana, ja feia dos anys que era casada, i ben casada, amb Berenguer de Trulls, el fill d'un dels notaris més famosos de la contrada.

Se'l veia satisfet i tothom que el trobava el felicitava. La popularitat del draper entre els diversos estrats socials de la vegueria era tan gran, que la seva clientela no parava de créixer. Tant és així que l'endemà mateix d'haver pactat, davant de notari, el casori de la seva filla, li va arribar un encàrrec quan encara no havia ni obert les portes del seu negoci.

—Ja vinc..., ja vinc! Què són tantes presses! Un moment, que encara no he obert.

Trucaven insistentment als porticons, uns cops carregats de pressa. Joan de Roure s'acabava de rentar i vestir i havia baixat a la cuina per esmorzar una mica abans d'encarar una altra jornada: un tros de formatge, un rosegó de pa i una mica de vi.

Va obrir i es va trobar Ramon de Sales, un dels jurats de la vila, esbufegant i amb els cabells enganxats al front per la suor.

—Bon dia, Ramon!

—Déu vos guard, senyor de Roure.

—Què voleu? Què són aquestes presses? Entreu, entreu. Estava acabant d'esmorzar, si em voleu acompanyar.

—No, gràcies, però haig de parlar amb vós, de seguida.

I va tancar la porta d'un cop.

—Què és això tan important que no pot esperar l'hora d'obrir?

—Precisament he vingut abans que obríssiu, senyor, perquè no ens molesti ningú —va dir el jurat en un to de veu inusualment baix—. Si em permeteu una mica d'aigua per aclarir-me la gola...

I se'n va servir un got d'una gerra que hi havia a la taula, al costat de la fusta dels embotits.

—Vós direu, Ramon, en què us puc ajudar?

—Abans que res, deixeu-me que us feliciti pel casament de la vostra filla. Es diu Agnès, l'afortunada, oi?

—Sí, és així, a partir d'ara Agnès de Rec. —I Joan de Roure es va omplir la boca amb aquest nou nom de la que era la nineta dels seus ulls—. Tot i que us ho agraeixo, no deveu pas haver vingut tan de pressa per donar-me l'enhorabona, suposo.

—No, mestre de Roure. Vinc per un altre assumpte que ens urgeix i molt. Acabem de rebre el privilegi reial del rei En Jaume II per reconstruir el pont. Ja sabeu que cal actuar-hi de seguida després del seguit de desgràcies que ha patit: terratrèmols i riuades i alguna inoportuna crescuda del Fluvià que ha fet més mal que bé a una estructura que ja està molt perjudicada. El pont és un element bàsic per al bon funcionament de la vila i el bon rei En Jaume ha reconegut el dret de refer el pont i ha concedit a Besalú el poder de recaptar els impostos reials.

»Es podran imposar a tothom que hi vulgui passar a peu, a cavall, carregat o sense càrrega. La concessió d'aquest dret és per deu anys. Uns diners que es destinaran a la mateixa construcció del pont. La vila no es quedarà ni un gram d'or ni de plata, tot serà per finançar les obres, el rei ho ha deixat ben clar. Si sabés que algú s'enriquia amb aquests diners, no li deixaria treure'n profit mai, perquè ja ha amenaçat —i va aixecar un dit assenyalant el cel— que el faria perseguir, li tallaria les mans i el faria penjar.

—Collons, quin geni, el rei En Jaume II... Ramon, us agraeixo molt que em feu saber aquesta bona nova per a la nostra vila. Però, em voleu dir per què em voleu a mi? Que potser em veniu a encarregar els vestits dels treballadors de les futures obres?

I no es va estar de riure sorollosament.

—No, mestre de Roure —va fer amb un mig somriure nerviós—. Tinc entès que tot sovint viatgeu fins a Perpinyà per fer-hi tractes amb altres drapers i cuidar el vostre negoci. Segons les meves informacions, pel que sé, teniu molt bona clientela en aquelles terres. Oi que sí?

—Sí, és així. Demà passat me n'hi vaig. No és cap secret que gràcies als meus esforços la venda i distribució de draps m'ha permès oferir un producte de qualitat i assequible per a totes les butxaques. I quan dic totes vull dir des de la més foradada a la més folrada. A Perpinyà, n'hi tinc uns quants, de bons clients, sí. Allà hi trobo bons proveïdors de gènere i bons compradors.

—I ho celebro, senyor, i que per molts anys... Però el cas és que a Perpinyà hi ha un dels millors constructors i mestre d'obres que es coneix. Pere Baró és mestre de ponts de la vila de Perpinyà i pensàvem que potser vós podríeu trobar la manera ràpida i directa de contactar amb ell gràcies als vostres amistançats i les vostres coneixences.

—Si és tan important i conegut com dieu, estic segur que les persones amb qui tinc tractes em podran donar fàcilment referències per poder-lo trobar.

—Tant de bo que sigui així —va contestar el jurat.

—I què hauria de fer o què li hauria de dir? —va preguntar intrigat Joan de Roure.

—Necessitaríem que li comuniquéssiu l'interès del Consell Municipal de Besalú per disposar dels seus serveis tan aviat com sigui possible —es va posar la mà dins de l'armilla i en va treure un sobre segellat— i que li donéssiu aquesta carta.

—Què hi diu, si es pot saber?

—Aquí —va explicar, agafant amb dos dits el document— hi ha les condicions que li ofereix el Consell, unes condicions prou llamineres perquè el mestre Baró no hi pugui renunciar.

—M'heu posat la mel a la boca. Fins i tot jo estic temptat d'obrir aquesta carta per saber què li espera, a aquest constructor.

—M'heu de perdonar, però heu d'entendre que no us puc donar aquests detalls. Només sapigueu que disposarà de tot el que li faci falta per a les obres, que tindrà una residència fixa durant la seva estada i que l'esperem amb els braços oberts tan bon punt rebi aquesta carta que ara us dono i que confio que li fareu arribar.

—No us hi amoïneu. Aneu tranquil, Ramon de Sales, que no us n'adonareu i ja tindreu aquest insigne mestre d'obres presentant les credencials davant del mateix Consell Municipal.

Una encaixada de mans entre els dos homes va servir perquè el jurat es tragués un pes de sobre. Joan de Roure, però, no acabava de ser conscient de la responsabilitat que el Consell dipositava en la seva persona i en el seu viatge a Perpinyà.

Besalú, 17 de desembre de 1316

Frisava per obrir el llibre. Un cop es va posar d'acord amb els procuradors de les obres del pont —Bernat de Prat, Bernat Albert, Arnal de Guillem de Banc i Arnal de Vallabrica—, Pere Baró només tenia una cosa al cap: llegir d'una tirada, de la primera pàgina a l'última, el llibre que li havien facilitat. Era un manuscrit anònim datat feia més de doscents anys, l'autoria del qual s'atribuïa al fill del primer constructor del pont, qui apareixia com un dels personatges principals d'aquesta història, i que l'hauria escrit cap al final de la seva vida per deixar constància de tot el que havia envoltat aquella obra del seu pare.

Els procuradors van dir a Pere que havien pensat que potser trobaria interessant saber què havia passat amb l'estructura original que es va aixecar en l'època comtal.

Uns documents que fins llavors havien estat guardats al monestir de Sant Pere.

Sense temps per desfer el poc equipatge que duia (total, només s'hi havia de quedar una setmana, el temps just per distribuir la feina), nerviós i amb ganes d'aprendre, Pere Baró es va disposar a devorar aquell plec de pergamins. Un tractat que li havia d'aportar nous coneixements, tant sobre el comtat de Besalú com sobre la manera de construir. Aquelles pàgines contenien una història plena de traïcions, d'ambicions, de venjances, d'estratègies polítiques, de mort, d'amor.

Bernat Tallaferro fill d'Oliva Cabreta

I

La història

Començo a escriure aquesta història avui, 15 de maig, el dia de sant Isidre, de l'any 1074 del Senyor.

És la història d'un home que es va forjar el seu futur i el dels seus en un terreny movedís, poc estable i hostil. En un entorn més aviat esquerp. Un home que va fer realitat un somni. No tothom pot fer el mateix. O potser sí. Si s'és conscient que s'ha de lluitar per aconseguir-ho, que s'han de fer sacrificis i que, sovint, el camí per arribar-hi no és gens planer. Sempre hi haurà algú que tindrà com a objectiu desfer-te'l perquè fracassis. Això és el que hauria pogut passar amb aquesta història que ara us explicaré, la de la construcció del pont de Besalú. Malgrat les adversitats, i no sols meteorològiques —que n'hi va haver unes quantes, per cert—, es va poder aixecar una estructura que havia de perdurar segles. Però per explicar-ho abans hem de fer una mica de memòria.

El comte Bernat de Tallaferro, fill d'Oliva Cabreta i Ermengarda, va governar Besalú i el seu comtat independent en l'època de més esplendor, que abraça el període que va de l'any 990 al 1020. El seu fill gran, Guillem, anomenat el Gras o el Boig pels seus excessos, va succeir el seu pare en els comtats de la casa de Besalú.

Hug el comte d'Empuries
Comte de Barcelona Ramon Borrell

Va tenir dos fills, Guillem i Bernat II, fruit del casament amb Adela. Amb la seva mort, es van convertir en els seus successors i, segons deixava escrit en el seu testament, van governar plegats des del 1052 fins al 1066. Guillem va ser assassinat pels odis que havia anat suscitant en els vassalls i els barons que depenien de les seves terres, tot i que hi ha algunes cròniques que diuen que aquest assassinat es va fer amb el vistiplau del seu germà, Bernat II de Tallaferro. Ho dubto molt. Bernat II no podia aguantar la violència. Sempre s'havia dit, i tothom ho sabia, que qui duia les regnes del comtat era Guillem i que Bernat es dedicava a fer una vida més espiritual, lluny dels plaers terrenals. Ja s'encarregava Guillem de tastar-los. Per tant, no és gens estrany que aquesta fama li comportés el sobrenom del Tro.

Guillem es bevia la vida a glops, i sempre en tenia doble ració: la seva i la del seu germà. Per això, quan el van assassinar, Bernat, tot i la seva espiritualitat, va haver d'assumir si us plau per força la direcció del comtat. Hi havia un perill imminent d'insurrecció i el comtat perillava. Hug, el comte d'Empúries, etern rival de la nissaga Tallaferro, planejava envair Besalú. El plantejament defensiu del comtat podia disposar del llegat econòmic que Bernat Tallaferro va portar de Còrdova l'any 1010. Havia acudit a la crida del comte de Barcelona, Ramon Borrell, per dur els estendards catalans al cor de l'imperi àrab. Comtes, nobles i bisbes catalans van respondre a aquella convocatòria: Hug, vescomte d'en Bas; Aimar, senyor de Porqueres i més tard de Santa Pau; l'anteriorment esmentat Hug, comte d'Empúries; el bisbe de Barcelona, Accio; Arnulf de Vic; Ot de Girona, i Ermengol d'Urgell. Tots s'hi van presentar amb les seves tropes i van formar part d'un exèrcit que va protagonitzar una croada per saquejar els tresors de Medina Azara, la nineta dels ulls del califa Abd al-Rahman. La ciutat dels somnis situada a la serra de la Núvia, a uns cinc quilòmetres de la gran ciutat de Còrdova. Centenars de palaus, milers de fonts de marbre, inacabables, extensos i frondosos jardins. L'esforç de vint-i-cinc anys per aixecar-ho i l'embranzida d'encara no vint-i-cinc hores per enderrocar-ho.

Expliquen que un dels cavallers que va acompanyar el comte Tallaferro a les ràtzies de Còrdova va portar de terres andalusines una joia hebrea d'un valor incalculable. La va robar durant un dels saquejos a un ric mercader. Aquest havia tingut tractes amb uns jueus que, abans de convertir-se al cristianisme, s'havien volgut desfer d'un canelobre d'or de set braços que pesava com un mort. Recorden que el cavall que traginava aquesta càrrega va arribar arrossegant-se a Besalú i que tan bon punt va arribar a les portes del castell va caure rebentat, literalment. Les cames se li van trencar i en impactar la panxa de la bèstia amb el terra del pati es va esbudellar. Una setmana després encara hi havia incrustats, en algun racó del pati, trossos dels intestins d'aquell cavall sacrificat. Del canelobre no se n'havia sabut mai més res. Deien que se l'havia venut, però la creença era que estava guardat al fons de la cripta del monestir de Sant Pere. Lluny de les mirades de curiosos, fidels i infidels. Si la comunitat jueva hagués sabut que un tresor d'aquesta vàlua per a la seva fe estava confinat a les entranyes del monestir, hi podia haver hagut problemes... En fi, però això són figues d'un altre paner.

Amb tots aquests tresors àrabs, convertits en diners, els dignataris catalans van decidir fer obres, obres públiques dins dels seus territoris. Al comtat de Besalú, afeblit amb la mort sobtada de Guillem, això es va traduir en l'emmurallament i la construcció del pont. Obres de gran envergadura. Va ser la primera decisió que va prendre Bernat II quan va pujar al poder. Una infraestructura que es necessitava amb una certa celeritat i per la qual es podien permetre pagar els serveis del millor mestre d'obres. Bernat II, fill submís de l'Església, va demanar consell a Roma. El Papa li va aconsellar que fes cridar un mestre d'obres i constructor que havia treballat als dominis de Siena i San Gimigniano. Un artista de la Toscana, Prim Llombard, que amb uns vuit o deu anys li podia assegurar l'execució amb plenes garanties d'aquella magna obra. El comte va seguir les recomanacions papals. Se'n va cuidar ell mateix, de fer-lo venir i d'encarregar-li aquella obra que havia de fer més segura la capital del comtat i que havia de convertir Besalú en una fortificació inexpugnable.

Prim Llombard va tornar a la feina que havia abandonat després de la mort de la seva esposa quan acabava de parir el seu hereu, Ítram. S'havia ensorrat quan ella va emmalaltir per unes febres que la consumien i que la feien patir desmesuradament. Havia deixat la feina i es dedicava a cuidarla. Assistia impotent a la fatal paradoxa de veure com a la seva dona se li escolava la vida al mateix temps que el seu fill se n'omplia. Un cop morta, totes les obres que feia eren capelles, esglésies, ermites. Deia que així estava més a prop d'ella.

Al cap de vuit anys d'haver-la enterrada, pare i fill se'n van anar, no sense reserves i incerteses, cap a la capital del comtat de Besalú. Ítram tenia quinze anys.

2

El camp de les Forques

Amb uns ulls injectats de sang, d'odi i àvids de justícia, la multitud mirava amb desfici com els botxins feien el nus de la corda que ben aviat envoltaria el coll del lladregot que mirava cap al cel. En aquell instant, un tro sec va estripar la panxa dels núvols bruts que tapaven el sol i un llampec enlluernador va il·luminar les cares grises de la gentada que s'arraïmava al voltant del cadafal. Uns feixos de llum tímids i escanyolits travessaven aquelles nuvolades i donaven a l'escena un aire encara més sinistre.

El vent movia suaument les branques de l'alzina centenària que inexplicablement els anys no havien aconseguit consumir. Alguns deien que es mantenia viva perquè xuclava la vida dels qui hi penjaven. Els cabells greixosos del pispa també es balancejaven, però d'una manera més mandrosa, en el precís moment que un dels encarregats d'enviar-lo a l'altre barri va llançar la corda enlaire per damunt de la branca. Quan va caure la va agafar fort i li va passar per sobre el coll arrossinat de la camisa. Els ulls desorbitats i espaordits del condemnat procuraven seguir aquells moviments com si així es pogués avançar a l'esdeveniment que la concurrència esperava amb delit i evitar el tràgic final que li havien procurat les autoritats pel seu mal cap: robar unes gallines. La branca que estava a punt d'aguantar el pes del penjat i el cadafal van grinyolar. L'altre botxí se li va acostar esbossant un somriure maliciós. Malgrat els esforços i els cops de cap que feia el presoner per no deixar-se cobrir la testa, en va tenir prou amb un ràpid joc de braços per tapar-li el cap amb una saca. Es convulsava damunt de l'entarimat que era situat a sota mateix de l'alzina. Notava que ja li faltava l'aire tot i que encara no l'havien empès cap endavant i no pendolava de la branca. La saca l'asfixiava. Panteixava. Suava. Una estrebada seca. Després d'una lleu erecció va notar que se li humitejava l'entrecuix dels pantalons i començava a perdre el món de vista. No tocava de peus a terra i tot era borrós. La cridòria triomfant de la gentada que s'aplegava davant del cadafal només era un xiuxiueig que s'anava apagant ràpidament. Els dos genets que s'ho havien estat mirant des d'una certa distància es van afanyar a clavar una xurriacada als lloms dels seus cavalls, van travessar el Capellades, van deixar enrere aquell espectacle morbós i es van enfilar per un camí costerut de terra que els va deixar davant d'una de les portes de Besalú. Els dos soldats armats amb dues llances que vigilaven l'entrada no els van posar cap entrebanc, els van deixar passar.

Era mercat. Van desaparèixer carrer avall acompanyats del so d'un altre tro.

3

El mercat

L'activitat amunt i avall del carrer era frenètica: carros plens de sacs, pagesos amb sàrries carregades de gra, dones traginant càntirs plens d'aigua, algunes pujaven cistells, d'altres baixaven amb alguna peça d'aviram a les mans. La vida que es respirava als carrers contrastava amb la mort que Prim Llombard i el seu fill Ítram acabaven de presenciar i que havien deixat enrere, amb l'home penjat en aquella alzina. Van baixar del cavall i van trepitjar per primera vegada la terra que els acollia, la que seria casa seva els pròxims anys. Amb les regnes a la mà passejaven per aquell carrer ample que quedava estret per a la majoria de comerços, tallers i botigues que n'ocupaven un bon tros per muntar la parada i oferir la mercaderia. Els faltaven ulls per absorbir el que veien. Hi transitava gent enfeinada, carregada, amoïnada i capficada. Alguns els miraven, d'altres els ignoraven. S'anaven internant en aquell teixit bigarrat de colors, olors i sons que eren nous per a ells. El martelleig insistent del ferrer s'encavalcava en una conversa pel preu d'un ànec perfumada amb l'olor intensa de les espècies que sortien d'uns grans bols fets amb el tronc d'una olivera del temps dels romans que unes glaçades van matar i dels cabassos de la parada de

que té diferents colors discordants o mal combinats

l'apotecari. Un espectacle embriagador per als sentits mentre es capbussaven en un mar de sensacions que els quedarien per sempre més gravades a la retina.

El so airós d'un flabiol planava, com una alenada fresca, per l'aire calent, embafador i saturat d'olors del mercat. Un captaire feia ballar els gossos i la mainada amb la seva música enmig d'aquell remolí de gent. No li prestaven gens ni mica d'atenció, atrafegats com estaven amb les seves obligacions. Era una melodia senzilla, sense complicacions, però malgrat això es feia escoltar. Les notes saltironejaven pels caps de les criatures. Nens raquítics, magres, vestits amb parracs i descalços. Carabruts però amb un somriure net i una mirada brillant. Corrien esvalotats i despreocupats. Jugaven al mig de la plaça com si fossin al ball de palau.

No hi havien estat mai, però es feien unes reverències i adoptaven uns posats que no eren gaire diferents dels que es devien veure a la sala gran del castell quan el comte convidava la flor i nata del comtat.

L'escardalenc flabiol va quedar estroncat pels renills dels cavalls de la guàrdia comtal que van passar esperitats pel mig de la plaça. Amb l'embranzida es van endur per davant, sense cap mirament, un dels gossos que acompanyaven el flabiolaire. Ítram va pensar que així com va ser un gos el qui va rebre hauria pogut ben ser un dels nens que s'agombolaven al voltant del músic. Per uns instants, tot va quedar aturat, suspès en el temps. Però de seguida la insistent activitat va continuar el seu curs. Només el músic jeia desconsolat i plorós en una banda del carreró on havia anat a parar el cos del seu gos pollós i esbudellat.

El terra del carrer era una pasta de fang i fems. Hi pasturaven, despreocupats de tot l'enrenou del seu voltant, gallines i uns quants porcs. En van haver d'esquivar un parell que els ensumaven les cames. S'alimentaven de les deixalles que trobaven: peles de cebes, fulles d'enciam, de bròquil o de col que havien caigut d'algun cistell o que es llençaven des de les cases. De vegades, però, tenien una altra funció i passava algun funcionari a recollir-les per fer-les servir d'adob.

Caminaven entremig de parades d'armes, de peces de cuir, de teixits de llana, de formatges, de vi, d'oli i sal, de castanyes, d'herbes remeieres, d'objectes de corall. Ítram es veia incapaç de calcular la quantitat de parades i taules de venedors que hi havia en aquella esplanada que s'obria al final del carrer, però fàcilment devien superar el centenar. La majoria no eren res més que un senzill taulell de fusta —també n'hi havia de ferro— muntat sobre les gàbies dels animals que venien o tenien uns cavallets que aguantaven la mercaderia. Alguns d'aquests taulells ja eren fixos perquè eren de pedra. Hi havia taulells de fusta que estaven enganxats a la paret gràcies a uns petits garfis que s'agafaven a unes argolles que hi havia a la paret. D'altres eren un senzill tendal de roba esfilagarsada que s'aguantava amb unes canyes inclinades i clavades a terra amb unes estaques i unes cordes.

Al centre de l'esplanada hi havia una menjadora amb farratge i els cavalls hi enfonsaven el morro mansament. Brandaven la cua i escombraven l'aire de mosques.

Enmig d'aquell mercat, de les ordres, dels regatejos i els crits d'ofertes, de compra i de venda, Ítram la va veure. Es distingia d'entre un grup de cinc noies, les seves germanes. Els seus ulls van discriminar immediatament i de cop li va fer l'efecte que en aquella plaça no hi havia ningú més que ells dos. Es va oblidar de la resta. Brillava com una joia enmig d'un munt de bijuteria.

Ella va deixar el cabàs a terra i va arquejar lleugerament el cos cap enrere, com la lluna quan està decreixent, i al mateix temps va aixecar els braços prims i envernissats, que li van quedar al descobert de la brusa blanca de cotó, per agafar-se els cabells. Intentava fer-se una cua de cavall amb una cinta vermella. Lluitava per lligar i controlar els rínxols negres i desbocats de la cabellera que brillava amb el sol. Només la veia de perfil i en fer aquest moviment els pits li tibaven i empenyien amb força contra la tela blanca del vestit que cobria el seu cos, com si volguessin sortir. Uns pits ferms, turgents, deliciosos com una magrana, que ell s'imaginava assaborint algun dia com si queixalés delicadament uns préssecs. Es va sorprendre a si mateix de tenir aquells pensaments, però era el que sentia en veure-ho.

Amb la cua feta, la noia es va girar i en veure'l li va dedicar un somriure i un «bon dia». Ell els hi va tornar amb un lleuger cop de cap i un «bon dia» amb tan poca traça que va pensar que més li hauria valgut estar-se quiet i callat. Es va envermellir no tan sols per la seva poca gràcia natural, sinó, i sobretot, pels pensaments que tenia només de veure-la com es recollia els cabells. I es va girar d'una revolada cap a la parada de roba on el seu pare regatejava amb l'amo. Havien vingut lleugers d'equipatge amb la intenció que el viatge no fos tan feixuc. Ja comprarien el que necessitessin un cop a Besalú, havia dit el pare. I es van firar.

Van comprar calces, camises, armilles de lli i de llana i sabates. Fins i tot unes capes de sarja de llana, un filat molt prim però molt resistent a l'aigua que, en dies de molta pluja, l'escopia, segons va dir el comerciant al seu pare per convèncer-lo que feia una bona adquisició. Les sabates eren de pell i les soles de feltre. «Una bona manera d'aprofitar el material que sobra dels telers, amic meu. Aquest feltre ha estat ben premsat i ben cosit, això us fa una sola ben resistent —deia l'home mentre mostrava la mercaderia—. Hi poseu uns cordons de pell o de cànem i anireu ben calçats tot l'any.» Era la xerrameca d'aquell mercader. El seu cap, però, no parava de pensar en ella. En aquell moment la va tornar a veure. La noia escoltava amb un posat reverencial com li parlava un home, que la va agafar de bracet, i tots dos van caminar plegats cap a una de les tres sortides de la plaça

Teixit de llana o pell de superfície de pelude

del Mercat. No feien cap fora muralles ni al carrer del Portalet, anaven en direcció contrària cap al que després va saber que era la part de la vila on s'havien establert els jueus.

—Noi, desperta't —li va dir el seu pare.

Ítram va quedar embadalit i amb la mirada perduda darrere aquella parella que se n'anava cap allà on vivia la comunitat jueva. El seu pare li va fer petar dos dits davant de la cara de pa de ral, li va passar la mà per davant del rostre inexpressiu i amb la boca oberta, i al final el va mirar fixament als ulls.

—Ep, Ítram, estàs embruixat o què tens?! —va exclamar.

—Res, res, no res —va respondre-li com si s'acabés d'aixecar de dormir.

—Ja t'espavilaràs, ara. Té, ajuda'm amb tot això —i li va donar uns embalums i uns farcells—, que no puc pas traginar-ho tot sol!

Van carregar el que havien comprat a mercat i van enfilar el carrer que els havia de portar al castell.

El pare tenia la intenció de presentar els seus respectes al comte per començar com més aviat millor la construcció del pont i la resta d'obres que li poguessin encarregar.

4

El compromís

A principis del 1066, Bernat II de Tallaferro volia donar més importància al comtat, però la seva dependència de la casa comtal de Barcelona no li permetia gaires moviments. Va fer tots els possibles per separar-se de la influència del comtat de Barcelona. Un dels primers passos va ser anar a veure el Papa a Roma. En aquestes anades i vingudes a Roma, a la Santa Seu, el comte s'ho va fer venir bé per treure a la conversa amb el Sant Pare que tenia la intenció de fer un seguit d'obres públiques a Besalú. La més important era eixamplar la muralla, tant pel seu paper de defensa del castell i la ciutat com per qüestions identitàries. No era el mateix viure dins del recinte fortificat que fer-ho extramurs, fora del domini estrictament comtal. Però l'obra que havia de tenir un paper cabdal era la construcció d'un pont fortificat que travessés el riu Fluvià. Per al comte, aquell havia de ser un punt estratègic per salvaguardar la ciutat, vital per a l'economia i bàsic per a les comunicacions. No en va el pas pel Fluvià era ineludible en el camí que unia Girona i la Cerdanya. Sabia, per tant, que ell en tindria la clau. I, per tant, l'obriria i el tancaria quan li convingués i li serviria per controlar les relacions entre el bisbe de Girona i el de la Cerdanya.

No passaria res ni ningú sense que ell ho sabés. Li calia fer-ho com més aviat millor, i l'home que li va recomanar el Sant Pare li podia satisfer amb més celeritat que cap altre la seva urgència.

—És un *magistri comacini* —li va dir el Sant Pare—, un mestre constructor que pertanyia a la diòcesi de Como i que juntament amb altres treballen organitzats corporativament. Tenen un estil ràpid, senzill i efectiu. Aquest és un dels millors, però us costarà convèncer-lo —va afegir Sa Santedat alhora que assaboria una cuixa de faisà.

Compartien un dinar al menjador privat del Sant Pare. Una sala annexa a la de les visites oficials; val a dir que no hi podia accedir tothom. Tenien una taula ben parada on no faltava res. Havien escurat els plats dels entrants que els servents ja començaven a enretirar i atacaven els segons amb la vista posada a les postres.

—Per què? —va preguntar el comte

—Ara fa tres anys va morir la seva esposa d'una estranya malaltia. Des de llavors va decidir penjar les eines, viu retirat amb el seu fill. El trobareu en una petita casa de pagès als afores de Siena. Es diu Prim.

El mas s'esqueia en una vall enclotada a tocar de Siena. Era una parada obligada per als qui transitaven per la Via Francígena, que portava de França a Roma nombrosos pelegrins i vianants. Davant de la casa hi havia una estesa de camps. Era com un llençol ple de retalls de colors que anaven canviant segons l'època. Ben distribuïts. El groc de la mimosa i la ginesta, el vermell de les roselles, el marró dels camps que reposaven del cultiu, el verd de la userda, el grana de les vinyes que s'anaven omplint del most que reposaria dins

planta d'origen romà

les bótes de vi, i el blanc bellugadís d'un ramat d'ovelles que es dirigien cap a una llengua blava allargassada: el riu. Allà moltes persones de tota mena —pelegrins, rodamons, fugitius, vianants i altres individus—, extenuades i assedegades, s'hi aturaven per refrescar-se i reposar abans de continuar fins a Siena en el seu periple cap a Roma. Fins i tot més d'un els havia demanat de quedar-se a dormir a la pallissa. No els negaven mai un sostre, tot i que en més d'una ocasió havien trobat a faltar algun garrí o els havien pres mitja dotzena d'ous. Vivien del camp, del que els donava la granja i de la petita producció de vi.

El matí que van rebre la visita comtal el pare era a l'estable que munyia les vaques.

—Pare, pare! Hi ha uns senyors que et demanen. Diuen que vénen de part del Sant Pare i que volen parlar amb tu.

Van sortir del corral i es van dirigir cap a l'esplanada que hi havia davant del casalot. Un grup de vuit homes a cavall i guarnits per anar al camp de batalla amb cotes de malla ben travades i cascos lluents i armats amb llances i espases en protegien un altre que en aquell precís moment baixava del cavall, es treia el guant i allargava la mà cap al seu pare. Era un gest poc habitual. No es rebaixava, al contrari, era el senyal inequívoc que el comte s'implicava personalment en aquella empresa que considerava urgent i determinant per al futur de la seva vila. Tan important, que havia prescindit d'emissaris i ell mateix en persona era qui anava a trobar el mestre d'obres.

—Déu vos guard, mestre Prim, sóc Bernat II de Tallaferro, comte de Besalú —es va presentar en un llatí correcte—, i aquests que m'acompanyen són els meus homes, és la meva guàrdia personal. No heu de témer res.

Prim es va eixugar les mans amb les calces i es va adreçar al comte en la seva llengua.

—Benvingut a casa nostra, senyor comte —va dir el constructor, canviant d'idioma—. Podem parlar en la vostra llengua perquè la conec —va aclarir.

Ítram s'havia d'esforçar una mica per entendre'ls. Encara no dominava del tot aquella llengua, però el seu pare li havia ensenyat a parlar-la. Ell l'havia après ja feia molts anys a les obres del monestir de Cuixà. Mentre Prim abraçava el seu fill, va preguntar al comte:

—Què us porta fins aquesta granja?

—Vós —li va dir el comte.

—Jo?! —va respondre sorprès Prim.

—Sí, us necessito i com més aviat millor —va afegir el comte enèrgicament.

—I què voleu de mi, si es pot saber, senyor? —va gosar preguntar alhora que s'estrenyia més contra el cos d'Ítram.

—No, no patiu, no vinc a endur-me el vostre fill —va aclarir Tallaferro amb un somriure als llavis—, tot i que també l'afecta. —El seu pare es va empassar un glop de saliva amargant—. Vull que vingueu a treballar per mi, que sigueu el meu mestre d'obres.

La primera reacció de Prim va ser posar-se a la defensiva.

—Ni parlar-ne —va ser la resposta que li va sortir de l'ànima—. Estic retirat. El meu fill i jo vivim molt bé i molt tranquils en aquestes terres. A més, la meva dona, la seva mare —va dir en un to de veu més afligit i va mirar Ítram amb els ulls negats i tristos—, reposa aquí i no ens en volem separar.

Ítram negava amb el cap.

—Us entenc i ho sabia. Sa Santedat m'ho havia advertit —li va dir el comte amb posat comprensiu.

—Us envia el Sant Pare, senyor? —va fer nerviós el constructor.

—Així és, mestre Prim. L'Església no sols recorda la vostra feina, sinó que està satisfeta de poder recomanar-vos sense por d'equivocar-se que allà on requereixin els vostres serveis no els fareu quedar malament. El vostre prestigi és reconegut i és una llàstima que es deixi perdre, no us sembla?

—Agraeixo la confiança de l'Església, no me la mereixo —va dir amb el cap cot.

—No sigueu modest, mestre Prim. M'han dit que no n'hi ha gaires com vós. I per a Besalú vull el millor.

—Ja us he dit que estic agraït de la consideració que em teniu, però em sap molt de greu, ja no m'hi dedico.

—Però penseu en el futur del vostre fill —li va llançar el comte i va començar a interrogar-lo—. Ja heu pensat què farà quan vós falteu? De debò voleu que quan sigui gran porti aquesta granja? No li voleu deixar res millor? No us agradaria que fos el vostre deixeble, que seguís els vostres passos? Si veniu a Besalú, us ofereixo la possibilitat de començar una altra vida, per vós i el vostre fill, de refer la vostra situació i ensenyar el vostre art. A la terra d'on vinc —va endolcir el to de veu— quedaran fascinats amb la vostra manera de treballar, que segons Sa Santedat té unes possibilitats enormes i segurament encara no s'han aprofitat.

»Per a vós —i li va agafar les mans— suposarà tornar-les a fer servir una altra vegada per aixecar fortificacions, portals, capelles, muralles i no per esporgar la vinya, repartir fems, munyir les vaques o fer regues a l'hort, que són feines ben dignes, però no per a vós, mestre Prim. I, a més, vull que sapigueu que us pagaré, us pagaré tan bé que no podreu refusar la proposta. No sols amb monedes, sinó també amb terres —va sentenciar.

Li va deixar anar les mans. Hi va haver una pausa. Prim no deia res. Estava aclaparat, confós. Feia anys que havia decidit penjar el cinturó de les eines i ara un comte estranger amb accent aspre i formes elegants li sacsejava els fonaments amb uns arguments poderosos: «Ensenyar la vostra manera de construir i construir un futur per al vostre fill».

El comte va percebre la lluita interior de Prim i el va deixar amb aquestes tribulacions. Va pujar al cavall i se'n va anar amb tot el seguici, amb la seguretat que la pròxima vegada que tornés a estrènyer-li la mà seria a Besalú com a nou mestre d'obres del comtat.

5

El barri del castell

El *castrum*, el recinte on s'erigia el castell, era situat al capdamunt d'un turó des d'on es dominava tot Besalú i comprenia una extensió de terreny considerable. Per accedir a la fortalesa s'havia de pujar per un camí que envoltava el pujol en espiral. Un recorregut paral·lel a unes altres muralles, diferents de les de la ciutat i que només encerclaven el castell. Prim Llombard i el seu fill s'ho miraven encuriosits. En aquests dominis hi van arribar a veure un parell o tres d'esglésies petites, horts, cases i un cementiri. El bestiar pasturava per les muntanyes que s'aixecaven davant seu, on també s'estenien vinyes i oliveres. Una tarterola de fum sortia de la xemeneia de la llar de foc d'una de les cases d'un petit burg. Era situat més enllà de les muralles, al costat mateix del camí cap a Lligordà i que passava per Capellades. Des d'allà dalt, pujant cap al castell, s'albiraven també els camps que estaven esglaonats amb feixes als vessants de les muntanyes i turons i se separaven unes parcel·les de les altres amb marges de paret seca. Hi havia conreus de secà que es destinaven a cereals i vinya. S'hi veia gent treballant. Ítram va suposar que una família devia viure del que treien d'aquell tros de terra que tenien sota la senyoria del comte o de l'abat. Una collita que havien de donar als seus senyors. Segurament tota no, una part era per al seu consum i els excedents els devien dur a vendre a mercat.

Quan van arribar a dalt, una modesta guarnició de la guàrdia comtal els va donar la benvinguda al portal de la Força. El pare d'Ítram es va presentar:

—Déu vos guard, sóc Prim Llombard, mestre d'obres. Fa dies que el comte m'espera. Li voldríeu dir, si us plau, que acabo d'arribar de la Llombardia i que estic a la seva disposició?

—Seguiu-me, si us plau —li va respondre un dels guàrdies.

La repicadissa d'un martell sobre una enclusa els va rebre quan entraven al pati del castell. Era el ferrer, que, amb un davantal de cuir, demostrava la seva traça en l'art de ferrar les cavallerisses i de reparar l'armament i els estris de ferro. Dues portes més enllà van poder veure com treballava l'escuder. Manipulava unes petites teules de fusta, força gruixudes. Prim va dir al seu fill que eren de freixe, però que també podien ser de roure. Li explicava que feia servir una tècnica molt antiga i complexa per fer l'escut d'armes del comte. L'home les estava folrant amb cuir enganxat amb engrut de formatge i entatxat al llarg de tot el seu perímetre.

Tot això era necessari abans de pintar sobre l'escut les armes del cavaller. En el cas de Besalú, dues espases encreuades i al mig un poble travessat per dos rius. També es van fixar en la feina que feia l'arquer.

La fortalesa s'havia de defensar i els arquers anaven armats amb uns arcs de mides considerables. Estintolades a la paret perquè s'assequessin i ben arrenglerades, hi havia una sèrie de branques de llimoner i de teix, una fusta especialment flexible i resistent, segons va explicar Prim, que anava alliçonant Ítram perquè entengués tots aquells oficis. Del feix de branques en devia sortir un bon nombre d'arcs, per-

Gènere d'arbres que se n'aprofita la fusta

què es construïen a partir de mitja branca. En aquell moment, Prim va dir al seu fill que ni parlés ni fes cap soroll. L'home s'estava barallant amb un arc als extrems del qual hi volia enganxar dos brocs de banya de cérvol. Aquests dos petits detalls servien per reforçar els punts on la corda tibava més. La branca es va vinclar i va cedir, sense trencar-se, i així va enllestir un altre arc. El va recolzar a la paret, al costat d'alguns del models que ja estaven acabats i que portaven al mig una empunyadura senzilla de cuir.

Molt a prop d'on feinejava l'arquer hi havia una taula i a sobre hi reposaven les fletxes. Allò sí que eren petites obres d'art. Branques de freixe, tan llargues com la flexibilitat de l'arc ho permetés, coronades per una punxa esmolada de ferro i a l'altre extrem s'hi afegia un feix de plomes d'oca.

—Així s'aconsegueix mantenir el centre de gravetat al mig de la fletxa i s'evita que oscil·li durant la trajectòria —va apuntar Prim.

Ítram estava totalment absort i bocabadat, fascinat per la traça d'aquells artesans, capaços de crear d'una inofensiva branca d'arbre una arma que ben utilitzada podia ser letal.

Dins del recinte s'hi endevinaven les dependències dels servents, estances per allotjar les visites, les cavallerisses i les corts. També hi havia altres dependències necessàries per al bon funcionament de la institució. Així van poder veure que hi havia força enrenou.

En el recorregut per l'interior d'aquell immens pati es van encreuar amb un parell de servents que pel que duien als cabassos devien sortir del magatzem. Ítram no va distingir què portaven, però li va semblar veure-hi una mica de tot. El seu pare li va fer notar que al castell no hi podien faltar provisions.

—Això vol dir que hi tenen de tot? —va preguntar Ítram.

—Han d'estar preparats davant de qualsevol eventualitat.

—Què vols dir? —va insistir.

—Home, doncs, que el castell podria patir un setge o podria ser que hi hagués falta d'excedents o que hi hagués una collita molt dolenta i el comte hauria d'alimentar els seus súbdits. O senzillament, en temps de pau, com ara, i en previsió d'èpoques de vaques magres, han de procurar emmagatzemar tants productes com puguin. Provisions que siguin fàcils de conservar com mel i fruita seca. Però també oli, vi, vinagre i formatge. Aquí no ho sé, però en altres castells és fàcil trobar-hi sempre una quantitat de llenya, ferro, cànem, estopa, llana seca, draps, ungüents i altres preparats per guarir els malalts o ferits.

Mentre s'esperaven que els rebés el comte, contemplaven com dos mossos de les quadres raspallaven un cavall que ràpidament van endevinar que era el del comte. Uns altres bordegassos van aparèixer amb una colla de gossos. Els duien estacats, bordaven escandalosament i amb prou feines els podien fer creure; semblava fins i tot que fossin els animals els que arrossegaven als mossos. I de l'altra punta del pati encara van aparèixer un parell de servents més. Es van afegir als seus companys. Aquests homes portaven un carregament d'armes. El comte estava a punt de sortir de cacera.

Quan tots dos ja es pensaven que els farien marxar sense poder parlar amb ell, el van veure baixar d'unes escales de pedra mentre se cenyia l'espasa a la cintura i es dirigia amb un somriure ufanós a saludar el pare.

—Sigueu molt benvingut a Besalú, mestre Prim. Finalment, us heu decidit. Sabia que vindríeu. Estic molt content i molt agraït que hàgiu acceptat el meu oferiment. —I li va allargar la mà—. No us en penedireu.

—Al contrari, senyor, gràcies a vós per la confiança. —I li va fer mitja reverència amb el cap—. Espero respondre a les vostres expectatives, senyor.

—No en tinc cap dubte, mestre —va dir i es va enfilar d'un bot al cavall—. Ja veieu, però, que surto de cacera. Ara el que necessiteu, tant vós com el vostre fill, és refer-vos després d'un viatge tan llarg. Entreu, mengeu i beveu. A la cuina us serviran unes bones viandes per recuperar-vos. Després els homes de la meva guàrdia us acompanyaran fins al que és la vostra nova casa. Acomodeu-vos-hi i descanseu. I quan us hàgiu establert podeu anar a veure l'abat del monestir de Sant Pere. És fora muralles. Ja li faré saber que heu arribat, deu estar ansiós de conèixer tots els detalls de l'obra.

—Entesos, senyor, però vós no els voleu sentir? —va preguntar Prim una mica decebut.

—Creieu-me, no em fa falta, tinc plena confiança en l'abat i en vós. A reveure —va cridar mentre amb una mà alçada s'acomiadava i amb l'altra feia una estrebada a les regnes per sortir d'una revolada amb tot el seguici que l'esperava per anar a caçar.

Pare i fill van entrar dins del castell acompanyats d'un criat. Ítram es pensava que els senyors dels castells vivien en unes torres inhòspites i fredes. Però era tot al contrari. Va poder veure que vivien en residències molt confortables, acollidores i tot. La casa, la tenia decorada amb catifes i tota mena de draperia. Tot de tapissos i gravats virolats alegraven les estances. La taula, la van parar amb tovalles i tovallons, plates plenes de menjar, gots, escudelles, anaps i copes. El segell comtal era a tot arreu o brodat a les teles o treballat a la cristalleria. Van portar-los una gerra amb aigua i un gibrell.

—Per a què serveix, això? —va preguntar Ítram al seu pare.

—Per rentar-nos les mans.

I els criats ho van deixar en un racó de la taula perquè poguessin repetir-ho després de menjar. Tenien unes culleres per a la sopa, una panereta amb pa per si havien d'acompanyar un tall de carn i un saler. Només eren dos

Anaps: copa, tasses.

comensals —el pare i ell— i tenien una taula parada per a un regiment. Unes plàteres plenes amb una amanida tèbia de codony, carabassa de sopa, albergínia i ceba. Alboronia, es deia aquella delícia. Després van presentar-los unes plates farcides de mandonguilles petites de vedella cuita en el seu suc, salsa de prunes seques, sal, pebre i gingebre, que hi donava un gust exquisit. I per postres, van servir-los un pastís de pasta de farina. Es deia flaó, aquell dolç, i tenia per sobre una capa de formatge fresc quallat amb menta i ou. A les gerres hi havia vi. Prim el va advertir d'aquell vi.

—Vés alerta, beu-ne només un cul perquè és molt fort, és vi hipocràtic. Si en beus molt, puja de seguida al cap. Pensa que porta espècies per mantenir-se i així no es fa malbé.

Ítram el va tastar i li va picar al paladar i la llengua. Va fer unes ganyotes que van fer riure el seu pare.

—Què és aquesta barreja de gustos que noto? —va preguntar mentre notava un gust aspre i un pessigolleig intens per tota la boca.

—Ja t'ho he dit, que era fort —el va advertir, mig rient, el seu pare—. Porta clau d'espècia, pebre i també s'hi pot posar gingebre i canyella.

I li va acostar l'altra gerra.

—Té, val més que tastis això.

—Què és?

—Aigua de menta...

Ítram se'n va servir un bon raig i se la va empassar d'un sol glop. Mentre se la bevia el seu pare li explicava com l'havien fet.

—... és menta fresca trinxada amb ratlladura de llimona, tot barrejat acuradament. No trobes que és molt més refrescant?

—I tant, qualsevol es beu aquest vi!

Un cop van haver satisfet la gana i la set, va tornar a aparèixer el criat, que els va acompanyar un altre cop fins al pati. Un parell de soldats armats que muntaven dos cavalls negres van fer-los de guies. Van desfer el camí de pujada que envoltava la muntanya del castell.

A tot el voltant del replà del turó on hi havia el castell s'estenia un grup de cases, un veïnat situat dins de Capellades.

—És el barri de la Força, però també en diuen el Catllar —els va explicar un dels homes del comte que els acompanyava fins a la seva nova residència.

Era un barri de carrers costeruts i estrets. Les cases semblaven deshabitades. Totes tancades i barrades. Només després de travessar una petita plaça una finestra es va obrir i una dona els va llançar una mirada fugissera. A part d'aquella, l'única vida que van veure va ser vegetal.

Hi havia vergers i horts amb una gran varietat de flors i arbres fruiters que creixien ufanosos, però que Ítram era incapaç de reconèixer.

—Aquí, en aquest costat —els va indicar el seu guia—, hi viuen cavallers, magistrats i jutges, funcionaris, batxillers i canonges.

Es veien residències senyorials, algunes fins i tot luxoses. Tenien diversos pisos, construïts sobre un nivell de porxos. La porxada donava un aire sumptuós a les façanes, que totes soles ja tenien un aspecte força treballat. S'havien concentrat molts esforços en la decoració exterior. De fet, pel recarregament en l'ornamentació de les façanes es podia distingir si la casa pertanyia a un clergue o a un senyor. La qüestió estètica es convertia en una rivalitat entre aquests dos estaments per veure qui tenia la casa més arreglada. Uns amb motius guerrers i feudals, i els altres amb referències eclesiàstiques. Sovint pretenien imitar els palaus. Una gran portalada ocupava la planta baixa amb columnes geminades amb arcades trencades o de mig punt, protegides per un arc de descàrrega o de mig punt.

XARNERAS —— FRONTISSA

Però, sobretot, coronades amb una bona ornamentació a base de capitells, timpans i relleus. Pare i fill estaven fascinats davant d'aquell espectacle arquitectònic.

El recorregut cap al que havia de ser la seva casa continuava. El soldat del comte que els feia de guia es va aturar i va assenyalar cap a l'altra banda.

—I en aquesta altra zona hi viuen els jueus, els tindreu de veïns —va dir lacònicament. Va fer servir un to de repugnància com si fossin empestats—. Això és casa vostra —va afegir mentre s'aturava davant d'una casa de dos pisos.

Els va costar obrir la porta principal amb una clau de ferro una mica rovellada que els havien donat el soldats. Per com van grinyolar les xarneres no costava gaire d'imaginar que feia temps que no hi entrava ningú. Un parell de coloms van sortir volant per la finestra de l'improvisat colomar que havien anat construint al badiu, la part de dalt de la casa, una mena de golfes enteranyinades. La casa era lluminosa, hi entrava un bon sol, i això que ja començava a pondre's. Van tancar la porta i va sonar a buidor. Feia olor de tancat, de resclosit, d'humitat. De fet, només hi havia l'esquelet de fusta de la casa, la mínima expressió d'un habitatge. Ítram va pujar escales amunt. Els esglaons cruixien amb el seu pes. Pel que pogués passar es va espavilar i els va pujar de dos en dos. Un cop a dalt, en un racó hi havia dos llits de palla, que havien servit als ocells per fer-se un projecte de niu, i un bagul. Va anar corrents a obrir-lo. No hi havia res. Només una trista aranya, que es passejava pel que era el seu silenciós reialme. El va tancar i va tornar a baixar. El seu pare treia les selles als cavalls i feia passar els animals cap al fons de la casa per una mena de passadís que menava cap a un indret amb força claror. S'hi obria un pati ampli i assolellat. A una banda hi havia un pou que servia per recollir l'aigua de la pluja i a l'altra, un espai habilitat per al bestiar, on hi havia un munt de farratge apilat en un racó.

Alterarse lleugerament una cosa per falta de ventilació

A la cuina, Ítram va veure una caldera sobre la llar de foc, que penjava d'una cadena. No sabria dir si havia estat d'aram o de ferro. Les flames per escalfar potatges, guisats a foc lent i altres rostits a l'ast se n'havien menjat el color original i ara estava tota ennegrida. A prop de la cuina hi havia el rebost. Hi podrien guardar provisions com ara gra, oli, farina o llegum sec. Al celler hi va trobar un parell de bótes petites i una de gran. Eren buides. Va ensumar-les, i per l'olor avinagrada que desprenien era fàcil saber què havien contingut. Arraconats en una banda d'aquell espai petit i humit hi havia altres estris: un embut, ampolles, mesures i altres andròmines.

Va obrir les finestres perquè la cuina s'airegés i hi va entrar una intensa olor de rostit. Va tancar els ulls i va deixar que aquella olor li entrés pels narius i li omplís l'estómac més que els pulmons mentre s'imaginava uns menjars suculents.

—Fa bona olor, eh?!

Una veu li va fer obrir els ulls. Era el veí del davant, que amb un somriure a la boca l'interrogava i alhora el saludava amb un cop de cap.

—Sí, i tant! —va dir amb una veu com si s'acabés de despertar.

—Com estàs? Acabes d'arribar? —li preguntava un noi que devia tenir la mateixa edat que ell.

Uns ulls rodons i negres, que li feien una expressió molt viva a la cara. Un somriure net amb un seguit de dents, sorprenentment blanques, que li brillaven al mig d'una cara rodona i envernissada.

—Sí, ara tot just ens estem instal·lant i anem descobrint les poques coses que hi ha per descobrir a la nostra nova casa —li va contestar mentre li assenyalava amb la mà les quatre coses que hi havia a la casa—. I això que fa tanta olor què és?

Ítram es va mostrar encuriosit i interessat per aquella aroma exquisida que sortia de la casa del seu veí.

—És un guisat que fa la meva mare cada divendres i ens el mengem per dinar els dissabtes durant el sàbat.

—El sàbat? —Es va interessar per aquella paraula—. Què és això?

—És una festa. Per a nosaltres és la més important. Recorda el descans de Déu al setè dia de la creació i, com que és un dia de descans, tot el que sigui necessari per al sàbat s'ha de preparar abans, com l'adafina!

—Ah, ja ho entenc... I què fas?

—Jo vigilo l'olla i remeno perquè no es cremi. —I va continuar explicant-li aquell plat que ja li feia venir salivera—. Cada divendres, quan el sol es comença pondre, la mare posa una olla al foc sobre les brases perquè vagi fent xup-xup, perquè es vagi fent a foc lent. Ha de coure tota la nit perquè porta un munt d'ingredients: carn de vedella, ossos, ous, cebes i moltes espècies: pebre, nou moscada, claus d'olor, canyella...

—És clar, per això fa aquesta olor tan bona...

És l'únic que se li va acudir. Encara que ja havien menjat al castell, els budells li tornaven a fer rau-rau.

—Sí, és una temptació! Jo, més d'una vegada —i va mirar dins de casa seva per assegurar-se que ningú no el sentia— hi he sucat una mica de pa, a l'olla —va confessar-li el seu veí—. L'adafina, però, no la servim fins dissabte a l'hora de dinar. —Va abaixar el cap, va fer una ganyota que no va saber desxifrar i li va dir—: La vols tastar?

—M'encantaria!

—Vine demà i...

—Simó, Simó! —Una veu que venia de la part baixa de la casa el va interrompre.

—El meu pare em crida. Quedem així, d'acord? Per cert, com et dius?

—Ítram.

6

El poble

Era un dia serè, clar i net. L'aire era tan fred i pur que respirar-lo feia mal als pulmons. Un cop instal·lats van sortir a fer un tomb. El seu pare volia veure el riu, però també volia conèixer el poble i tenir una primera presa de contacte amb els diferents barris i ravals que creixien dins i fora de les muralles i amb els convilatans, uns habitants que participarien en les obres del pont.

A tot el voltant del replà del turó on hi havia el castell anaven deixant enrere el seu barri, el del Catllar, un veïnat situat dins les muralles. Llavors no sabien els noms ni dels carrers, ni de les places, ni de les torres, ni dels portals. Però amb el temps els van anar identificant. Baixaven per un carreró que feia pendent i davant d'ells s'obrien petits barris. Un grup de cases, un dels burgs, potser un dels més importants, era el que creixia al voltant de Sant Vicenç. Era un nucli apinyat de casetes entorn de l'església parroquial, entre els murs del castell a llevant i el torrent de Ganganell a ponent. El cementiri de l'església ocupava un lloc destacat en aquest barri. Hi havia diversos carrers petits resseguits per cases, però també hi havia algun hort ben treballat i arbres fruiters que els encerclaven. Les cases eren molt senzilles, construccions humils com la gent que les habitava. Fetes de fusta, pedra o tovot. Van aixecar la vista i van poder veure que hi havia alguns teulats que eren de fusta i taulons coberts de palla. Però la majoria eren de teula. Van anar passant. Cap a tramuntana de Sant Vicenç hi havia el veïnat de Bell-lloc, que tenia com a centre de gravetat l'església de Santa Maria. Aquest raval el travessava de cap a cap un sol carrer. Hi havia força cases també i algun verger. Entre aquest barri i el de Sant Vicenç hi havia el portal de Bell-lloc. A ponent s'estenia el veïnat de Vila-robau i el Torell, que afrontava a migjorn el torrent de Ganganell i a ponent el mur de la vila. Al seu interior hi havia carrers i cases habitades per teixidors, traginers, bracers i jornalers que feinejaven al camp. Van caminar per un carreró estret i costerut per on baixava un regueró de sang que desembocava en una placeta i formava un bassal. Els van mirar estranyats i van decidir seguir el rastre vermell fins que uns quants passos més amunt es van situar davant d'una casa de tovot i de pedra que feia cantonada amb el carrer principal. Hi havia un pedrís al costat de les portes obertes d'on sortia una remor de gent que es va estroncar de cop per un crit. El xiscle agònic d'un animal va travessar l'aire. Es van tornar a mirar i el pare va fer un cop de cap assenyalant l'interior. Van entrar. L'estança era una sala gran revestida pobrament. Els fums permanents de l'interior, les filtracions, les inundacions o els incendis hi devien contribuir. La distribució era molt senzilla. Hi havia un espai molt ample que servia per fer-hi de tot: treballar, menjar, dormir... viure-hi en general. Un espai que devien compartir amb animals per conservar l'escalfor.

No sols perquè hi havia palla estesa per terra, sinó també per l'olor es notava que allà s'hi estaven vaques, que en aquella hora devien pasturar. El mobiliari era molt escàs i els pocs mobles que hi havia eren molt bastos. La taula, que s'aguantava amb uns cavallets, en aquell moment estava parada. Sobre les tovalles apergaminades hi voletejaven algunes mosques. Hi havia un bol amb restes de menjar, molles de pa i una llesca a mig rosegar, unes quantes cabeces d'alls i un parell de gerres. Era prou gran perquè hi pogués menjar tota una família nombrosa asseguda en un banc. A la paret hi havia uns ganxos de fusta on penjaven els escassos vestits que tenien i les poques lleixes que havien muntat servien per desar-hi uns quants objectes, no gaires.

—Déu vos guard —els va saludar una dona amb un ganivet a les mans, els cabells recollits i un davantal ensangonat—. Què desitgeu?

—No res en concret, senyora —va contestar el pare d'Ítram—. Hem vist la sang, hem entrat, hem sentit la cridòria i el crit i...

—Ah, és això! Estem fent la matança del porc, senyor! Passeu, passeu! —va dir mentre brandava el ganivet en direcció d'on venia la gresca, i va desaparèixer cap a una altra estança de la casa.

Van sortir al pati, un corral atapeït de gent, molta gent, i un munt d'estris: poals, calderes, cassoles, gibrells, uns aparells molt estranys que gairebé semblaven eines de tortura i que després Ítram va veure que servien per triturar i embotir... La gent d'allà no els va ni veure. Els uns, les criatures, estaven prou distretes. En una banda, un grup de mainada contemplava estupefacte la degollada del ganivet del carnisser i com es dessagnava l'animal. Els ulls encara se'ls obrien més quan, després, un cop mort, se sofrimava l'animal amb argelagues enceses. I els altres, els més grans, tenien més feina de la que podien demanar, tot i que estaven organitzats. Cadascú es dedicava a una tasca diferent per poder aprofitar totes les parts dels tres porcs que acabaven de matar. El magre i la cansalada eren la base principal de les llonganisses i les sobrassades, condimentades amb diferents espècies... Amb la cansalada i ceba

COTNES - CROSTES DE TOCINO

bullida i sang, tot amanit amb sal, es preparaven les botifarres, i també els botifarrons, amb carn. També hi havia les cotnes i altres restes de carn diferents, tot ben trossejat. Totes les variants d'embotit es bullien en calderes amb aigua. Tot seguit, un altre membre de la colla les agafava i les escampava per damunt d'uns canyissois i, una vegada més secs, es penjaven a la llar de la casa. En una banda del pati, dos homes feinejaven amb les cuixes de l'animal: preparaven els pernils. Les refregaven amb llima, les cobrien de sal dins d'uns caixons i se'ls posava pes per damunt perquè es mantinguessin ben premudes. Quan se'n feien en prou quantitat, es tapaven amb un saquet de gasa i es posaven a assecar en un lloc ben ventilat de casa. També solien guardar-se coberts d'una capa d'algeps, perquè es conservessin bé durant molt de temps. A més s'elaboraven altres productes especialment singulars. Dues dones s'ocupaven de fer les botifarres amb arròs bullit, en lloc de ceba, acompanyat d'ametlles i romaní. Una altra dona, amb l'ajuda d'un noi, feia bullir el greix en unes calderes, un greix que després es convertia en una mantega d'un color rosat que se solia menjar ben escampada sobre rosques de pa. Del greix també se'n feia el sagí...

En aquell moment va sortir la dona del ganivet i el davantal ensangonat. Era la que portava la veu cantant i la que havia repartit les feines, perquè ara les anava supervisant personalment. Donava consells i la seva autoritat no la discutia ningú. Després els va venir a veure.

—No sou d'aquí, oi que no?

—No, senyora, tot just fa un parell de dies que hem arribat —va respondre el pare de l'Ítram.

—Tot això que veieu —i va obrir els braços per encabir tot el pati entre les seves mans— és una tradició que es transmet de pares a fills. Aquí ens ajuntem tres famílies i tot i això tenim feina ben bé durant dos o tres dies. Però ens ho aga-

ALGEPS - GUIX

fem bé, és com una festa. —I els va assenyalar totes les persones que estaven concentrades en la seva tasca—. Cada família redueix al mínim les seves obligacions al camp durant aquests dies per dedicar-se a la matança. Tingueu en compte que després en mengem tot l'any... Aquests dies riem, cantem, fem broma i... mengem i bevem plegats. A les hores dels àpats no hi falta mai de res. Si us voleu quedar, hi ha molt de tiberi!

—No, moltes gràcies, senyora, nosaltres ja ens n'anàvem. Gràcies, no us volem molestar.

—Entesos, vosaltres mateixos. Ara, si em perdoneu, tinc molta feina per fer, encara.

—Feu, feu...

Mentre anaven sortint d'aquella casa i encaraven el portal de Ganganell, el pare d'Ítram va dir al seu fill:

—Alguns d'aquests homes i nois que hem vist treballaran amb mi en la construcció del pont: hi estan obligats... Anem a veure el riu? —li va preguntar.

I van agafar un carrer que els conduïa cap a fora de les muralles, cap a tramuntana, on s'aixecava la torre de Torell, situada al cim d'un turó encatifat per camps i algunes cases aïllades. Pel costat passava una via pública flanquejada per un petit grup de cases, horts i una devesa. Van continuar el seu recorregut pel raval de Capellada, construït entre la torre de Lardera, fora muralla, i l'església de Sant Martí, que s'alçava damunt l'aiguabarreig de la riera de Capellades i el riu Fluvià. Al voltant de l'església de Sant Martí hi havia cases, horts i un molí. Seguint recte van anar a parar a la ribera del riu. El seu pare es va estar mirant i remirant el riu, n'estudiava el corrent.

7

El projecte

Les campanes del monestir van tocar a morts. Quatre tocs llargs abans del repicar de difunts volia dir que el finat era un home. Nang! Uns tocs pesarosos, lents i greus que feien aquells segons inacabables, tristos i més llastimosos. Nang! Sonaven afeblits en un ambient espès, asfixiant, febril. Nang! Uns sons feixucs que omplien el buit que deixava la mort. Nang! Uns moments d'emoció continguda per recordar aquella persona que passava a millor vida.

Amb l'últim toc el mestre d'obres va sortir de casa seva. Se'l veia segur de si mateix. Caminava decidit amb els plànols sota el braç. Malgrat l'aparença estava nerviós, no en va l'encàrrec que li havien fet era per estar-ho. Era d'aquelles persones que la processó li anava per dins, però sabia mantenir la calma. En aquestes situacions tenia una mirada segura que inspirava confiança i la veu no li tremolava. Ítram el va acompanyar.

Van travessar el mercat de pressa perquè no volien fer tard i van enfilar el carreró que els conduïa a fora muralles.

A la vora de la palanca que travessava el torrent de Ganganell hi havia un reguitzell de dones que, agenollades amb coves plens de roba, feien la bugada i els miraven de cua d'ull i xiuxiuejaven.

No feia ni un dia que havien arribat i ja tothom sabia qui eren i què hi feien, a Besalú. Quan vam entrar a la gran esplanada que presidia el monestir, el prat de Sant Pere, els va sorprendre veure davant d'una esglesiola petita però amb una planta sòlida, l'església de Santa Fe, una munió de gent que resava amb el cap cot.

La curiositat els estirava a treure el nas per saber què hi passava, però la responsabilitat els duia cap a la porta del monestir, on ja els esperava un monjo. Amb dues gambades van pujar els sis graons per accedir a l'interior de l'església i el monjo, que els esperava amb les mans dins les mànigues de l'hàbit, els va saludar amb un cop de cap i els va demanar que el seguissin. Dins el monestir s'ensumava una barreja d'humitat, d'encens i de cera cremada. A mesura que avançaven per la nau central de l'església se sentien amb claredat les veus dels monjos del cor que assajaven els càntics.

Ressonaven darrere l'altar del santuari, a la girola, on se situaven per polir el repertori. Els conduïen per un passadís de pedra il·luminat per unes llànties d'oli. Un lleuger corrent d'aire feia ballar la flama i projectava a la paret les seves siluetes allargassades, deformades. Van travessar el pati i van passar pel claustre i per davant de la cuina, d'on sortien una flaire de pa acabat de coure i una olor d'escudella que alimentaven.

Aquell caldo era el que repartien al migdia als pobres que passaven fam, que cada primer dilluns de mes comptaven amb aquell àpat per menjar calent i mirar de sobreviure un dia més. Una escena que va esborronar Ítram des del primer dia que la va presenciar.

L'aroma del brou va fer que els seus estómacs comencessin a segregar sucs gàstrics. Els budells es queixaven perquè no havien menjat res des del dia abans a l'hora de sopar.

Els dos monjos que feien el dinar tenien la cara rodona i vermella.

Necessitaven les dues mans per remenar les peroles amb uns grans cullerots de fusta.

Es van encreuar amb un altre monjo que traginava una caixa plena de verdures: bitxos, raves, porros, enciams, escaroles... Pels colors s'endevinava que creixien ufanoses als horts que els monjos cultivaven al darrere del claustre, al costat del riu.

Van travessar el pati. Un sorral espaiós, lluminós, amb una sola ombra que feien un parell d'acàcies a banda i a banda. Van pujar escales amunt cap al segon pis de la casa de l'abat. El monjo els portava a la biblioteca.

L'abat els hi esperava juntament amb la seva mà dreta, el cambrer, el germà Florenci. L'abat i el mestre d'obres eren, si fa no fa, de la mateixa edat. L'abat era un home alt i corpulent, el front ample i solcat per les arrugues, senyal del pas dels anys i dels maldecaps. Tenia les faccions de la cara molt marcades i, malgrat la barba, se li feien uns clotets a les galtes que se li veien quan somreia, com ara, que rebia una persona important per a Besalú. Vestia un hàbit de color negre, drap burell que se'n diu, un teixit aspre, rústec i fort perquè no s'esquinci i duri. Era un home senzill, no gens ostentós, però tot i això tenia un posat solemne que desprenia una barreja d'afabilitat i respecte que imposava.

—Déu vos guard, mestre Prim, com esteu? Us ha provat el viatge? És del vostre gust l'allotjament que us han procurat? —li va preguntar l'abat amb una veu greu i suau.

—Bé, gràcies, molt reverend pare —va respondre al mateix temps que mig acotava el cap—. Estic cansat pels dies de viatge, però molt il·lusionat amb aquest projecte. La casa és acollidora i segur que de mica en mica ens l'anirem

TEIXIT VAST DE LLANA PURA

fent nostra —va afegir, mentre amanyagava el cap del seu fill—. Farem que sigui una llar. Per cert, què passa aquí fora? —va preguntar Prim, assenyalant la finestra.

—És l'enterrament de l'argenter Pere Godall. Que Déu Nostre Senyor i el seu patró, sant Eloi, el tinguin a la glòria —va dir l'abat mentre se senyava—. Un bon cristià. Era una persona molt coneguda i estimada per tothom —va afegir—. Va agafar unes febres que li provocaven unes diarrees molt fortes i li van sortir unes pústules per tot el cos que ja presagiaven un mal lleig. Abans de morir va deixar escrit en el testament que feia una donació important perquè poguessin començar les obres del pont. —L'abat va apartar la vista del constructor per fixar-la damunt d'Ítram—. I tu —va dir mentre el mirava i aixecava les celles— deus ser en...?

I li va picar l'ullet.

—Em dic Ítram, senyor —va gosar respondre educadament i amb un somriure a la boca.

—Ítram, suposo que ajudaràs el teu pare, oi? —li va dir somrient mentre es mirava el nou mestre d'obres i constructor del pont.

Pare i fill assentien amb el cap.

—En tot el que pugui, senyor.

—No en tinc cap dubte, trempat. Abans de començar la reunió, mestre Prim, permeteu-me que us presenti la meva mà dreta, el meu cambrer, el germà Florenci —va dir l'abat, assenyalant un home prim, massa prim, malcarat i sinistre, que caminava arrossegant les sandàlies des de la llar de foc que hi havia a la sala fins al centre de l'habitació.

Va donar la mà al seu pare amb una falsa cordialitat, es van mirar fredament i es van dir un sec «bon dia, tant de gust». No li va fer gaire bona impressió.

L'abat va agafar pel braç el mestre d'obres i primer el va convidar a una copa de licor d'herbes i nous verdes, i després li va demanar que comencés a estendre els pergamins damunt de la taula de roure perquè pogués explicar el seu projecte. Ell i el prior es van posar a una banda i a l'altra de la taula que hi havia al centre del saló.

Es va asseure en un racó de la sala, al costat de la llar de foc per sentir l'exposició del seu pare.

Va desplegar els pergamins damunt la taula i va començar a desenvolupar el seu plantejament.

—Em fa l'efecte que no calen gaires coneixements d'arquitectura per adonar-se que una de les millors maneres de garantir que una estructura s'aguanti molts anys, molts segles, és que tingui uns bons fonaments. No és cap secret. Per això, quan vaig decidir acceptar l'encàrrec de fer un pont que servís d'accés a la capital del comtat i al mateix temps fos la part més important de la muralla, la més segura, de seguida que vaig arribar a Besalú me'n vaig voler anar a veure el riu.

»La millor opció consisteix a construir damunt de les roques del riu. Aprofitar les grans masses de pedres que ja hi ha a l'aigua. Són autèntics regals que ens ha fet la mare natura. Si us hi heu fixat, són blocs de pedres que s'han originat amb els anys i s'han anat fent grans gràcies a l'acció de la natura. L'aigua les ha arrossegat fins aquí i les ha anat acumulant i sedimentant fins al punt que s'han convertit en aquestes petites muntanyes inamovibles, a prova de les riuades més virulentes. És com si fossin les passeres d'un gegant. Cada gambada coincidiria amb una arcada. El nostre gegant, però, no caminarà pas en línia recta... —El cambrer va arrufar les celles en senyal de sorpresa, però no va interrompre el seu pare—. A partir del setè pilar el seu traçat es desviarà cap a la dreta, perquè és evident que recte no hi pot anar. Un pont d'aquestes característiques no ens el podem permetre. Primer perquè és antinatural; estaria constantment exposat als embats de l'aigua, que n'afebliria l'estructura i s'acabaria esfondrant amb la primera riuada. I segon perquè suposaria un dispendi enorme, uns costos inimaginables que al comtat ni li interessa ni pot assumir.

Prim s'entusiasmava amb el que explicava; malgrat que només era una idea esbossada en un plànol, ja la veia executada. Mentrestant, l'abat anava assentint amb el cap i el cambrer mantenia una mirada escèptica. No ho veia clar.

L'exposició va continuar.

—Havia previst aixecar set pilars damunt d'aquestes pedres i situar dues torres, una de defensiva i fortificada amb una porta caladissa. S'enlairaria, majestuosament, des del mig del pont. Just on l'estructura hauria de tòrcer cap a la dreta. I l'altra torre la situaria just a l'entrada a la ciutat, seria el portal del pont. Al meu entendre, aquest hauria de ser el punt on s'hauria d'establir l'entrada oficial a la capital del comtat. Des d'aquí seria molt més fàcil poder controlar qui entra i qui surt, al marge d'obtenir uns ingressos dels qui transiten per Besalú o s'hi aturen per fer-hi nit o negocis. Mig diner per passar a peu i mig més per mula carregada i aneu fent comptes. Això al marge de les lleudes que vulgueu aplicar sobre els productes que creieu que s'hagin de gravar amb un impost, però això ja ho decidirà el comte...

—Arribats a aquest punt, mestre Prim —va interrompre fra Florenci, aixecant un dit i amb un posat arrogant—, us voldria fer una petita apreciació que no veig que hi hàgiu parat atenció.

Parlava amb pedanteria i prepotència, amb veu de nas, i mirava per sobre l'espatlla com si li perdonés la vida al seu interlocutor.

Tenia el pressentiment que li posaria traves. S'anava confirmant aquella mala espina que ja li havia fet la freda encaixada de mans inicial entre ells dos.

—Vitrubi, un insigne enginyer romà, ja va establir que els tres requisits bàsics d'un pont havien de ser *firmitas, utili-*

Impost gravat a les mercaderies a les viles ~~ont~~ on hi havia mercat *tas, venustas.* És a dir, fermesa, utilitat i bellesa. —El cambrer va recórrer a la seva formació com a arquitecte per defensar la seva posició—. La filosofia que inspira i comporta la construcció d'un pont, estimat, és demostrar la fortalesa de l'home, la fortalesa davant de tot i de tothom.

»Els romans, que ho havien conquerit i guanyat tot i que havien derrotat tots els enemics haguts i per haver d'aquest món, ho tenien molt clar, no es deixaven acoquinar per un senzill corrent d'aigua. Calia fer-hi front.

»Em sembla molt lloable que vulgueu seguir les pedres que la mare naturalesa ha col·locat sàviament a les aigües del Fluvià, això suposaria també estalviar-nos una bona quantitat de diners en material —va afegir el frare amb un mig somriure sarcàstic i fals—, sense oblidar els ingressos que s'obtindrien amb l'establiment d'uns pagaments a l'entrada. Fins aquí d'acord.

»Però, estimat mestre Prim, si vós us manteniu ferm en aquesta voluntat de seguir les pedres del riu, no veig com salvarem les vingudes sobtades del riu si trenquem el curs natural del corrent del Fluvià fent girar cap a la dreta el vostre pont. Ja es deu haver adonat que si seguim aquest disseny que planteja, l'angle que agafa el pont és contrari a la força de l'aigua que baixa pel llit del riu.

»La forma de falca que agafa el pont és contra natura i contra els conreus i cultius que hi ha al marge del riu, que quedarien negats completament, per no parlar de les cases que hi ha a tocar de la riba i que en cas de riuades fortes, Déu no ho vulgui!, quedarien destruïdes.

Mentre el cambrer Florenci argumentava la seva opinió, Prim se'l mirava amb un somriure murri. Va respirar profundament abans de respondre-li.

—No, no m'ha passat per alt, no, aquest detall que vós tan oportunament, benvolgut Florenci, heu apreciat. —Va començar la seva rèplica en un to de veu aspre—. Els mestres d'obres, fra Florenci, com que de tot se n'aprèn, per desgràcia ja hem vist, entre altres coses, arcs que s'aplanaven perquè els cindris cedien. Això ha obligat a prendre precaucions i dotar-los de contrafletxes perquè quan caigués el cindri es corregís immediatament la deformació. Hem descobert que per a la seguretat de l'obra és preferible quedar-se per sobre i no per sota de l'arc de mig punt.

»Amb aquesta tècnica aconseguim arcs de mig punt molt acceptables. S'ajusten els càlculs, es tallen unes dovelles molt precises i tot plegat fa que els cindris assoleixin un grau de perfecció i solidesa tan ferms que quan es retira l'estructura de pedra no caigui encara que la força de l'aigua sigui sobrenatural.

»Per salvar el curs d'un riu gran però d'amplada modesta com el Fluvià no es podia fer amb un sol arc enorme. Aquí necessitarem construir arcs més senzills a banda i banda del principal per evitar, entre tots plegats, no sols el corrent normal, sinó també l'eixamplament extraordinari de les vingudes d'aigua amb les pluges de la tardor.

»A diferència dels orgullosos i arrogants arquitectes romans, fra Florenci, nosaltres, els mestres d'obres, som més modestos, més senzills i solem tocar més de peus a terra. D'altra banda, malgrat els esforços, els mitjans són sovint escassos i molt rudimentaris i la mà d'obra no és que sigui gaire qualificada, però ens en sortirem.

»Per tot això, crec que hem de fugir de la idea d'enfrontar-nos al corrent del riu i optarem per desviar-la intel·ligentment amb ulls a les arcades i tallants per a l'aigua. I per això el tomb cap a la dreta del pont en comptes de seguir recte és l'opció que més ens convé.

»A més, si us hi fixeu —li va assenyalar els pergamins i el va convidar a mirar-se'ls—, el projecte consisteix a construir les tres últimes arcades del pont sobre blocs que haurien de ser igual d'immensos que els altres, però amb la diferència

Pedra tosca lleugera calcària trobada al lloc d'emergència d'alguna font

que aquests els col·locarà la mà de l'home, els artesans i picapedrers que treballin en el pont. Un material que sortiria de les pedreres de travertí que tinc entès que hi ha a Juinyà.

»I si parlem des del centre del pont, l'arcada es decantarà cap a la dreta i no cap a l'esquerra, que és per on continuen les pedres, perquè així afavoreixi que l'aigua del riu flueixi amb naturalitat, sense haver de patir pel trencament del corrent. Optar per fer el traçat en línia recta comportaria tenir un pont feble i vulnerable. Això no vol dir que no hàgim d'estar igualment molt pendents de les riuades.

El cambrer estava indignat i va respondre amb contundència.

—Entenc que l'angle hi hagi de ser. I potser teniu raó que el traçat recte sigui gairebé impossible arquitectònicament i inviable econòmicament. Però llavors us prego, mestre Prim, que accepteu el suggeriment de fer-lo girar cap a l'esquerra i no pas a la dreta. Així, amb aquest traçat, el pont resistiria molt millor l'impuls de l'aigua. Penseu que el vèrtex de l'angle és en sentit oposat al corrent i s'aconsegueix que la pedra treballi a compressió, molt més recomanable i lògic que no pas a tracció, que és com ho faria si es construís com vós dieu.

—Us oblideu —va incidir Prim— que el pont és com un braç que surt de la muralla?

—Què voleu dir? —va preguntar desconcertat el monjo.

—Si l'angle del pont és cap a la dreta, respon a una qüestió estratègica, també, de defensa de la capital del comtat. Si el traçat final del pont fos recte o cap a l'esquerra, la torre central més que una ajuda seria un destorb, una nosa, i faria un flac favor al comtat, perquè impediria llançar qualsevol ofensiva des de la fortificació, des de les muralles que hi ha a la porta de l'entrada. El pont, benvolgut cambrer, és, a més, una arma molt poderosa i té un rendiment econòmic i defensiu.

—Estimats... —va interrompre l'abat. Fins llavors no havia intervingut en aquella apassionant discussió i s'havia limitat a escoltar atentament. Es va aixecar, es va acostar al seu cambrer i amb un cop a l'esquena li va dir—: Després de sentir els arguments que sàviament heu exposat, tant vós com mestre Prim Llombard, em decideixo, de fet per això l'hem cridat, pel projecte del nou mestre d'obres.

»No hi ha temps per a discussions. El comte té pressa. Les obres han de començar com més aviat millor, entesos? M'heu de dir alguna cosa més? —va preguntar l'abat. Fra Florenci va fer que no amb el cap i, mentre feia una ganyota de resignació amb la boca, es va quedar capcot al mig de sala—. No en parlem més, doncs —va sentenciar l'abat—. Ara, mestre Prim, si ens voleu acompanyar a dinar, tindrem molt de gust a convidar-vos a compartir taula.

—Som-hi! —va exclamar Prim.

Fra Florenci va adreçar un gest reverencial a l'abat.

Mentre l'abat i el constructor sortien de la sala, el cambrer Florenci se'ls mirava furiós. Se sentia traït, estava abatut i el seu cap ja maquinava la manera de fer fracassar el projecte del llombard.

—Això no quedarà així, refotut foraster de merda —va dir en veu baixa i només per a les seves orelles.

Almesquera: mamífer de costums amfibis.

tarota: ANIMAL?

8

El boig de la ciutat

El seu pare es va quedar a dinar amb l'abat, però Ítram havia quedat amb Simó que passaria per casa seva per tastar l'adafina. Al cap encara li ressonaven els arguments de la discussió entre el seu pare i el cambrer de l'abat quan, de sobte, de darrere una cantonada va aparèixer com un esperitat un vailet amb cara de boig. De fet, més tard va saber que n'era ben bé, de boig. El va escometre i s'hi va parar al davant, barrant-li el pas i mirant-lo de dalt a baix. Era com un manyoc de nervis amb potes, no parava de moure's. Es gronxava endavant i endarrere i amb moviments compulsius es gratava el cap. Els seus ulls petits i blaus l'escrutaven per sota d'uns cabells negres i eriçats per on també sobresortia una tarota immensa, amb la qual semblava que l'ensumés. El va fer pensar en una almesquera.

—Has vingut pel torneig? —el va interrogar amb una veu d'espinguet.

—El torneig..., eeeeh..., quin torneig? —va preguntar dubitatiu.

—El Gran Torneig Comtal! —va respondre amb un crit—. Cada any vénen a Besalú d'arreu del comtat els millors guerrers i soldats. Els genets més ràpids, els arquers més

Camp clos on es feien les justes i els torneig

precisos, els primeres espases, els llancers més traçuts. Els qui es presenten a les llices i superen les proves i les justes tenen una recompensa immillorable...

I va deixar volgudament la frase penjada per despertar l'interès d'Ítram i a fe que ho va aconseguir. El tenia encuriosit.

—Ah, sí! I, si es pot saber, quina és aquesta recompensa immillorable? —va repetir sornegueramen el seu to i es va interessar pel gran premi del torneig.

—Servir i defensar Besalú —li va dir amb to i posat solemnes—, perquè dels guanyadors, el comte en tria els cinc millors homes per formar part del seu exèrcit. Durant una setmana es veu el millor de cada casa. Les portes de les muralles estan obertes perquè tothom que vulgui pugui veure-ho. Els carrers s'engalanen i s'omplen de cavallers, comerciants, astròlegs, trobadors, curanderos... Alguns vénen de força lluny, mireu! —va aixecar la veu de cop i li va assenyalar darrere seu.

Es va girar i va poder veure una caravana de carros i cavalls carregats amb les alforges ben plenes de tendes i vitualles per encarar una setmana que podia canviar la vida d'alguns dels cavallers que prenien part en el torneig. Homes de ferro envoltats dels ajudants i tota la seva pompa. Un seguici que per la direcció que agafava anava cap al pla de Manyac..., l'escenari del Gran Torneig. Ítram s'estava bocabadat veient passar la comitiva quan va sentir aquell vailet que deia:

—Corre, seguim-los!

El va engrapar pel braç i el va estirar per la camisa. No va tenir temps ni de pensar si hi volia anar o no, perquè amb una força inusitada —no sabia d'on la treia, aquell noi escanyolit— es va veure arrossegat carrer avall, cap a l'esplanada on també es dirigien aquells guerrers.

Un cop allà va poder veure una extensió de terreny on, tal com li va explicar aquell petit beneitó, es disputaven les justes. A una banda i a l'altra ja hi treballaven. A un costat, un grup d'homes s'escarrassava per muntar-hi un entarimat, amb poltrones incloses, des d'on el comte i els seus convidats assistien a l'esdeveniment. Davant per davant d'aquesta tribuna, unes modestes bancades estaven preparades per a la gent del poble.

Una mica apartat d'aquest camp, més cap a la dreta, s'hi aixecava un petit campament on convivien tots els participants durant la setmana que durava el torneig. De fet, n'hi havia que ja feia dies que hi eren i aprofitaven el temps per entrenar-se. Mentre els últims d'arribar s'anaven instal·lant i muntant les tendes, els seus ulls no donaven l'abast. Un guerrer cepat i robust, revestit de ferro de cap a peus amb un escut en forma de rombe en una mà i una espasa a l'altra, ballava amb la seva pròpia ombra. Brandava la fulla d'acer massís amb uns moviments àgils, elegants i alhora bruscos. L'espasa xiulava en tallar l'aire. Esgrimia dibuixos i clavava estocades al cel que semblaven mortals. Mirava d'escapolir-se de l'embat de la seva ombra com si fos un temut adversari. El terra es movia sota els seus peus. Ítram va girar la vista i a prop d'aquella espasa que ara ja reposava a la beina del cavaller de ferro hi va veure uns genets que cavalcaven amb una llança als braços. Unes llances que ara picaven contra un cos de cuir i palla que penjava d'un contrapès i que aviat esbotzarien escuts o s'enfonsarien en armadures i cotes de malla.

Admirava aquests guerrers. No sabia d'on treien la força per lluitar. El pes de l'armadura, de l'espasa..., i els qui van a cavall aguanten el pes de la llança i, malgrat el trontoll de la muntura, la dirigeixen perquè es pugui clavar en l'enemic o, en aquest cas, en el contrincant. Ell ja estaria mort abans de començar! Mort de cansament. Diuen que no sols és qüestió de força, sinó també d'enginy, de perícia i de traça, però no sabia què pensar-ne, francament. I encara, en un racó del campament, s'hi poden veure els arquers que fan punteria en unes grans rodes d'espart on hi ha dibuixades unes dianes de color vermell amb un punt blanc al mig. La xiuladissa de fletxes és ben perceptible quan les disparen i es claven uns quants metres més endavant en el blanc desitjat.

Va deixar el qui semblava el boig de la ciutat jugant amb un gos d'un dels acampats al costat d'una olla que bullia. Va enfilar el camí cap a la plaça i cap a la casa de Simó. Volia tastar aquella exquisidesa, l'adafina. Va arribar al taller botiga del seu pare. Orfebre, argenter i joier, Saül era un artista, un artesà que tenia comandes de diversos nobles i eclesiàstics, no sols del comtat de Besalú. Era dissabte i, tal com li havien explicat, els jueus no treballaven, però aquell dia tenien la persiana mig abaixada.

Quan hi va arribar, Simó era darrere el taulell i el seu pare estava parlant amb dos clients. Tancaven un tracte per un reliquiari de plata amb algunes incrustacions d'ametistes i unes sanefes insinuades a les tapes. Volien que es pogués tancar amb un fermall d'or. Mentrestant, en un racó de la botiga, una parella de religiosos s'extasiaven davant d'un calze platejat i la lluentor es reflectia a les seves cares. A la part de dalt, on el capellà posa els llavis per veure la sang de Crist, el calze estava acabat amb un rivet daurat i una altra finíssima veta daurada encerclava la base d'aquella sacra copa. Els dos monjos se li van acostar i li van donar una bossa en què, per la forma que tenia, hi devia haver una bona quantitat de diners. Però per l'expressió de les cares pagaven aquella feina ben feta amb molt de gust. Saül, que era com es deia el pare de Simó, els ho va agrair amb una reverència.

—Sembla impossible però és cert.

Ítram estava distret i les paraules de Simó, que ja havia sortit de la rebotiga, el van tornar a la realitat.

—Ei, Simó, com estàs? Perdona, què dius? —va preguntar, perquè no entenia el que li deia.

—Dic que sembla que no pugui ser que, per una banda, l'Església no toleri ni accepti els jueus, però, per l'altra, els receptacles on dipositen les relíquies del seus sants i les eines per a les seves misses les confiïn a les mans dels jueus... Són ben bé l'esperit de la contradicció.

—Sí, sí, tens raó, és curiós, oi? —va dir per dir alguna cosa—. Simó —i va canviar de tema—, saps que està a punt de celebrar-se un torneig?

—Sí, i tant, el Gran Torneig Comtal!

—Exacte, ja ho sabies? L'has vist mai?

—L'any passat, però d'amagat, no et pensis que vaig poder-lo veure a primera fila en aquelles graderies, noooo.

—Ah, no? I per què?

—Per la mateixa llei de sempre: nosaltres, els jueus, no ens podem barrejar amb els cristians i menys en un torneig.

—I com el vas veure?

—Des dalt d'un arbre, em vaig enfilar a un dels pins que hi ha a l'altre costat del campament i des d'allà podia seguir les proves i justes. M'hi acompanyaràs aquest any?

—Sí, perquè tinc molts ganes de veure-ho. De fet, ja he vist la palestra, el campament i els cavallers que s'entrenaven.

—I com ho has vist?

—Sortint del monestir m'he trobat un vailet que em penso que no hi és tot que m'ho ha explicat i m'ha portat fins al pla de Manyac...

—A dinar! —el crit de la mare de Simó el va interrompre, però era una interrupció gustosa.

—Va, anem cap a dalt, que la meva mare ja té l'adafina a punt.

—Sí, d'aquí estant ja sento l'olor d'ahir —va dir mentre aixecava el nas cap al sostre.

Van pujar per una escala que hi havia darrere el taulell i en arribar a dalt al menjador ja tenien a taula aquell plat exquisit.

—Abans de dinar ens hem de rentar les mans. —I Simó el va acompanyar davant d'una gibrelleta amb aigua—. Menges amb la dreta o amb l'esquerra?

—Amb l'esquerra, per què?

—Ara ho veuràs, dóna'm la mà. —Li va agafar l'esquerra i se la va girar perquè el palmell quedés de cap per avall—. Separa els dits —va dir, i li va tirar l'aigua per sobre de la mà.

—Per què s'ha de fer així?

—És important que l'aigua llisqui cap avall perquè s'emporti totes les impureses que puguis tenir a les mans. Ara dóna'm l'altra mà... El ritual de rentar-nos les mans és molt important, perquè és un acte de respecte i agraïment pels aliments que ens ofereix el Creador. Té, eixuga't amb aquest drap, és net.

Després van repetir l'operació per rentar les mans de Simó. Els seus pares, en silenci, feien el mateix.

Un cop asseguts a taula, el seu pare va beneir la taula amb unes paraules que no va arribar a entendre i tot seguit els va repartir uns trossos de pa. Es va mirar la seva dona i els va servir els plats.

9

El secret del sagristà

Fra Agapit havia treballat tot el matí a la sagristia i va decidir baixar a la cripta, situada sota l'altar major. Quan s'hi dirigia va veure el germà Sebastià que acompanyava un home carregat de plànols i un nen en direcció cap als claustres. Estava capficat amb les seves cabòries i no va parar-hi més atenció. Fra Agapit, el sagristà, era esguerrat: era borni, li faltava un ull i això li enduria l'aspecte.

Era un home astut, endreçat i preocupat, però la seva fesomia tallada li donava un aire malvat i cruel que no s'adeia gens ni mica amb el seu tarannà. S'encarregava de posar en ordre la sagristia i portar els comptes i el control més rigorós de tots els objectes que formaven part del tresor del monestir.

Cellajunt, blanc com un glop de llet, de constitució més aviat prima i amb una cama, la dreta, més curta que l'esquerra, record d'una malaltia que de marrec el va recloure a casa, el sagristà havia consagrat la seva vida, com si fos un manament més de la llei de Déu, a vetllar, conservar i, en la mesura del possible, engrandir el tresor del monestir. Recolzant el pes a la dreta i marcant el pas amb l'esquerra, cami-

que te les celles que es toquen

nava amb dificultat cap a la cripta i s'amanyagava la clau d'accés que duia lligada a la cintura. Se la va treure, va mirar furtivament a banda i banda i va obrir la porta.

Va baixar ranquejant els vuit graons que s'anaven il·luminant amb la claror de la llàntia que havia encès. La llum del ciri va llepar les creus, els calzes —alguns d'or, d'altres d'argent, però tots amb pedres precioses incrustades—, els joiers, els reliquiaris, els missals i les altres preuades pertinences que reposaven allà baix i el rebien amb la lluïssor habitual. Hi guardaven també uns altres tresors: llibres, textos antiquíssims, autèntics receptacles d'idees i pensaments que materialitzaven la força de l'intel·lecte. Un cop allà, fra Agapit acomplia sempre la mateixa litúrgia. El ritual consistia a repassar totes les petites obres d'art per si hi detectava cap indici que l'advertís que havia d'intervenir-hi. Aquest desfici desmesurat del sagristà havia dotat les peces d'un valor afegit, les havia embellit encara més del que eren, en tenia una cura extrema. Parlava amb les joies com si fossin filles seves. Quan amb les mans cobertes de penellons les treia dels estoigs i les desembolicava dels velluts amb què les embolcallaven, ho feia amb una delicadesa excepcional, la mateixa amb què les tornava a tapar, com si abrigués un nadó que dorm perquè no tingui fred. Procurava que ni la humitat ni el rovell apaguessin la brillantor original. S'hi aplicava a fons amb la paciència de l'orfebre, amb la traça de l'argenter, amb l'art del joier.

El sagristà, però, tenia un punt feble. De tant en tant visitava el prostíbul que hi havia al capdavall del carrer del Portalet. A fe de Déu, un indret ben poc indicat per a un home del Senyor com ell, però...

Per poder allitar-se sempre amb la mateixa noia, a la mestressa li procurava pedres precioses de la col·lecció del tresor del monestir. Les treia amb no pocs maldecaps. Tenia els seus remordiments i sabia que algun dia ho pagaria car, però la carn era dèbil i fra Agapit no se'n sabia estar, de tastar els plaers terrenals...

Va agafar dos joiers i se'ls va posar dins de les amples mànigues de l'hàbit. Sortia per la porta de la sala capitular que donava al cementiri, on els seus germans que l'havien precedit dormien el son dels justos. No es podia senyar perquè duia les mans plenes, però en passar-hi per davant acotava una mica el cap per respecte i els seus llavis rosegaven una oració per les seves ànimes.

Aquella nit li va semblar veure fra Florenci que sortia per la porta dels horts. Es va arrambar a la paret i va donar-se temps que passés el perill. S'amagava el cap amb la caputxa i es confonia amb les ombres del carrer del Portalet.

Ho havia fet un munt de vegades, però els nervis li tenallaven les mans cada cop que havia de fer tres tocs al porticó de les finestres de l'habitació de la mestressa.

Allò li assegurava que al cap d'uns instants ja era dins d'aquell antre de luxúria i pecat sense necessitat d'haver-se d'exposar a entrar per la porta principal i ser reconegut.

Les portes de l'infern es van obrir per a fra Agapit. Hi arribava esbufegant, amb la cara suada per la correguda que havia de fer cada nit que s'acostava al bordell temorós de ser descobert per algú.

—Us haureu d'esperar una mica aquesta nit —li va dir la mestressa. De tan encotillada que anava, el pitram li estava a punt de sortir per sobre de l'escot de la brusa—. Magalí encara està ocupada —va dir mig gemegant al frare.

—Ah, sí —va dir esquerp i amb un gest contret el frare—. En té per molt?

I es va tirar la caputxa enrere.

—No ho sé —li va contestar la mestressa amb un somriure maliciós mentre li passava un dit pel nas i el front suats—. Ui, aneu xop, voleu que us vagi traient aquesta roba? —li va insinuar, tot amanyagant els braços del frare.

—No, no caldrà —va respondre nerviós i separant-se d'un bot d'aquella dona, com si l'hagués tocat el mateix dimoni.

Es va treure els joiers de les mànigues. La lluïssor d'aquelles dues obres d'art de l'orfebreria es va reflectir a les ninetes dels ulls de la mestressa.

—Humm! —va deixar anar una onomatopeia de plaer al mateix temps que gairebé li prenia de les mans aquell parell de preciositats.

La mestressa acaronava les peces d'or amb robins incrustats i li produïa una sensació tan agradable que li donava més gust que si passés tota la nit amb un dels seus millors clients.

—Les guardo i vaig a cridar Magalí —va afegir la mestressa.

—Sí, si us plau, que enllesteixi de pressa, que no puc perdre gaire més temps.

Fra Agapit sabia que havia de tornar al monestir per assistir a les matines.

—Acompanyeu-me —li va demanar la mestressa, que el va conduir per un passadís on es barrejaven un munt d'olors: la del perfum de les noies amb la de suat dels amants que s'hi feien i s'hi aplicaven com si aquella fos l'última nit—. Passeu a aquesta habitació. —Li va obrir una cambra que només tenia un llit cobert amb uns llençols blancs—. Us estarà bé aquí per jugar amb la vostra estimada?

La mestressa va riure sorollosament i va deixar veure les dents, grogues i mal posades.

—No, perquè no és la de sempre —va dir neguitós fra Agapit—. Vull la que fem servir sempre, aquella que està al costat de la porta. Em penso que us pago amb escreix el servei de Magalí. No s'hi val, a tractar-me d'aquesta manera. —El frare s'anava emprenyant, però no apujava el to de veu—. Us exigeixo aquella cambra i que la noia hi sigui de seguida, si no...

—Si no, què?! —el va interrompre la mestressa—. Frare depravat i descregut, no esteu en posició d'amenaçar-me. —I se'l mirava de dalt a baix amb menyspreu i un punt de fàstic—. Tinc totes les joies i antiguitats del monestir que m'heu anat portant per apagar les vostres calentors i us puc fer penjar en un tres i no res. —I va fer petar els dits davant de la cara del monjo que continuava suant—. Entreu aquí dins i espereu la noia i, si no us va bé, allà teniu la porta i podeu anar a desfogar-vos amb qualsevol de les cabres que volten per aquestes muntanyes.

La mestressa li va tancar la porta als morros. Fra Agapit se sentia abatut, li cremaven les galtes i les orelles, però tenia unes ganes enormes de posseir Magalí.

Aquella situació no l'havia arronsat, al contrari. Lluny d'haver-li estovat el desig, encara li havia fet créixer més sota els hàbits.

Es va asseure al llit. Li arribava el soroll de la gresca de la part de baix. Amb el Gran Torneig a punt de celebrar-se, el bordell estava ple cada nit. Hi havia una petita part d'aquell antre que era una mena de taverna on els homes alternaven amb les noies. Més d'un i més dos no tenien espera i es volien deixar anar sobre les joves a la taula o la barra mateix. Al final, però, les prostitutes tenien prou mà esquerra per conduir-los fins a les habitacions, on acabaven de consumar la fornicació pel preu que elles volien. A la part de dalt se sentien alguns catres que grinyolaven, però de l'habitació del seu costat només s'arribava a percebre un rumor de veus com si algú estigués parlant. Més aviat discutint. Sentia crits, sorolls de corredisses per l'habitació. Mobles que es movien, trencadissa de vidres. Més crits. Fra Agapit es va aixecar i va acostar l'orella a la paret. En aquell moment, va sentir un cop sec i la porta de l'habitació veïna es va obrir per tornar-se a tancar. Silenci. De seguida, però, es van sentir uns plors. Eren d'una noia que somicava i es lamentava. A fra Agapit li va semblar distingir la veu de Magalí. Va sortir de la seva habitació i va entrar a la del costat. Magalí, despullada i plena de sang, estava arraulida als peus del llit. Quan va sentir que algú entrava a l'habitació, es va protegir el cap com si tingués por que la poguessin tornar a picar, però en aquell instant va sentir la veu de fra Agapit.

—Magalí, sóc jo, no tinguis por... Què t'han fet? Qui t'ho ha fet, això?

I va córrer a abraçar-la. La visió que tenia davant seu fra Agapit era d'allò més desagradable. La pell de la noia estava completament masegada i ensangonada.

Magalí va aixecar el cap i fra Agapit li va apartar els cabells rossos i rinxolats de la cara. Un regalim de sang li sortia del nas i tenia un dels llavis —aquells llavis en els quals fra Agapit somiava sovint— partit per la meitat.

La va ajudar a aixecar-se. Gairebé no podia posar-se dempeus. Es va doblegar com un jonc. Fra Agapit la va abrigar amb el llençol i se la va endur a pes de braços a la cambra que aquella nit havia d'acollir els seus jocs sexuals. La va fer estirar al llit.

—Vaig a cridar la teva mestressa. Ho ha de saber —va dir el monjo.

—No..., era un dels homes del comte d'Empúries —va començar amb veu tremolosa—. Un d'important... que deia que em volia fer seva per sempre més i que —sanglotava amargament— em prometia treure'm d'aquí per convertir-me en una dona decent. Però jo no he volgut i... s'ha enfilat per les parets. Deia que a ell mai ningú no li porta la contrària i encara menys jo. Que qui m'havia pensat que era, una maleïda puta que es deixa follar per un frare. No vull ni explicar-te el que m'ha fet. Només de pensar-hi em fa tant mal o més que si tornés a rebre els seus cops. Mentre em pegava deia que aquesta nit havia de ser especial i era l'última que venia com a client, perquè d'aquí a dos dies entraria triomfant per la porta de Besalú amb el comte d'Empúries. Que hi havia un pla per fer caure el comte i entrar a la ciutat... deia que hi havia algú del monestir que els ajudava i...

Magalí es va queixar. Li feia mal la panxa, es recargolava de dolor. Fra Agapit estava aclaparat tant pel que li explicava Magalí com pel que s'imaginava que aquella bèstia hauria fet a aquella criatura indefensa. Abans de tapar-la amb el llençol se l'havia mirat aterrit per la quantitat de sang que tenia pertot arreu.

Es va obrir la porta violentament i va entrar la mestressa.

—Maleït frare, què li has fet! Fill de Satanàs, treu-li les mans de sobre. —Cridava com si estigués posseïda pel diable. D'una empenta va apartar fra Agapit de la noia—. Què t'ha fet, Magalí? Contesta! —bramava la mestressa davant la cara de Magalí, que des de feia uns moments estava inconscient. La mestressa es va girar cap al monjo amb una cara prenyada de ràbia—. L'has morta, cabró, l'has morta?! Sabia que eres un monstre, n'hi ha prou de veure't. Et van engendrar esguerrat, devia ser un càstig pels teus pares. Ho sabia, des del moment que venies aquí és que alguna cosa no rutllava bé dins del teu cap. Tan furiós estaves que no te n'has pogut estar de desfogar-te amb ella d'aquesta manera?! —cridava la mestressa donant voltes per l'habitació—. Et cremaràs a l'infern —l'amenaçava—. Aquesta nit mateix avisaré el saig perquè els homes del comte et detinguin, t'empresonin i et pengin perquè tothom sàpiga què ets: un collons de monstre!

Fra Agapit, que feia estona que s'havia aixecat del llit on estava amanyagant Magalí, aguantava la irada mestressa des

Executor d'embargament i penes quan eren condemnats els reus.

d'un racó de l'habitació. Només tenia una cosa al cap: fugir, marxar d'aquell cau. Si ho feia, però, sabia que no veuria mai més Magalí. Li havien clavat tantes ganivetades i cops que difícilment sobreviuria. Tenia el cap i el cor dividits, però no podia pensar bé i encara menys amb aquella boja xisclant com una truja quan l'escorxen. Va fer el cor fort i se'n va anar corrents i decidit cap a la porta, aprofitant que la mestressa encara cridava, però girada cap a la finestra. Va sortir al passadís, es va arremangar els hàbits i va baixar les escales tan de pressa com les cames li van permetre.

En un moment va ser fora. En comptes de tornar pel camí de sempre, va decidir resseguir el curs del riu fins a arribar a l'altura de la infermeria. Hi havia un caminoi que s'enfilava cap als horts. De quatre grapes va aconseguir pujar una mica de turonet que separava el monestir de la ribera del riu. Enfangat i brut de sang, fra Agapit va travessar els conreus anant amb compte de no aixafar les regues. Va entrar al claustre i va pujar cap al dormitori.

Agenollat al costat del llit amb un rosari als dits, resava per la seva ànima i per la de Magalí, que aquella nit feia el seu viatge cap a l'eternitat. Després fra Agapit es va abaixar la part de dalt de l'hàbit i, de la calaixera de l'habitació, en va treure un flagell. Es va mortificar per les vegades que havia pecat. Els ganxos que hi havia al capdavall del flagell se li clavaven a la pell i n'estirava unes petites tires. Després d'haver-se flagel·lat unes quantes vegades, i amb l'esquena llaurada de sang, fra Agapit es va tornar a vestir amb el so de les campanes que els cridaven a matines...

10

El torneig

Als carrers hi havia l'ambient de les gran ocasions. I aquell dia també ho era. El Gran Torneig Comtal s'ho mereixia. No era un esdeveniment qualsevol. Tot estava engalanat amb penjants, banderoles, penons, garlandes, escuts i estendards dels participants. No hi eren tots els blasons dels cavallers, només es veien els distintius dels més espavilats. El mateix dia del Gran Torneig ordenaven a algú del seguici que col·loqués el seu blasó en punts estratègics del poble i fins i tot a prop dels portals d'entrada al comtat. Així s'asseguraven més claca que els animés i els donés suport durant les proves. Eren uns dies que es caracteritzaven per un esperit d'hospitalitat tan gran, que els visitants que omplien la capital del comtat durant aquella setmana se sentien ben atesos i ben tractats. Era un formiguer d'anar i venir de persones que feia goig de veure. La riuada humana es dirigia cap al pla de Manyac, el terreny on es dirimien les justes.

La palestra es preparava a consciència. Els encarregats s'hi escarrassaven per deixar el terreny ben net. Primer el desbrossaven de matolls, d'herbes i d'altra malesa que es pogués entortolligar a les potes dels cavalls. Després apartaven les pedres que poguessin molestar els cavalls i també evitaven que sortissin disparades cap a les tribunes i estabornissin algú de compromís. S'aplanava el terra perquè no hi hagués cap desnivell que pogués beneficiar o perjudicar els participants. I, finalment, el dia del torneig es feia un parell de voltes de reconeixement per comprovar el bon estat del terreny. Un ritual que els cavallers participants feien acompanyats de música.

Tot estava a punt per al gran dia. Ítram i Simó es van enfilar dalt d'un arbre des d'on tenien una visió excel·lent. Simó li explicava que el lema del Gran Torneig era «Valor, lleialtat i dignitat» i que les lleis de les proves es regien pel sentit de l'honor. Les justes se celebraven en igualtat de condicions i, a mesura que avançava el combat, cada cavaller s'havia d'espavilar valent-se només de la seva traça.

Una igualtat de condicions que no sols incloïa les armes, prèviament esmussades per evitar el perill de matar algú, sinó també respectar el rival i no atacar-lo en un descuit, per l'esquena o aprofitant una malformació del terreny o qualsevol altra excusa. Una cosa és atacar perquè l'adversari està amb la guàrdia baixa i una altra de molt diferent és aprofitar-se d'un moment baix del rival per acarnissar-s'hi. Malgrat que es feien servir les armes corteses amb les puntes arrodonides per evitar que algú hi perdés la vida, no era estrany que algú acabés a l'altre barri. Una mala caiguda del cavall, rebre un cop de massa, encara que fos de fusta, on no tocava... Hi havia poques víctimes mortals, però sempre se n'havia de lamentar alguna.

Un so estrident de trompeta va tallar les explicacions de Simó i es van centrar en el grup d'homes que entrava al pla de Manyac.

Un portabandera del comtat obria la comitiva seguit de trompetes, timbals i tambors que marcaven el pas dels escuders dels cavallers participants. Tancaven el seguici el comte, acompanyat d'alguns dels nobles i notables del comtat, el capellà i el metge per si calien els seus serveis tant per donar auxili a l'ànima com al cos. Saludaven el poble, que des de l'altre costat de la tribuna ja feia estona que esperava impacient que comencés el Gran Torneig. Després de l'entrada de la cavalcada, les autoritats prenien seient i els cavallers passaven a les seves respectives tendes per ajustar els arnesos, els guarniments del cavall. En aquesta feina els assistien els escuders o els patges, segons cada cas. Després els escuders restaven a una banda amb els estendards, els blasons, les banderes i els escuts dels participants. En aquell instant entrava en joc una figura clau, gairebé un mestre de cerimònies: l'herald. Setmanes enrere ell era l'encarregat de convocar i d'anunciar oficialment la data de celebració del torneig.

Els tornejos es convocaven amb molta antelació i la notícia s'escampava per tota la comarca. Entre les competències de l'herald també hi havia publicar els noms dels participants perquè tothom sabés qui hi havia aquell any a les justes, i durant el Gran Torneig era el dipositari del reglament que regia la competició. De fet, s'acudia a ell quan hi havia casos difícils o situacions poc clares i molt compromeses. L'herald prenia decisions i eren inapel·lables. Es va plantar al mig de la palestra i un per un va anunciar els paladins que prendrien part en el torneig. Segons la seva popularitat, rebien més suport o menys des de la tribuna. Un reguitzell de cavallers anaven de torneig en torneig, de comtat en comtat per motivacions ben diverses. Uns hi buscaven fortuna, d'altres trobar una ocasió per lluir-se amb les armes. En el cas del Gran Torneig Comtal de Besalú, senzillament miraven de trobar una manera honrosa de guanyar-se la vida: entrant a l'exèrcit del comte.

Enfilats dalt de l'arbre no podien sentir els noms dels dos primers contrincants que va cridar l'herald, però immediatament després del so de les trompetes es van sentir uns crits des del sector de les grades que ocupava el públic.

Un soroll eixordador quan van aparèixer dos genets, un per ponent i l'altre per llevant. Els dos primers participants es van situar en el punt des d'on havien de sortir precedits dels seus estendards i acompanyats del seu palafrener, el criat que, caminant al costat de l'estrep del cavaller, menava el cavall. Els genets, drets damunt dels lloms dels cavalls, que piafaven i grataven el terra amb les peülles, feien goig. Duien tots dos unes armadures que amb el sol del migdia encara lluïen més: l'una era daurada i l'altra platejada. La mà esquerra quedava amagada darrere les dargues, adornades per davant i per darrere amb motius militars. Aquell escut de cuir els cobria un flanc, l'altre el defensaven amb la llança que acabaven d'aguantar sota l'aixella. Per fer-los més fàcil l'enfrontament i poder tenir les mans més lliures, es muntava a la geneta. Consistia a portar la sella de muntar amb arnesos alts, de manera que permetia que el cavaller pogués tenir les mans lliures per fer anar les armes, gairebé no havia ni d'estirar les regnes. Els estreps i les brides també eren més curts, i això facilitava que les cames estiguessin en posició vertical des del genoll en avall. Una posició que també ajudava a mantenir dreta la llança.

Els cavalls piafaven i feien cops de cap. Els dos genets es van abaixar les viseres dels cascos. L'herald va donar el senyal i van clavar els esperons a la panxa dels cavalls, que van renillar i van arrencar a córrer. Cavalcaven tan ràpid que aixecaven una polseguera que gairebé impedia veure des de les tribunes com s'anaven acostant. Els cavallers es preparaven per encarar el xoc amb l'adversari. S'anaven girant sobre les muntures per trobar l'angle més idoni, l'impacte més ajustat. Cadascú buscava la part més desprotegida de l'altre, aquella que ni la darga ni la llança poguessin tapar.

Era molt difícil trobar un forat i per això miraven de dirigir un bon cop de llança contra l'escut per fer caure el contrincant del cavall. El xoc de les dues llances contra les dargues va ser tan violent, que va aconseguir descavalcar el paladí daurat; a més, se li va partir la llança i l'escut li va quedar destrossat. Amb la cridòria esbojarrada de la multitud, el cavaller de l'armadura platejada va frenar el cavall, va desmuntar i va anar a escometre el seu rival empunyant l'espasa. Va deixar que es refés. Fent tentines després de la sotragada i de la caiguda del cavall, es va aixecar, va desembeinar la seva arma i es va encarar a l'home platejat fent esses. No li quedaven gaires opcions i se'l veia força abatut. Malgrat tot, va esquivar el primer cop apartant-se cap a la dreta, el segon fent el mateix però cap a l'esquerra i, quan anava a rebre el tercer, s'hi va tornar. Ho va fer amb una certesa que va fer saltar pel aires l'espasa del cavaller platejat, que es va anar a clavar uns metres més enllà. Potser per massa confiat, el cavaller platejat no comptava amb la traça que demostrava el seu enemic, que ja havia aconseguit el favor de bona part de la tribuna del poble. Hi havia un empat, l'herald va determinar que per desfer-lo es recorreria a una altra variant de les justes: el combat de destrals. Eren unes destrals amb un mànec molt llarg i una fulla esmussada al capdamunt. Qui tingués més destresa amb aquella arma guanyaria. Es van treure els cascos i les pesades armadures i només es van quedar amb les cotes de malles. Feien voltes i pels passos semblaven que dibuixessin un vuit. Va picar primer el cavaller daurat, que es va abraonar sobre el platejat, però aquest va ser prou àgil per repel·lir l'agressió. Anaven voltant, l'un molt pendent dels moviments de l'altre, i el segon cop va trigar més a arribar i també el va donar el daurat, que va ensopegar amb una molt bona protecció que feia el seu contrincant, que rebia el cop amb la destral en horitzontal. En el tercer atac del cavaller daurat, el platejat es va mig ajupir i li va clavar un cop a les costelles que va fer estremir de dolor el seu rival, que es va arquejar i va deixar anar un gemec.

Un moment que no va desaprofitar el cavaller platejat. Li va colpejar directament el ventre de les cames. El va desestabilitzar, va caure de genolls i va perdre la destral i la prova, perquè l'home platejat li va donar un seguit de cops a punts molt concrets de l'esquena, el pit i les lumbars. Però el cop de gràcia definitiu que el va deixar fora de combat i sense sentit unes quantes hores li va clavar entre cap i coll. Mentre els seus escuders l'enretiraven del terreny de joc, l'herald proclamava guanyador de la primera justa, entre el deliri col·lectiu, el cavaller platejat: Arnau de Ventalló.

Mentre el nou membre de l'exèrcit era felicitat pel seu seguici, la resta de participants i els seus escuders, les proves continuaven. Dos guerrers més es desafiaven a cavall però amb espases. Prèviament, amb les llances no havien aconseguit que l'un pogués abatre l'altre. Des d'una de les bancades del poble, un home s'ho mirava somrient i aplaudint més que cap altra persona del públic. Era calb o, més ben dit, portava el cap rasurat i se li veia un bon trau a la cara. El somriure es va transformar en una riallada sinistra. Era Marçal Matamala.

II

El call

Va sortir de casa amb l'encàrrec que li havia fet el seu pare de comprar algunes eines i estris de ferro i fusta que hi havia a la botiga del final del seu carrer. Quan hi va arribar, un gos s'escompixava a la porta i de la foscor de l'interior de l'establiment va sortir l'amo escopint renecs. Un individu tronat vestit amb uns parracs que li donaven un aspecte deixat, accentuat pels cabells embullats i uns ulls desorbitats. Va arribar al llindar de la porta amb els braços alçats i bramant com un possés. No sols va aconseguir estroncar la pixera al pobre animal, sinó que va espantar Ítram i el gos, que ja corria cames ajudeu-me carrer avall. Es va allisar els cabells amb les mans. El va saludar, encara amb la mirada esgarriada, i el va convidar a entrar perquè donés un cop d'ull al gènere que s'escampava per la botiga. Fangues, aixades, càvecs, destrals, balances, falçs, serres i altres atuells diversos d'aram i de coure s'apilonaven per terra i penjaven del sostre de l'establiment. Va sortir amb les mans buides: no va ser capaç de trobar res del que li havia dit el pare. «Haurem d'esperar anar a mercat la setmana que ve», es va dir.

Un cop a fora al carrer, va ensopegar gairebé de morros amb ella. Estava preciosa. Duia un vestit llarg de cotó de color blau. Només va ser un instant, però n'hi va haver prou per sentir la delicada olor de romaní que desprenia.

—Ui, perdó, gairebé us atropello, a vós i als dos càntirs —li va dir.

—I ara, no siguis exagerat, no passa res. I no em tractis de vós, entesos? M'ajudes a portar-ne un? —li va dir, somrient, mentre li allargava un càntir blanc que pesava com un roc.

—Eeeeh, entesos, sí, i tant —va accedir sense pensar-s'ho dues vegades, encara mig desconcertat.

Caminaven per un corriol empedrat i ell no sabia ben bé on anaven.

—Em dic Jezabel. I tu? No ets pas de per aquí, oi que no?

—No. Em dic Ítram i vaig arribar ara fa uns dies de Siena, de la Llombardia.

—De la Llombardia? —va exclamar amb els ulls oberts i les celles arrufades—. I què hi has vingut a buscar, a Besalú, si es pot saber? Què t'ha portat tan lluny de casa teva? —li va preguntar, encuriosida.

Va agafar aire i va deixar anar un sospir.

—Feina. Una feina és el que ens ha dut aquí. He vingut amb el meu pare. És mestre d'obres i el comte li ha encarregat la construcció d'un pont sobre el riu i unes quantes obres més...

Clinc, clinc, clinc, clinc...

La dringadissa fràgil i lenta d'una campaneta li va trencar el discurs. El so no era pas més fort que el d'un esquellerinc o un cascavell, però persistent.

—Un leprós, un leprós! —es van sentir uns crits des de l'altra banda del carrer.

Una persona, no sabria dir si home o dona, encaputxada i engiponada amb unes vestimentes negres, es desplaçava

Cadascuna de les campanetas que guarneixen els collars i els arreus dels animals.

fent ziga-zagues per la pujada del carrer i venia en la seva direcció mentre feia sonar amb un feble moviment del canell aquella campana. Mentrestant, es van sentir els insults i els improperis que li llançaven des dels balcons de les cases i la gent el defugia com si veiés el dimoni.

—Què passa? Què és això?

—És el més marginat dels marginats. És un mort en el món dels vius. I no tenen prou pena amb el mal que els rosega per dins i se'ls menja literalment vius, que a més han de suportar la humiliació pública que suposa anunciar la seva presència amb aquesta campaneta perquè tothom se n'allunyi. Fora de la ciutat, en un encreuament de camins, hi ha l'hospital dels leprosos. Pel bé comú, les autoritats van creure convenient aïllar els malalts. Mira, trenquem per aquest corriol —li va indicar Jezabel.

Continuaven caminant. El carrer es va fer estret i es tancava cap a l'esquerre. Davant d'ells, el call jueu s'estenia darrere la porta que s'obria al principi del carrer Rocafort. Una gran porta, d'un gruix que la feia infranquejable. Segons li va explicar Jezabel, es tancava de nit i mantenia les famílies jueves segures dels atacs instigats per grups de cristians radicals. Els més extremistes feien batudes nocturnes per escarmentar, deien ells, aquells jueus descreguts. Ítram devia fer alguna ganyota prou expressiva, de desaprovació, perquè la noia li va preguntar si es trobava bé i si li feia res acabar-la d'acompanyar. Ell li va dir que, per descomptat, no li passava res i que res ni ningú no li impedien continuar traginant un càntir fins allà on calgués.

—T'agradaria veure el meu barri? —li va preguntar—. Vull dir que si vols t'ensenyo com és la vida en aquesta banda de la ciutat.

—M'encantaria..., però no entenc això de... Que és molt diferent la manera que teniu de viure els jueus dels de la resta?

—No, diferent no, però sí que tenim uns costums, unes lleis, una determinada manera d'entendre el món que no és ben bé la mateixa que hi ha fora del nostre barri —deia Jezabel.

Continuaven caminant per un empedrat que es clavava a les plantes dels peus. L'empedrat d'uns carrers laberíntics, acollidors i hospitalaris que estaven farcits de vida. Carrers confortables i familiars plens de botigues i petits negocis dels més diversos oficis. La gentada que transitava per l'artèria principal del barri era imponent i el guirigall considerable. Però de fet on hi havia més xivarri era a la carnisseria. Jezabel li explicava que en aquest lloc era on se sacrificaven el que ells consideraven animals purs o kosher, com els anomenaven. Així, i segons dictaven les lleis, només la carn del bou, l'ovella, la cabra, el cérvol, el boc i la gasela podien servir d'aliment per als fills d'Israel.

—I no podeu menjar conill a la brasa o uns peus de porc amb naps, per exemple? —va preguntar.

—No, són animals impurs. Per això tenim una carnisseria pròpia per poder seguir els nostres preceptes.

Badava amb la distribució de les cases. Era modèlica. Ben ordenada, totes arrenglerades. Estava sorprès amb la uniformitat i l'estil d'aquelles construccions. De fet, una manera de construir que ja havia vist en diverses cases i edificis d'altres carrers de Besalú, però no sabia què tenien que no podia deixar d'admirar-les. Abstret amb tot això, no es va ni adonar que ja havien arribat davant de casa seva. No hi va entrar, però. Només va deixar el càntir al costat de la porta i van continuar carrer enllà.

—Et vull ensenyar un dels llocs més importants de la nostra comunitat —va dir Jezabel—. Anem.

La va seguir pel carrer que anava a desembocar en una plaça no gaire gran. Tenia unes dimensions més aviat discretes. I s'hi aixecava un edifici que pel volum d'entrades i sortides va deduir que era molt concorregut. Hi van entrar. Ho van fer per un portal que donava a un pati a l'aire lliure. Davant d'ells s'hi obria una altra estança. S'hi sentien crits i rialles, i hi entraven i en sortien un grapat de criatures esverades que van saludar Jezabel.

—És l'escola! —li va dir somrient—. De vegades hi vaig a ajudar.

Van deixar que la mainada entrés a classe i els van encaminar cap a la sala d'oració, a la qual es podia accedir per dues portes. Un cop a dins, Ítram va haver d'aixecar la vista. Era un edifici amb el sostre molt alt, fet que el revestia d'una monumentalitat que no s'apreciava des de fora.

—Això és el rovell de l'ou del barri, el centre de la vida de la nostra comunitat: la sinagoga —va anunciar, acompanyant aquestes paraules amb una reverència cap a una mena d'altar que hi havia en una banda de la sala.

—Què és allò? —va preguntar, mentre amb la barbeta apuntava cap aquell petit tabernacle amb una llàntia encesa.

—És la teua, que guarda la llum de Saron. Vetllem perquè la flama de l'Aron Ha-Qodes sigui eterna. Totes les sinagogues tenen una llàntia d'oli com aquesta que veus i és venerada per tots els membres de la comunitat. La devoció és tan gran, que fins i tot hi ha persones que un cop han mort no volen deixar de vetllar-la i així ho deixen escrit en el seu testament. El pare em va explicar que una vegada va atendre una malalta que estant al llit va aprofitar les seves últimes forces per dictar testament.

I entre les seves últimes voluntats hi havia que llegava a la sinagoga una quantitat de diners perquè alimentessin la flama amb un quart d'oli cada dia. Jezabel xiuxiuejava la història d'aquella dona moribunda des de la penombra de les columnes i a ell se li va posar la pell de gallina.

Li va cridar l'atenció que la sala estigués dividida en dues plantes. Hi havia una mena de galeria, una espècie de balconada enlairada separada amb unes gelosies de la planta de baix on es trobaven.

—Què és això d'aquí dalt? —va preguntar a Jezabel

—És el lloc reservat a les dones i ha d'estar separat visualment del recinte d'aquí baix, aquest és exclusiu dels homes. Nosaltres seguim les oracions des d'allà dalt i entrem per una altra porta.

I li va assenyalar cap a la part de darrere d'aquell balcó. Era un espai senzill, no gens luxós, però que feia una gran sensació de pau i de tranquil·litat. Un gran moble de fusta tancat i envoltat de bancs de fusta s'erigia al mig de la sala i presidia l'estança amb autoritat.

—Què hi ha dins d'aquest armari?

—La Torà.

—I què és... una mena de sant?

—Nooo! —va contestar-li Jezabel—. La Torà és un llibre sagrat. Recull la voluntat de Déu revelada a Moisès. L'estricta obediència a la seva llei és el punt central al voltant del qual es desenvolupa tota la nostra vida. Tots els dies, durant els serveis religiosos dels matins es reciten passatges de l'Escriptura, la Mixnà i el Talmud. Però els dilluns i els dijous al matí es treu d'aquesta arqueta —i va assenyalar el moble situat al centre del temple— i es llegeix cantant davant dels fidels.

—Vaja! —es va lamentar—. Avui és dimecres a la tarda, o sigui, que no la podré veure —es va queixar.

—No, avui no, i, de fet, una mica més i jo tampoc l'hauria vist mai —va dir Jezabel amb un deix de preocupació.

—I això per què?

—Abans que la Torà presidís la sinagoga, es va haver de sotmetre a un acurat procés de restauració. Els dos pergamins enrotllats que la formen estaven molt fets malbé.

—I doncs? Què li va passar —es va interessar per la història d'aquell llibre.

—Jo no coneixia la història d'aquesta Torà, el meu pare me la va explicar fa ben poc. Després d'examinar-la, el rabí va poder determinar que havia estat escrita feia aproximadament cent cinquanta anys a Jerusalem. Els nostres avantpassats fugint del nostre país la van portar d'amagat. Però va arribar a Besalú, gairebé de miracle, després de sobreviure a les flames d'un incendi al vaixell en què viatjaven i a les aigües del mar. La restauració de la Torà es va convertir en una activitat preferent per a la nostra comunitat. L'aljama, que és el consell dels nostres savis, es va encarregar de seleccionar les persones més idònies per a aquesta feina tan transcendental. S'havia de netejar i reparar. Un procés que es va establir per fases. Primer raspar amb suavitat per treure'n les impureses, després fregar, polir i netejar la superfície de la Torà. Els membres del consell també van revisar totes les eines que s'havien de menester per treure el verdet, les taques i les incrustacions que s'hi havien format. Això garantia que ni el pergamí ni la tinta quedessin malmesos, malgrat l'antiguitat dels documents i les vicissituds que havia hagut de passar per arribar aquí. Un cop es va enllestir la part del davant de la Torà, l'operació de raspament i neteja es va repetir per la part del darrere, perquè es poguessin pintar una altra vegada els dibuixos originals. Es van separar les pells i després es va tornar a cosir la Torà per conservar-ne l'estat original. També va ser delicada la reparació dels Atzei Xaïïm o Arbres de Vida.

—Què són?

—Són els pals en els quals està enrotllada la Torà —va puntualitzar Jezabel—. Es van reparar, polir i, un cop restaurats, es van tornar a cosir al rotlle.

»La rehabilitació del text sagrat —continuava explicant Jezabel— va durar gairebé dos anys i per als qui van treballar en aquella feina va suposar tot un honor i rebre la veneració de tota la comunitat. Vaig entendre que segurament per a un jueu aquell acte devia ser, si no el més, un dels més importants que podia fer al llarg de la seva vida i que probablement l'energia i la passió que hi van abocar la van recuperar en forma d'una espiritualitat més profunda.

Van estar encara uns instants contemplant l'armari que contenia la Torà i després ell va abaixar la vista cap al terra del temple. Tenia un enrajolat de toves vermelles, i les parets eren grises. Es tractava d'una estança austera; tret dels bancs de fusta i d'uns bancs de pedra encastats a les parets, no hi havia gaires mobles més.

—I aquests bancs? —va preguntar—. Quan s'omplen?

—Quan venim a resar, a llegir i escoltar la Torà i altres textos bíblics o quan el consell es reuneix per tractar qüestions que afecten tota la comunitat. El meu pare en forma part

—Per tant, aquí us hi reuniu per fer de tot —va apuntar.

—Sí, és que, de fet, sinagoga ve del grec *synago*, que vol dir «reunir». És un lloc de reunió i recolliment que ens permet trobar-nos a nosaltres mateixos i sentir-nos més a prop de Déu, però abans hem de passar pels banys o el micvé.

—Per on? —va fer sense entendre el que li havia dit.

—El micvé són els banys de purificació... Vine —va gairebé ordenar-li.

La va creure i la va seguir. Feien la volta a la part central del temple per anar cap al micvé. Es van dirigir cap a un edifici annex.

Hi van accedir a través d'un passadís estret que semblava un canó. L'escala de baixada tenia uns graons de pedra polida. N'hi havia cinc. Després venia un replà i cinc graons més.

—Que baixem cap al riu? —va preguntar encuriosit.

—No, però gairebé —va respondre somrient Jezabel—. Ara entendràs per què.

Sentia soroll d'aigua. Van anar a parar a una estança amb poca llum, només hi entrava un fil de claror per la finestra que donava a la muralla, al costat del riu. Va aparèixer davant seu una piscina rectangular de lloses de pedra. L'aigua entrava per un forat a la paret que tocava al riu. En sortia un raig que arribava a l'altura del pit.

Abans que Jezabel digués res, va preguntar-li per a què servia aquell tanc ple d'aigua.

—Són els banys de purificació per tornar a néixer, per renovar-se. Aquí hi fem la neteja espiritual del nostre cos. Ens submergim en aquestes aigües per rentar el cos i l'ànima de les impureses. El bany ritual per immersió purifica el cos del contacte amb un cadàver, amb certes malalties. Després del part, per exemple, també ens purifiquem. També se sol fer abans de les celebracions en el temple. Tot contacte amb una impuresa necessita una immersió.

—I us purifiqueu homes i dones junts? —va preguntar amb les celles arrufades i amb una mica de murrieria.

—Nooo! —va exclamar una Jezabel ofesa i amb una mirada censuradora—. S'estableixen torns, però les dones sí que hem de venir cada mes o abans de casar-nos.

—I al pic de l'hivern, quan l'aigua del riu deu estar gelada, com us ho feu? —va inquirir.

—Els primers jueus que es van establir a Besalú, ara ja fa uns quants anys, van descobrir una font d'aigua termal, seguint el curs del Fluvià, uns quants metres més amunt d'aquest lloc on ens trobem ara. Durant els mesos d'hivern ens purifiquem amb aigua calenta... Segons la tradició, tots els cabals d'aigua del món provenen del riu que brollava del jardí de l'Edèn, i l'aigua del micvé ha de venir d'una font natural. Pot venir d'una font natural: el mar, un riu, una deu, la pluja, la neu o el glaç fos, però mai no s'ha de permetre que l'aigua quedi estancada per evitar impureses.

Mentre Jezabel li explicava això es va anar acostant a aquella piscina, va tocar l'aigua amb la mà i va poder constatar que hi havia prou aigua per submergir totalment el cos d'una persona.

—Jezabel, què hi fas, aquí?

Una veu gruixuda però amable que venia des de darrere va ressonar dins d'aquella cavitat. Es van girar i davant seu tenien un ancià que els interrogava amb la mirada. Lleugerament encorbat amb un posat expectant, els fitava de dalt a baix encuriosit.

—Bona tarda, rabí —va saludar nerviosa Jezabel.

Abillat amb una túnica blava, cara eixuta de color verd oliva on sobresortia un nas tort com un garfi, l'home va dedicar un somriure a Ítram. Ell no va tenir temps de tornar-l'hi que ja havia girat la cara cap a Jezabel.

Se li havia esborrat aquell gest que volia ser de complicitat i simpatia i s'havia convertit en un retret per a la seva amiga.

—Què hi feu, aquí? —va repetir—. Ja saps que no es permet l'entrada a ningú que no sigui de la nostra comunitat —li va retreure el rabí.

—Em sap greu, rabí, no me n'he recordat. Perdoneume, no tornarà a passar... De fet, ja ens n'anàvem —va dir mentre estirava Ítram pel braç per sortir.

Però aquell home s'estava dret al mig del pas i els hi barrava. L'interrogatori continuava.

—No crec que al teu pare li fes gaire gràcia saber que has vingut amb ell fins aquí... D'on veniu, on heu estat?

Jezabel vacil·lava i passejava la mirada nerviosa entre el rabí i ell. Va mirar a terra i va contestar:

—Hem fet un volt per la sinagoga i ara li acabava d'ensenyar el micvé, però...

Jezabel volia dir que ja se n'anaven, però el rabí va esclatar colèric. La va agafar per les espatlles i la sacsejava i li cridava:

—Com goses passejar un estrany infidel de mirada impúdica per unes estances tan sagrades i tan privades! —La va deixar anar i l'amenaçava amb aquell dit corbat en forma de ganxo—. Exigim el màxim respecte als nostres membres —el seu to de veu s'anava endurint— i tu sense cap permís goses trencar els nostres manaments! És la maledicció del teu nom, Déu sap les vegades que ho he dit al teu pare! Sortiu ara mateix! —va cridar—. Desapareixeu del meu davant!

A Jezabel i a ell els van faltar cames per girar cap i coll i enfilar cap a la sortida sense ni gosar mirar enrere, no fos cas que el rabí s'ofengués i els fes fora de mala manera. No l'hi veia capaç. Mentre seguia Jezabel escales amunt pensava: «Un venerable ancià no es comportaria així amb la filla d'un dels homes més influents i destacats de la comunitat jueva». Ja veien la porta al fons de la seva fugida quan va pensar que a ell, que no era ningú, sí que l'hauria pogut reprendre més durament.

Un cop a fora del recinte sagrat, l'aire fresc els va amanyagar la cara. Es van asseure sota un arbre, en un racó de la plaça. Esbufegaven i estaven suats i caravermells. Del tràngol i de la correguda que havien fet cames ajudeu-me.

—Ha estat una ximpleria portar-te aquí... No sé en què pensava... Sóc, sóc una insensata —es va lamentar Jezabel.

—No ho diguis, això —va dir mentre agafava un glop d'aire—. Tu em volies ensenyar el teu món, em volies acostar a les teves creences. Quin mal hi ha en això? Qui t'ho havia de dir, dona, que s'ho agafaria tan a la valenta? No et culpis per uns fets que tampoc no tindran més transcendència —li va dir Ítram per mirar de treure ferro a l'assumpte.

—Això ho dius tu. El rabí ho farà públic en el consell de la setmana que ve i obligaran el meu pare a prendre mesures.

—Mesures? Quines mesures? Què vols dir? Què et poden fer?

—Un mes de recolliment. Només podré sortir de casa per anar a la sinagoga.

—Escolta, i què ha volgut dir amb això de la maledicció del teu nom i que ja ho havia dit al teu pare?

—La meva mare em va voler posar el nom d'una dona que va ser culta, intel·ligent i inquieta i que, malgrat les imposicions que va patir, va lluitar per les seves creences. Unes creences que eren contràries a les de la majoria i per culpa d'això va ser repudiada i maleïda per alguns de la nostra religió.

—Jezabel és un nom molt bonic i té una sonoritat ben dolça.

I el va tornar a dir repenjant-s'hi i allargant la zeta com un suau xiuxiueig i aixecant la ela final: «Jezzzzabel». Com a mínim va aconseguir que somrigués, un somriure que va desaparèixer per donar pas a una mirada greu.

—Jezabel —va començar a explicar— era princesa de Tíria, filla d'Ittobaal, rei de Tir i Sidó. Va ser l'esposa d'Acab, rei d'Israel. Segons els llibres i les cròniques, Acab es va casar amb Jezabel per enfortir una aliança política. Jezabel es va inclinar per la religió i va introduir a Israel el culte a Baal, fet que va despertar l'hostilitat dels profetes de Jahvè. A partir de llavors, entre alguns jueus, el nom de Jezabel es va convertir en sinònim d'ignomínia per l'adoració de déus estrangers. D'altres també l'associen a una dona perversa, perquè exercia una influència corruptora i, per descomptat, pecadora. Quan l'únic que volia era que independentment de la religió la gent pogués viure en pau i prosperitat. Ella va trobar la seva i només volia donar-la a conèixer a d'altres que potser com a ella els hauria anat bé. Però no ho va aconseguir i va morir en l'intent.

—Per això el rabí no estava d'acord que et posessin aquest nom?

—Sí, és així... Jo no pretenc que tu abracis la meva fe, només t'ensenyava el que a mi m'han ensenyat i que fins ara m'ha funcionat, m'ha anat bé. Això és pecat? Estic fent mal a algú de la meva comunitat?

—Jo crec que no, però no sé què està bé i què no segons la teva religió.

—La tradició jueva considera que el pecat està causat per les males inclinacions, una força que ens impulsa a satisfer els nostres instints, independentment del preu i de les conseqüències que aquell acte pugui tenir.

—Doncs segons això, i pel que m'has explicat abans, és molt clar que per a ells sí que comets un pecat, però per a mi pots estar ben tranquil·la que no. M'agrada conèixer la teva cultura —«i encara m'agrada més estar a prop teu», va pensar—. Però ja veig que serà impossible aprofundir-hi més. No t'hi amoïnis, però, ara el més important és que no tinguis problemes per culpa meva, entesos?

—Entesos, però no serà tan fàcil.

12

La traïció

En l'últim revolt abans de sortir fora dels dominis estrictes de la capital del comtat hi havia el Boc Bord, la taverna on havien quedat de trobar-se fra Florenci i Hug, el comte d'Empúries.

El senyor d'Empúries, que havia arribat d'incògnit, embolicat amb una capa negra, esperava el frare en una habitació de la part de dalt d'aquell antre. L'esperava bevent aiguamel i estava pensarós, capficat i, sobretot, amoïnat per si aquell frare benedictí, que li havien dit que era sorrut, malcarat però perillosament ambiciós, s'arronsava i li esguerrava els plans. El comte, fred i calculador, repassava mentalment amb la mirada perduda mentre assaboria aquell licor que el reconfortava.

Fra Florenci, que també buscava passar desapercebut, s'havia abillat amb una llarga i gruixuda casaca de color blau fosc que el cobria de cap a peus. Les ombres i la foscor de la nit l'engolien i passava inadvertit. Va fer tot el camí amb un ruquet propietat del monestir. No tenia por dels saltejadors de camins que solien actuar en aquelles contrades. Havia fet tot el camí rumiant el perquè d'aquella trobada, quin sentit tenia reunir-se, quan era negra nit, en un local infecte com el Boc Bord.

En aquell moment, la taverna estava molt concorreguda. El vi corria per les taules, es jugava a daus i es feien apostes i juguesques. Precisament aquella nit es va armar un sidral només per una aposta sobre el Gran Torneig Comtal. La gatzara se sentia de fora estant. Tamborets i taules s'estampaven a les parets, i gerres i copes volaven pels caps dels clients, quan fra Florenci va arribar. L'amo de l'establiment va aconseguir posar pau i al cap d'una estona tot va tornar a la normalitat.

Estava ple de mercaders greixosos i luxuriosos que es bevien el jornal. S'hi passaven tota la nit i, després d'unes quantes gerres de vi, invertien el poc seny que els quedava a buscar-se —pagant— una bona companyia amb qui jeure fins a la matinada per espantar el fred i la solitud.

Va entrar, i sense ni gosar acostar-se al taulell, va donar un cop d'ull a unes escales que s'enfilaven cap a la part superior del local i les va pujar. Es va aturar davant de la porta de l'última habitació del passadís.

Va donar dos cops secs amb els nusos dels dits a la porta, que es va obrir al cap d'uns segons. L'havia oberta un dels homes del comte d'Empúries. Hug estava assegut al costat d'una taula, amb una llum molt tènue que sortia de la flama agònica d'una llàntia. Amb prou feines li dibuixava la silueta.

—Déu vos guard, fra Florenci —arrossegava les paraules—, gràcies per haver vingut.

Va saludar el comte mentre s'incorporava i li allargava la mà dreta per fer-li una encaixada. El monjo li va negar la salutació.

—Què voleu de mi? —va respondre amb desconfiança el frare.

—Veig que voleu anar per feina, benvolgut cambrer. No us ve de gust prendre res per treure-us el fred de sobre? Aquí tinc un beuratge, un licor de nous que... —fra Florenci va negar enèrgicament amb el cap—. Molt bé, entesos, com vulgueu. Jo sí que me'n serviré una copa. Seguem —va convidar el frare a prendre seient prop d'ell. Es va treure la casaca, se la va plegar damunt de les cames i es va disposar a escoltar-lo—. La curiositat us deu rosegar per dins, no és així, germà Florenci? —va deixar anar el comte de manera foteta.

—Sí —va respondre concís fra Florenci.

—Us volia veure per fer-vos una proposta que ens pot fer molt més poderosos. M'ha arribar una certa informació segons la qual el comte de Besalú i l'abat del monestir volen emmurallar la ciutat i volen fer construir un pont. I, pel que tinc entès, no ha de ser una simple palanca per superar el corrent d'aigua, m'equivoco?

No hi va haver cap resposta. Ni una paraula va sortir de la boca del frare. El comte d'Empúries tampoc no n'esperava sentir cap, perquè va continuar sense fer pauses:

—Us he fet cridar, germà Florenci, perquè crec que vós i jo parlem el mateix llenguatge i tenim un enemic comú. Podem fer caure Besalú; si m'hi ajudeu, em convertiria en amo i senyor de totes les terres del comtat.

—I jo què hi guanyo a canvi d'ajudar-vos en aquesta empresa? —va dir finalment fra Florenci.

—Vós podríeu regir el futur de l'abadia de Sant Pere de Roda —va oferir triomfalment Hug—. Què me'n dieu? —va afegir, i li brillaven els ulls.

—No entenc per què us puc ser útil —va fer amb una ganyota fra Florenci, com si no l'hagués sentit o no li interessés l'oferiment del comte.

—Vós, germà Florenci, teniu informació de primera mà sobre els terminis de construcció del pont, sabeu d'on es traurà el material per començar les obres. Crec que vós podeu tenir un paper clau per esguerrar els plans.

»Una de les millors maneres és que tallem el subministrament de pedra. D'això se'n podrien encarregar els meus homes. Els poden fer una visita a la pedrera. —Va somriure malèvolament—. Un visita curta, no res, de cortesia, s'hi estaran el temps necessari per posar-los la por al cos. Els obrers s'espantaran i no voldran tornar a treballar. Sense mà d'obra i sense primeres matèries, les obres s'aturaran i enmig del desconcert podrem llançar un atac sorpresa i clavar un cop mortal al confiat i feble comte de Besalú i al seu fidel col·laborador, el vostre estimat pare abat. Per cert, m'han dit que l'altre dia us va fer quedar en evidència i va posar en dubte els vostres coneixements arquitectònics davant d'aquest mestre d'obres de la Llombardia, recomanat per Roma, que han llogat —li va etzibar amb murrieria el comte d'Empúries, conscient que a fra Florenci li havien ferit l'amor propi i que segurament, com que encara li coïa, seria més fàcil de convèncer-lo.

El cambrer de l'abat va sospirar profundament i se'l va mirar amb duresa.

—Estic segur —continuava Hug— que teniu recursos suficients perquè vós no hàgiu de participar directament en aquesta trama. Penseu en els beneficis que en podeu treure de col·laborar amb el comtat d'Empúries i deixar de dependre dels deliris de grandesa de l'abat i tenir un monestir per a vós sol...

Va fer una pausa amb molta intenció.

—Rumieu-vos-ho —insistia el comte d'Empúries.

13

Numen, el déu del riu

No va trigar gaire a perdre de vista el monestir, que en aquelles hores estava completament en silenci. El cambrer va sortir per la porta del darrere de la cuina, la que anava cap a baix als horts que menaven els monjos. Va passar pel costat de les regues, una mica tortes, que aquella tarda havien fet fra Bernat i fra Gilbert. Tot estava tranquil. Només se sentia algun gemec ofegat que venia de la infermeria, a l'esquerra dels horts, i un renill dels cavalls que eren a les quadres, a la seva dreta, va fer estar una mica més alerta fra Florenci. Es guiava amb l'única llum de la lluna, que aquella nit feia el ple.

Va travessar els conreus i en dos minuts va deixar enrere els dominis del recinte monacal. Sant Pere era només una silueta ombrívola que s'erigia enmig de l'horitzó.

El germà Florenci donava voltes i voltes a l'acalorada discussió que havia mantingut amb el nou mestre d'obres i no estava disposat a posar-li les coses fàcils, tot al contrari. Era un dels pocs monjos que havia exercit d'arquitecte i havia definit la forma i dissenyat l'estructura del monestir de Sant Pere. No va arribar a ser el responsable ni el tracista de la construcció, però la seva formació no podia acceptar la manera de construir que proposava aquell foraster. No era sant de la seva devoció, però també sabia que era l'home que havia designat el comte.

Portava el llibre de conjurs que li calia per invocar Numen, el déu del riu. Quan s'havia de fer una construcció a la vora del riu —un pont, una resclosa, una casa—, per petita que fos i per poc que pogués destorbar la pau de l'amo i senyor de les aigües, se li havia de demanar permís. Però ell també coneixia la possibilitat de controlar la força de l'aigua i posar-la al seu servei. Una cosa sens dubte molt més interessant i atractiva: dominar la natura.

Remuntava el corrent per la banda esquerra del riu amb dificultat, panteixava.

Anava a pas lleuger, però al cap d'una estona les cames ja no el seguien. La respiració era feixuga, gairebé asmàtica, i se li sentia un grill que amagava algun refredat mal curat. Accelerava el pas per no fer tard. Havia de trobar el punt on havia d'entrar en contacte amb Numen.

De seguida va arribar al lloc assenyalat per comunicar-s'hi. Allà on el riu dibuixava un revolt que s'endinsava cap al bosc; i allà, precisament, l'esperava Jeremies. La figura del jueu convers apareixia entretallada enmig de les siluetes dels arbres i als seus peus hi havia un embalum de roba vella i estripada. Jeremies hi va clavar una coça i es va bellugar. D'aquell manyoc de saca en va aparèixer la cara d'una noia que mirava horroritzada com s'acostava amb pas ferm el sinistre cambrer. Poc que es podia pensar que ella amb la seva vida, més que calmar la fúria del déu del riu, el que aconseguiria seria posar la força colèrica de Numen al servei de fra Florenci. Quan el monjo va arribar va dirigir una mirada de menyspreu a Jeremies, que es va agenollar davant seu.

—Us he portat una bagassa que pidolava al final del carrer que baixa al portal d'en Closes, senyor —va dir, atemorit per la presència del cambrer—. Crec que servirà per als vostres propòsits.

—Aixeca't, treu-te la roba —va dir el monjo sense mirar aquella criatura tremolosa, mentre es dirigia cap al punt on havia de començar el ritual— i acompanya'm. Tu, jueu del dimoni, segueix-me!

La noia el va obeir. Es va treure la túnica de color bordeus. Un cos blanc i jove seguia la capa negra que cobria els hàbits del monjo. Jeremies tancava la comitiva.

Fra Florenci va pujar damunt d'una gran roca, va cridar la noia i la va situar a la punta, només a uns quants metres del precipici. Va donar el llibre de conjurs a Jeremies, que feia de faristol. El jueu, d'esquena al riu, li aguantava el manual amb una mitja genuflexió.

Amb els dos braços alçats assenyalant al cel i amb el cap cot mirant l'aigua, fra Florenci va començar amb la veu molt baixa, gairebé inaudible, xiuxiuejant, a resar lletanies en una llengua inintel·ligible, indesxifrable, que es van anar convertint en declamacions i invocacions diabòliques.

El to de veu, cada vegada més excitat, va anar pujant paral·lelament al nivell de l'aigua que s'arremolinava al voltant del bloc de pedra al cim del qual hi havia, impertèrrit, fra Florenci. Una llengua d'aigua es va aixecar del llit del riu llepant les vores d'aquell penya-segat fins a l'alçada del cap del cambrer. Mantenien un diàleg infernal lluny de la racionalitat.

A la noia, aterrida pel que passava davant seu, li feien figa les cames, va caure de genolls i va començar a plorar i a pregar. Resava amb les mans encreuades sobre el pit nu i tremolós i feia uns petons desesperats a una aliança, un anell de plata coronat amb unes fines pedres precioses. Jeremies notava que l'aigua del riu li esquitxava l'esquena i aquella remor l'intrigava i, sobretot, els sanglots i també els xiscles i els gemecs ofegats que feia la meuca. «Què collons deu estar passant aquí?», es preguntava.

Va girar el cap només un moment i va veure una imatge inesborrable que el va deixar glaçat. No li va caure el llibre de miracle. La Llengua d'Aigua, Numen, xuclava lentament el cos de la noia. Sadollava així el seu enuig innat i a partir d'aquell moment el poder del riu estava a les mans del monjo.

14

El pontífex

Ja havien començat les obres. Era la primavera de l'any 1067 del Senyor. Hi havia molt poc personal especialitzat i el nombre de bracers i jornalers era més aviat pobre. Mà d'obra poc qualificada. Picapedrers a Juinyà, uns oficials amb gavetes i d'altres amb paletí dalt de la bastida. La resta de treballadors —homes i nois del poble— preparaven l'argamassa, traginaven els carreus i les dovelles amb un carretó o a pes de braços. Malgrat la poca professionalitat, eren molt receptius a les ordres del pare d'Ítram i estaven ben organitzats.

—Farem una illeta artificial sobre l'aigua per construir una plataforma de treball. Després convindria que muntéssim una bastida de pi negre o de roure, el que tingueu més a mà i el que sigui més fàcil de manipular, perquè penseu que n'haureu de fer una per a cada pilar.

Aquestes van ser les primeres ordres del pontífex, del mestre d'obres.

Al cap d'uns dies enfilats a les bastides ja feien uns forats a les parets, les opes, per posar-hi els taulons que aguantaven la bastida. L'anaven apujant a mesura que el pilar creixia. Quan tenien el pilar aixecat, hi donaven forma de fals arc, muntaven el cindri de fusta i l'omplien d'argamassa.

Curvatura concava d'una volta (58 p.)

PEDRA TOSCA (

Es construïa sobre els mateixos pilars del riu. Sempre els buscaven per garantir l'estabilitat. Malgrat les condicions més aviat precàries, tant de material com de personal, les obres s'anaven fent a bon ritme. Hi havia una vintena d'homes que treballaven en cada una de les bastides dels pilars del pont. Van arribar tres carros plens de carreus estirats per bous amb els lloms lluents de suor i esquitxats de sang per les fortes xurriacades que els infligien els carreters. Venien de la pedrera de Juinyà, on els picapedrers que s'hi guanyaven el jornal extreien el travertí de manera força fluida.

Els homes es repartien a dalt i a baix de l'obra. Uns eren damunt de la bastida i reforçaven la part de baix de les arcades amb argamassa i d'altres traginaven els blocs de travertí que s'havien d'anar col·locant. Encara no es veien les primeres arcades que, segons la idea original, havia de tenir la primera part del pont abans de fer un angle cap a la dreta i no trencar el corrent de l'aigua. Però ja s'intuïen.

Saltant d'una roca a una altra Ítram va arribar fins on hi havia el seu pare. Es mirava com s'anaven construint els murs. Es construïa d'una manera mai vista per aquestes contrades.

—Van molt de pressa, oi?

—Hola, Ítram, no t'he vist venir.

—Fa estona que volto per aquí... Trobo que t'han entès a la primera.

—Sí, la veritat és que no em puc queixar. Potser no tenen formació, però hi posen moltes ganes.

—Entre una cosa i l'altra acabareu ràpid.

—Tampoc no és això, fill. Però sí que és molt important que han interioritzat molt bé el sistema de treball. Mira, veus? —i li assenyalava les parets—, anem omplint els paraments dels murs exteriors amb aquests carreuons. —I es va ajupir per ensenyar-li una pedra de dimensions petites que era fàcilment manejable per un sol home—. Primer les esberlen i després les escairen. No cal tenir tallistes especialitzats i després ja estan a punt per col·locar. Gràcies a la seva mida permeten una ràpida col·locació a l'obra i es guanya temps, perquè se simplifica molt el procés de construcció, tant dels murs com també de les voltes. Amb un sol tipus d'operari en fem prou. Així s'aconsegueix una obra ràpida, econòmica i efectista.

D'aquesta manera, de mica en mica s'anava aixecant aquella construcció que als besaluencs els permetria viure amb més seguretat. Va deixar el pare treballant al costat d'aquells paletes i es va fixar en la feina que, una mica apartats de les bastides, tenien dos homes que preparaven el morter de calç. Podia semblar una feina senzilla, però no ho era.

L'estabilitat de l'obra depenia de la traça amb què es fes la barreja.

Sobretot respectant les mesures que havia dictat el mestre d'obres. La mescla es feia a terra dins un forat força gran en forma de cràter, perquè les quantitats que s'havien de remenar eren importants. Allà hi abocaven la calç que el traginer duia amb unes àmfores que tenien un broc gros que en facilitava la caiguda dins la cavitat. L'encarregat, un home gros, calb i amb una barba de cabrit, estava concentrat i tenia la mirada fixa en la pasta que removia lentament amb una aixada llarga. Aixafava aquella massa assegurant-se que no hi quedava cap grumoll. Després es mirava el seu ajudant, un jove alt, espigat i amb la cara gravada. Només amb un cop de cap de l'encarregat el jove aprenent sabia que hi havia de tirar una part de calç amb tres parts de sorra del riu i encara una tercera part de teules triturades. El toc de gràcia era reservar una part de la barreja per a la sorra volcànica. Va encarregar que la portessin d'Olot. El seu pare sabia que feia més compacta les construccions. Una de les grans virtuts d'aquesta arena era que desprenia una pols que permetia que els materials en contacte amb l'aigua no s'estovessin, i garantia la solidesa dels edificis o les construccions, com ara el pont.

Una de les peces clau en el procés de construcció del pont eren els cindris.

Els encarregats eren dos fusters que l'abat havia recomanat al mestre Prim. Veure'ls treballar era un goig.

Clavaven una estaca a terra i hi lligaven un cordill amb un tros de carbó a un extrem. Així podien assenyalar una semicircumferència d'esquerra a dreta i de dreta a esquerra. La curvatura era perfecta. Després aplegaven un grapat de fustes d'uns dos centímetres de gruix. Eren llates de la fusta més ordinària que podien arreplegar, retalls que els sobraven al taller. I amb cura les sobreposaven clavades amb uns claus d'un gruix considerable seguint la corba que havien marcat a terra fins a trobar-se amb l'altra meitat. Amb uns llistons més petits s'ajuntaven amb puntes les més grosses fins a acabar de donar-los la forma d'arcada. Per reforçar l'estructura tallaven un travesser que anava d'una punta a l'altra de la base del cindri. Des del mig s'alçava un puntal i a banda i banda sortia cap als extrems un plec de llistons que donaven al cindri l'aspecte d'una gran roda tallada per la meitat.

Vuit homes l'incorporaven, se'l carregaven a les espatlles i el baixaven des del taller fins al riu abans d'instal·lar-lo entre un pilar i l'altre per començar a posar fil a l'agulla a les arcades, és a dir, a farcir el cindri amb l'argamassa. Damunt dels pilars s'hi construïen els arcs. Prim havia dit als bracers que sempre que els fos possible construïssin amb pedres planes i que, per assegurar-se que no es movia ni un mil·límetre, el millor era fer servir les dovelles, els blocs de pedra tallats en forma de trapezi que els oficials s'encarregaven de cisellar de manera diligent a només uns metres de les bastides. Després es col·locaven els carreus, uns altres blocs de pedres ben tallats i ben treballats per un o diversos picapedrers.

Les dovelles es disposaven ordenadament sense argamassa d'unió sobre el cindri, el motlle de fusta semicircular que per facilitar la feina ja havien fet al taller i que una colla d'homes ja havia traginat fins a peu d'obra.

Un cop acabada la delicada operació, els buits que quedaven entre un arc i un altre s'omplien amb el carreuat i la quantitat necessària de pedres sense tallar en blocs col·locada de forma no ordenada fins que quedava una massa compacta i massissa. Es retirava el cindri i l'estructura de pedra es mantenia netament suspesa en l'aire, desafiant la força de la gravetat.

El dia que es va baixar el primer gran cindri del taller fins a l'obra hi va haver molta expectació. Tanta o més que el dia que es va enretirar aquella gran estructura de fusta i una ferma volta de pedra va aparèixer davant dels ulls de tothom. Però el trasllat del cindri fins a la vora del riu va ser tràgic. Dos homes hi van perdre la vida. L'operació era delicada, perquè es va decidir transportar l'estructura a pes de braços. Un grup de quatre homes al davant i quatre més al darrere. L'esforç i la concentració dels homes es reflectien a la cara i a les venes del coll i dels braços, que es tensaven i s'inflaven per bombar prou sang per poder fer treballar els músculs. El primer tram del recorregut era força recte i sense cap entrebanc. La gent sortia als balcons i al pas de la porta de les cases per veure'ls passar. Això sí, era un tros de carrer molt estret, cosa que suposava que les mans dels traginers freguessin les parets de les cases, i el dolor, sumat al del pes que havien de suportar, feia el trasllat encara més sofert i penós. Va ser llavors quan un gos despistat, o juganer, no ho sabrem mai, es va entravessar per les cames d'un dels homes que traginava el cindri. Es va desestabilitzar, tot i que va intentar no perdre l'equilibri estintolant-se a la paret d'una casa. Però el pes del cindri era massa gran, impossible de controlar en aquestes condicions. El va esclafar contra uns barrots de ferro forjat d'una finestra d'una de les últimes cases del carrer. Però com que les desgràcies no vénen mai soles, la pèrdua de la vertical del cindri es va notar en l'altre grup d'homes, el de darrere. Un d'ells va deixar anar el cindri amb tanta mala sort que va anar a espetegar contra el cos d'un noi que s'ho estava mirant. Ja feia unes setmanes hi havia hagut agres discussions i acalorades reunions sobre quin hauria de ser el millor mitjà de transport per fer el trasllat. Hi havia qui va fer una encesa defensa d'utilitzar una mena de plataforma amb rodes i assegurar l'estructura amb unes bones cordes que subjectessin el cindri. La mesura, però, es va desestimar, perquè deien que era massa arriscat i que era perillós que fimbrés i que acabés escantonat per les parets. Fins i tot es va arribar a sentir que un cop d'aire podria fer perdre l'estabilitat del cindri per molt ben lligat que estigués. Finalment es va imposar l'opció de baixar-lo a pes de braços; segons els seus defensors, era la manera més sacrificada però també la més segura. Per desgracia, els fets no els van donar la raó. Mentre els veïns sortien a aixecar els cadàvers per dur-los cap a les seves respectives cases entre els crits i els plors dels familiars, el periple del cindri continuava. El carrer desembocava en un pendent no pas gaire pronunciat. Però ho era prou perquè, durant la baixada, tant els de davant com els de darrere estiguessin atents. Uns, els qui obrien el camí, havien de mirar de no relliscar i caure. Per aconseguir-ho flexionaven una mica les cames per frenar i ajudar-se amb l'esquena perquè el cindri no els aixafés i baixés rodolant. I els altres, els qui tancaven, havien de facilitar-los la feina procurant aguantar el pes del cindri i fent força en sentit contrari, és a dir, com si l'estiressin cap amunt.

Els traginers estaven exhaustos, el cansament se'ls veia a la cara.

Quan van arribar a peu d'obra quedava l'últim moviment: fixar l'estructura a la base de la columna. Aquest últim pas del procés es va complir amb èxit. Al cap d'unes setmanes, un cop omplert el cindri i armat amb carreus, pedres i argamassa, va venir un altre moment àlgid: enretirar-lo. Prim estava molt nerviós, era conscient que es tractava d'un moment providencial per al futur de les obres del pont. A la ribera del riu s'hi havia acostat un bon nombre de ciutadans curiosos que en volien ser testimonis. Quan s'apartés aquella immensa carrossa, l'arcada s'havia d'aguantar, desafiant l'aire per dalt i l'aigua per baix. Va dividir els seus homes en dos grups, a esquerra i dreta de l'arc del qual penjaven els caps d'un parell de cordes a banda i banda. Tensaven les cordes al mateix temps que es tibaven els seus músculs. Se sentia com esbufegaven. Mig aclucaven els ulls i premien els llavis en un esforç gairebé sobrehumà.

Les cordes s'anaven endurint i la tensió creixia. «Ara!», va cridar Prim, i l'estrebada va ser seca i contundent. El cindri es va esberlar per la meitat i les fustes es van començar a esqueixar. Era una pluja d'estelles. Es va partir pel mig i semblava com si un gran animal s'alliberés d'un parany que l'immobilitzava. Els homes es protegien el cap dels fustots que queien, alguns ho feien a l'aigua però d'altres van impactar en algun dels operaris sense que prenguessin gaire mal. Algun trau al cap i unes quantes esquenes masegades. Això va anar seguit d'un «ooooohhh!!!!» d'admiració dels molts besaluencs que assistien atònits a l'espectacle de veure com una imponent arcada que naixia de les aigües del Fluvià s'aixecava majestuosa davant dels seus ulls. Malgrat les dues baixes que s'havien de lamentar, les obres van començar prou bé. Prim, malgrat la pèrdua de dos homes, estava prou satisfet.

15

Jezabel

Ítram tenia la sensació que estava fent alguna malifeta, però només la idea de tornar a veure Jezabel podia més que qualsevol altre pensament responsable. Després d'aquell episodi tan desagradable a la sinagoga, Jezabel estava castigada a casa per ordre del rabí i només en podia sortir per atendre les obligacions religioses; les classes de dansa n'eren unes. Ell i en Simó es van situar darrere d'una paret, i gràcies a una escletxa van poder ser espectadors d'excepció d'una sessió de dansa d'un grup de vuit noies. Jezabel era una d'elles. Estaven totes a punt fent una rotllana. La música va sonar. Uns suaus tocs de tambor les va posar en moviment. A poc a poc. Com si es despertessin d'un son profund. Acompanyaven les delicades contorsions dels seus cossos amb la dringadissa dels petits cascavells que duien lligats als turmells i als braços. La coreografia seguia la música. Era d'una gran bellesa plàstica. Una remor de veus i soroll de metalls que s'acostava des de l'altra banda del carrer va estroncar aquell espectacle tan agradable per als sentits. Ítram i Simó es van mirar. Estaven espantats i van arrencar a córrer. Els peus els tocaven el cul i els perseguien els renecs i els insults. Ítram va quedar estès a terra, de panxa enlaire, enmig d'una bassa. Inconscient pels cops que havia rebut.

Simó va poder fugir. Ítram no va tenir tanta sort. El van arraconar al carreró de darrere del bordell i el van apallissar fins que els punys els van fer mal.

No sabia quanta estona va estar navegant per aquell mar de bilis, sang i aigua estancada. No notava cap dels membres del cos, només sentia molt de fred. El record més nítid que tenia mentre intentava recuperar la consciència va ser notar com algú l'agafava per sota els braços i un altre ho feia pels peus. Hi havia una tercera persona que els guiava a les fosques pels carrerons laberíntics del call. Anaven de pressa. Va intentar aixecar el cap per veure amb els seus nous ulls de vellut qui eren els traginers d'aquell sac d'ossos cruixits i masegats en què l'havien reduït els vassalls del duc de Dosquers, que de vegades feien incursions al call per escarmentar els jueus. No ho va aconseguir, es marejava i va perdre el món de vista. Quan va recuperar el coneixement, ho va fer al llit d'una habitació que feia una olor molt intensa de romaní.

A l'altre costat de la porta se sentien unes veus que discutien. Una li era molt familiar: Jezabel.

—Pare, si us plau, és una qüestió de vida o mort... —deia en un to d'angoixa.

Es va fer un silenci.

—Filla, ja saps que nosaltres, els jueus, no tenim pas prohibit exercir la medicina amb pacients cristians, però és millor que no els tractem. Ja tenen els seus sanadors i el seus mètodes.

Aquesta va ser la freda resposta que li va donar el seu pare. Ítram no el coneixia, però n'havia sentit a parlar. David del Catllar no era tan sols un metge força conegut a Besalú i el seu comtat, sinó que era el reconegut autor de diversos tractats sobre les febres, les pestes i les sagnies. Una autoritat en la matèria respectat pels seus col·legues i un referent per a tota la comunitat.

—No m'ho puc creure, pare —va contestar Jezabel amb un fil de veu.

Ítram va sentir que sanglotava i que començava a plorar.

—No puc, Jezabel —insistia David del Catllar. Va respirar profundament abans de continuar—. Si mai arriben a saber-ho els membres del consell, Jezabel, em retirarien no sols la llicència, sinó també la confiança.

El metge va canviar el to de veu per intentar convèncer la seva filla.

—Ens n'hauríem d'anar i, tal com estan les coses, no ens acollirien enlloc.

—No m'ho puc creure, pare —repetia incrèdula Jezabel—. Em pensava que els metges havíeu de salvar vides, independentment de les creences i de les idees del malalt. —Jezabel es rebel·lava contra les raons que li donava el seu pare i el seu to s'anava endurint—. Com pot ser que estiguis disposat a trair el teu compromís com a metge i, en canvi, no siguis capaç de passar per alt aquesta promesa de lleialtat... —va fer una pausa i una ganyota de fàstic se li va dibuixar als llavis— absurda! —va cridar amb ràbia Jezabel—. Trobo que és una vergonya per a la teva professió, no pots girar l'esquena a una persona que pateix!

—Jezabel, filla, m'has d'entendre... —responia derrotat el seu pare.

Els gemecs d'Ítram van interrompre la discussió i això va fer posposar la decisió del pare de Jezabel. Tots dos van entrar corrent a l'habitació. Les ferides li coïen de mala manera i continuava sense sentir-se les cames. Li van fer beure un xarop de color verd fosc —aigua d'enciam— perquè se li calmés el dolor de les nafres i els cops.

—Com et trobes? —li va preguntar Jezabel.

Tenia un somriure a la boca però una mirada trista, mentre amb els ulls li recorria el cos masegat, que es va encarregar de contestar amb un gemec adolorit.

—De seguida es trobarà millor —va puntualitzar el seu pare, la figura del qual va aparèixer darrere la cabellera de Jezabel—. Els mossos l'acompanyaran fora del barri fins a casa seva. Aquí no s'hi pot quedar més temps. És perillós per a ell i per a nosaltres...

El van aixecar del llit agafant-lo tots dos per sota les aixelles i el van ajudar a incorporar-se, però se n'anava de tort. Tenia cap-rodo i tots els objectes de l'habitació ballaven al seu voltant. El pare de Jezabel li va fer flairar un ungüent que el va posar a to de cop. Primer li va fer pessigolles al nas, però ràpidament li va fer efecte, perquè l'habitació es va aturar de cop. Notava que ja no tenia el cap enterbolinat. La sensació era la mateixa que quan escampa la boira i la llum del sol ho envaeix tot. Va obrir i tancar els ulls un parell de vegades, i els contorns de Jezabel i el seu pare, que fins feia una estona els veia borrosos, poc definits i difuminats, ara estaven nítidament retallats contra la paret i els podia resseguir tots els detalls de la roba, la pell i la cara. Redéu! No sabia què hi havia en aquell flascó que va ensumar, però tenia la capacitat de ressuscitar un mort!

Gràcies a aquella substància i als bufets d'aire gèlid, que en sortir al carrer li pessigaven la cara, es va acabar de despertar d'aquell malson. Dos dels assistents de la família dels Catllar el van dur fins als afores del barri. No van sortir per la porta principal perquè en aquelles hores era tancada amb pany i forrellat. El van dur a fora per una mena de sortida secreta. Van passar per un caminoi, recargolat i estret, que, si mai l'hagués hagut de fer servir per entrar al barri des de fora, no sabria com trobar-lo. Es van assegurar que ningú no els veiés i, després de deixar-lo a l'altra banda, se'n van anar sigil·losament per on havien vingut.

L'envoltava la foscor. Abans de tornar cap a casa, va tancar els ulls i recordava tot el que havia passat. Tant l'estomacada que havia rebut com la conversa entre Jezabel i el seu pare. Es va tocar les nafres i la pell masegada. Va estirar els braços, es va tocar els ronyons, mentre feia girar el cap i el coll, i sentia com li cruixien tots els ossos del cos. Inconscientment, va donar gràcies a Déu d'haver sobreviscut aquella nit, però també va agrair-li haver-lo acostat una mica més al cor de Jezabel.

16

Jeremies

Darrere la muntanya Blanca es veia una lluïssor ataronjada i amenaçadora. Ítram primer es va pensar que era aquell vell bruixot que li havien explicat que hi vivia i que potser en devia preparar alguna de grossa i el que veia era el resultat d'una nova fórmula. De seguida, però, va entendre que només eren els llampecs, encara llunyans, que anunciaven la tempesta que s'acostava. També se sentien trons. Feia un fred que glaçava l'alè i la sang. La humitat calava els ossos i entumia tots els músculs del cos. Malgrat això, Ítram i Simó van fer cap a la sortida del poble. La silueta del castell, la muralla i els carrers que l'abraçaven estaven envoltats per una llum blavosa.

Les torxes que hi havia repartides al llarg del mur els ajudaven a saber on trepitjaven i evitar-los així alguna regirada al peu si hi havia algun clot pel camí, però això no treia que havien de vigilar i anar amb els ulls ben oberts perquè no els sortís cap energumen d'alguna cantonada i els clavés un bon soscaire. Van decidir passar pels camps d'userda a l'esquerra del camí que tothom feia servir per anar a Banyoles. No volien trobar cap patrulla fent guàrdia. Caminaven per uns terrenys que la gent del voltant anomenen el camp de les Forques, perquè és on solen penjar els qui desafien la justícia.

No devien haver fet ni cinc-cents metres quan els van cridar l'atenció uns udols i uns càntics. Sortien d'un bosc de roures i alzines conegut amb el nom del Campanar que hi ha al costat dels conreus que trepitjaven. S'hi van acostar. Estaven amagats darrere uns esbarzers que els havien esgarrinxat les cames. A més, sentien una coïssor als braços després d'haver-los fregat sense adonar-se'n amb unes mates d'ortigues quan es van llançar a terra per no ser vistos pel seguici funerari. Després, mentre espiaven, Ítram va pensar que difícilment els veurien, perquè estaven molt concentrats en la celebració, absorts per la pena i el dol. Vestits esquinçats, cares llargues i contretes pel dolor que gemegaven precs i oracions que esgarrifaven. Fins i tot va veure que Simó es tapava les orelles amb les mans fent cara de dolor per no sentir aquells esgarips. Més endavant va saber que el que feien era proclamar el *kadish*, una pregària en arameu que reciten els jueus quan estan de dol per reafirmar la seva fe i devoció en Déu. S'hi encomanen en un moment tan trist com és el de la mort d'un familiar o d'una persona estimada, com era el cas que havien vist.

Van ser testimonis d'uns rituals que, comparats amb els que estaven acostumats a veure, trobaven molt més rics, més sentits i molt més tristos. Però també van ser testimonis d'alguna cosa més.

De cop, algú es va anar apartant, com d'amagat, d'aquella escena sepulcral. Es va esmunyir entre les ombres i els càntics cap als arbustos i el bosc. Es va fer fonedís. Va desaparèixer. Ítram i Simó es van mirar. Per la lluentor dels seus ulls van endevinar que tant a l'un com a l'altre se'ls menjava la curiositat de saber cap on havia anat, però sobretot què havia anat a fer aquella persona. Simó el va reconèixer.

—És en Jeremies —li va xiuxiuejar.

Ell era l'encarregat de vigilar les obres durant la nit. Fra Florenci havia insistit molt perquè es llogués aquell jueu i no un altre. Una insistència que ningú no va entendre, però que tampoc no va estranyar. Fra Florenci ja en tenia, de rampells com aquell.

El cas és que alguna en devia dur de cap i, pels moviments furtius que va fer, s'ensumaven que no devia ser res de bo. Sí, no està bé prejutjar les persones d'aquesta manera, però ningú no fuig d'un enterrament a mitjanit si no és per algun motiu poc clar. Van decidir seguir-lo. Caminava força ràpid i es dirigia cap al barri jueu.

Va anar de ben poc que no els enxampés. Es va girar un parell de cops per assegurar-se que ningú de l'enterrament no l'havia seguit. Es van haver de llançar a terra per no ser vistos i mossegar-se els llavis perquè no sortís un crit de dolor. Van anar a espetegar damunt d'un roquissar. Les pedres que hi havia eren tan punxegudes que els van deixar blaus i ferides, unes marques que van trigar un mes a desaparèixer. Al cap d'uns instants, el temps prudencial perquè Jeremies hagués pogut reprendre la marxa confiat que ningú no l'havia vist escapolir-se, es van alçar i li van anar a l'encalç. No el volien deixar de petja.

L'aigua remoguda d'una bassa que hi havia a l'entrada del call els va servir per seguir-li la pista. No van trigar gaire a veure'l. Malgrat la foscor de la nit, se'l distingia. Es van arrecerar rere un pou per veure'n els moviments. Es va aturar davant la casa del difunt. Va llançar un parell de mirades furtives a dreta i a esquerra. Un cop va estar segur que no hi havia perill va procedir. Les ombres se'l van menjar, però els ulls d'ells dos, que ja s'havien acostumat a la poca —gairebé nul·la— llum que hi havia, van entreveure que remenava al costat de la porta. Es va sentir un clec. Una cosa li va caure a terra. Pel soroll devia ser petita. La va recollir mentre mastegava alguns renecs i de dins en va treure un objecte que semblava un paper. El va canviar per un altre que duia dins de la seva casaca. El va tornar a deixar al forat que hi havia al costat de la porta i va sortir corrents cames ajudeu-me per l'altre costat del carrer en direcció al riu. Jeremies no tenia la pell seca. La suor ja feia estona que li amarava el cos. No la suor que li lliscava de les aixelles o de la cara després d'un esforç físic. No. Era d'una altra mena. La suor que ja havia sentit alguna altra vegada. Aquella suor que marca la frontera entre la por i el perill, entre el bé i el mal. Una suor, més aviat com un calfred, li recorria el cos per fer-li prendre consciència que feia una cosa dolenta.

17

Un moment etern

El vent xiulava entre les canyes a la vora del riu. Un bernat pescaire va aterrar damunt d'una de les pedres que sobresortia de l'aigua. Va pinçar amb el bec un tros de tela de color bordeus que portava el corrent. Li va costar aixecar-la perquè a la peça de roba l'acompanyava una mà que duia un anell al dit anular, un anell amb pedres precioses incrustades. La mà, que havia estat amputada un mica més amunt del canell, a la meitat de l'avantbraç, era d'una dona. El tall era net i precís. L'ocell va deixar aquella extremitat en un costat de la roca i se'n va anar volant. El va espantar el soroll de passos que s'acostaven per la ribera. Eren Ítram i Jezabel.

Havien quedat per anar a collir móres. Jezabel va dir que coneixia un racó del bosc on creixien uns esbarzers amb les móres més saboroses que hagués tastat mai.

L'havia descobert amb la seva germana petita, Raquel, l'any passat i, des de llavors, hi anaven sovint. Jezabel era la gran de cinc germanes. Era una mica més gran que Ítram. Tenia divuit anys, però semblava que en tingués més de vint. Era una noia bellíssima i ben proporcionada.

El sol picava, però no cremava. Era un dia suau. No es movia ni un bri d'herba i per això de seguida que van poder es van endinsar cap al bosc de freixes i verns que creixia imponent a la vora del riu. A l'altre costat mateix d'on les obres del pont anaven avançant.

Feia fresca i Ítram estava tan a prop de Jezabel que li va poder veure la pell de gallina. Només va ser una esgarrifança, un calfred quan va notar el canvi de temperatura gràcies a la fresca que els regalaven els arbres amb les seves ombres.

—És agradable, aquesta fresca —va dir Jezabel mentre s'abraçava.

—Sí —va assentir ell mentre li assenyalava la pell—. Però vols dir que no tens fred?

Anava amb un vestit blanc de cotó i res més.

—No... —va respondre amb un somriure nerviós.

Caminaven molt a prop l'un de l'altre i ell només volia que aquella passejada no s'acabés mai, que els esbarzers fossin ben lluny, que triguessin a trobar les móres.

—Vaig sentir la conversa que vas tenir amb el teu pare el dia de la pallissa.

Va deixar-ho anar de cop i gairebé sense pensar. Jezabel es va girar cap a ell, sorpresa.

—Em pensava que estaves inconscient —va dir incrèdula.

—És veritat que nedava entre dues aigües —va reconèixer—, el dolor m'havia afeblit els sentits, però l'oïda la vaig recuperar de seguida. Recorda que no parlàveu, cridàveu.

Va arrufar les celles, va fer una ganyota de consternació i va abaixar la mirada, avergonyida.

—Ja ho sé. No n'estic gens orgullosa, del meu comportament aquella nit. Però deia el que pensava. —I per un moment van ressonar dins el cap d'Ítram les veus de la discussió—. Potser sí que vaig ser molt dura i injusta amb el meu pare —deia mentre es mossegava els nusos del dits de la mà esquerre—. Però —i es va girar cap a ell com si busqués la seva complicitat— creia el que li deia i ho mantinc: la seva funció a la vida, com a metge, és tornar la salut als qui no en tenen perquè la malaltia els l'ha pres. Això és el que sempre m'havia dit que va aprendre en la seva estada a l'escola de l'insigne metge persa Ibn Sina.

—Però, Jezabel, vas gosar desobeir la seva autoritat, no t'hauries d'haver arriscat. Jo m'hauria pogut arrossegar fins a la taverna del centre i demanar que m'auxiliessin.

—I si abans haguessis topat amb algun altre indesitjable... No, no et podia deixar. A més, no trobo que desafiés ningú per ajudar una persona que tenia problemes. —Va fer una pausa—. Va ser ell qui ens va ensenyar, a mi i a la meves germanes, a pensar pel nostre compte. A ell el respecto, com també la seva feina, i me l'estimo. —Va fer una altra pausa, el va mirar als ulls i se li va acostar. Va agafar-li les mans i li va dir—: Però també t'estimo a tu. No et podia deixar allà fora, sol i malferit. No ho hauria suportat.

A Ítram va pujar-li una foguerada fins a la cara i no se li va acudir res més que deixar-se anar de les mans i envoltar-la amb els braços. Sense dir res la va estrènyer ben fort contra el seu pit i va notar que el cor li bategava al mateix ritme que el d'ella. Es van mirar i Ítram li va acostar —gairebé sense gosar i molt a poc a poc— la boca als llavis. Tremolaven de nervis i excitació.

Va tancar els ulls i l'olor del seu perfum li entrava pels narius fins al cervell, que acabava de perdre tota capacitat de raonar.

Les seves llengües es van trobar i es van amanyagar abans d'iniciar un dolç combat. Havien caigut de genolls damunt l'herba i es treien la roba com podien sense desenganxar-se l'un de l'altre. Es van deixar anar un moment. Ella somreia. Es va treure el vestit i la imatge del seu cos nu el va inflamar. El món es va aturar. La visió d'aquells pits tantes vegades somiats el va deixar encantat, enlluernat, paralitzat. Una pessigada de desig, però, el va despertar d'aquell encanteri tan real. Es va desprendre de les calces d'una revolada. Volia tastar aquella exquisidesa que tenia al davant. Amb desfici i guiat per un instint, que devia ser innat perquè no sabia ben bé d'on sortia, la va recórrer de dalt a baix. Des de la base del coll, tibant, passant pels pits carnosos, el ventre planer i les cuixes fortes fins a arribar al centre del seu univers que aviat seria d'ell.

S'hi va aturar per conèixer el secret i li va agradar el que va veure, l'olor que desprenia.

Tenia por de ser una mica matusser, empès per la fogositat del moment, per això primer el va tocar amb delicadesa, després el va llepar i va ser testimoni de l'explosió de plaer més pura i salvatge que mai no havia ni gosat somiar. Ella s'arquejava i obria davant seu les portes del paradís de bat a bat. No sabia si en tenia la clau, però s'hi va enfonsar amb tota la tendresa de què va ser capaç mentre ella deixava anar un gemec llarg i contingut, barreja de dolor, de plaer i de benvinguda. Li va semblar que perdia el món de vista.

Perquè això no passés tenia els ulls ben oberts per veure com els seus cabells i els seus pits es movien compulsivament. Ella es va incorporar, el va empènyer i el va fer caure a terra. Ítram va sortir d'ella, però només un instant. Jezabel es va asseure amb suavitat damunt seu. Es va passar la llengua pels llavis i va començar a gronxar-se endavant i endarrere amb una cadència que li va fer tocar el cel. Els ulls d'ella brillaven, i la pell morena també, però de la suor de l'esforç d'envestir-lo. Es van desbordar els seus rius i Jezabel va caure al seu costat. Esbufegava i panteixava. Va mossegar-li l'orella i li va xiuxiuejar amb veu ronca un «t'estimo» que el va fer estremir. Sentia la seva olor, que l'embriagava.

Estaven abraçats i mig endormiscats quan van sentir fressa de cavalls que s'aturaven en una clariana que hi havia al mig del bosc... Un grup d'homes que cada vegada es feia més gran i, a mesura que s'hi afegien nous membres, se saludaven, reien i empunyaven cap al cel les espases. Al cap d'una estona, quan hi van ser tots, un d'ells va fer un senyal i se'n van anar tots cridant. Uns crits que no presagiaven res de bo.

18

La pedrera

Una faixa de núvols blancs gruixuts i espessos tapava mitja muntanya. Uns tebis rajos de llum il·luminaven la pedrera. La música sincopada que feien els malls dels picapedrers va quedar estroncada per un crit. Un crit d'horror va anar ressonant esllanguit per les parets de la pedrera, que cada dia estaven més esgarrapades pel bon ritme de les extraccions.

El vigilant, un minyó que encara no havia fet deu anys, jeia degollat damunt d'un bloc enorme de travertí que presidia l'entrada de la pedrera. Des d'aquí solia guanyar-se el jornal. Vigilava el trànsit dels carros que entraven i sortien i procurava estar alerta que cap persona estranya no destorbés la feina dels picapedrers. Aquell dia no és que no hagués fet la seva feina. Aquell dia senzillament no va veure venir el perill que li va segar la vida. El crit va alertar els homes que treballaven a les bastides.

Molts d'ells tenien la intenció de baixar cap a l'entrada quan van veure que per sobre dels caps els queien dos cossos sense vida. Una pluja de fletxes que venien de tots costats xiulaven per l'aire i se'ls clavaven a l'esquena, se'ls enfonsaven en els torsos descoberts i els ferien de mort.

—No us mogueu, entreu a les galeries! —va cridar el capatàs—. Si no, això serà una carnisseria!

Encara no havia acabat l'advertència per protegir els seus treballadors que una fletxa li va impactar a la gola. El capatàs, un home de constitució forta i corpulent, va fer dues passes enrere amb les dues mans al coll mentre feia esforços per arrencar-se aquella espina mortal.

De seguida va perdre l'equilibri i va caure daltabaix de la bastida principal.

Els picapedrers van tenir el seny d'obeir el seu cap de seguida i no quedar-se a contemplar la seva agonia: van entrar a les galeries de la pedrera perquè les fletxes continuaven fent blanc en les dianes humanes. N'hi havia que hi entraven ferits, d'altres que s'hi arrossegaven amb alguna cama tocada i malferida, uns quants entraven altres companys morts. Malgrat aquesta situació, els més veterans miraven de posar-se a to per organitzar una mínima defensa contra un atac inesperat, imparable i imprevisible. Però ràpidament van concloure que era impossible. Es va sentir un corn i els arquers van desar les fletxes. Un petit exèrcit d'una trentena d'homes ben armats, capitanejats per Marçal Matamala, va entrar a la pedrera trepitjant sense mirament l'estesa de cossos, alguns malferits, d'altres ja sense vida, que cobrien el terra.

Matamala era un home de constitució gegantina. Duia el cap rapat. Les celles en forma de llampec i una cicatriu que l'espessa barba no havia aconseguit tapar-li li deformaven la galta esquerra. Els ulls de color blau gris, de color d'acer, li conferien una mirada fulminant, freda, calculadora, tallant com la seva temuda espasa.

La seva figura no sols desprenia una olor corporal desagradable, com de llet agra recremada, sinó que infonia respecte, per no dir basarda. Caminava feixugament, com si fos un bou vell, amb unes botes de pell de serp. Sempre solia anar vestit igual: embolicat amb pells de guilla, lligades amb unes cadenes que amagaven una cota de pell feta amb tires de cuir. S'estrenyia els pantalons amb un parell de cinturons negres i marrons d'on penjaven dos jocs de dagues i la maça. Matamala tenia una traça gairebé innata per fer servir la daga en les distàncies curtes. Podia escorxar el seu adversari sense que ell se n'adonés. Però l'arma que dominava era la maça, gairebé una prolongació del seu braç. Era capaç de clavar uns cops tan ben donats i contundents que trencava ossos del cos a través de l'armadura o enfonsava cascos i elms sobre el cap de l'enemic. La mà dreta reposava sempre alerta damunt de l'empunyadura de l'espasa cordada en un altre cinturó que li cenyia la cintura. Es va adreçar als picapedrers que estaven vius amagats a les galeries.

—Escolteu bé, colla de bastards —va bramular Matamala, i les seves paraules van retrunyir per les parets de la pedrera—. Aquí ja no us hi guanyareu més la vida, tot al contrari. Qui vulgui continuar picant pedra que sàpiga que l'únic que hi trobarà serà la mort. Torneu a casa vostra a cuidar les vostres famílies i els vostres camps. Si ho feu així, no heu de témer res.

Va fer una estrebada a les regnes del cavall i va sortir amb els seus homes d'aquella pedrera, on ja no ressonaven els martells, sinó les amenaces mortals que acabava de sentenciar Matamala.

Mentrestant, amb la por al cos i sense esma, els picapedrers s'ajudaven els uns als altres, recollien les eines i anaven desfilant cap a Besalú. Deixaven enrere un escenari de mort i desolació.

RETRUNYIR – Un soroll fort. ressonar a la manera d'un tro

ELM – Casc de forma cònica i punxeguda, que deixava el rostre descobert

19

Les obres

—Amén!

Van posar punt final a l'oració i es van tornar a sentir els repics dels paletes. Aquell matí abans de començar a treballar havien decidit tenir un record per al bisbe Ermengol de la Seu. L'abat els havia dit que havia mort en caure d'una bastida ja feia uns dies, precisament quan feia una visita a les obres del Pont de Bar. Prim feinejava damunt d'una bastida al costat dels altres oficials i paletes. Cisellaven les pedres i els donaven forma perquè cadascuna pogués formar part de l'encofrat i els pilars quedessin ben compactes sense cap forat ni fissura. Era molt important que es respectés la uniformitat de la construcció perquè una riuada no pogués desestabilitzar l'estructura del pont. Marcava les pedres amb uns símbols tal com havia fet sempre en les seves obres i entre els carreus hi col·locava unes pedretes. Era com una superstició.

Encara no es perfilava la silueta del pont, però estaven ben ferms els set pilars que haurien d'aguantar les arcades que, segons la idea original, havia de tenir la primera part del pont abans de fer un angle cap a la dreta i no trencar el corrent de l'aigua.

CALADISSA – Porta que es tanca abaixant-la

Els paletes treballaven en diversos punts de la construcció. A dalt es repartien la feina tres grups. Uns donaven forma a la calçada, el camí o la via que havia de travessar el pont i que s'havia d'endinsar cap a Besalú. N'hi havia uns altres que s'encarregaven de fer l'apartador, un espai ample als costats de l'estreta calçada on s'apartarien les cavalleries i les persones per deixar lliure el pas. Aquí, quan acabessin la feina, s'hi hauria d'instal·lar el primer lloc de vigilància, el punt on es començava a aixecar la torre fortificada amb la porta caladissa.

I encara un altre grup d'homes feien una barana de pedra situada als costats del pont perquè els vianants s'hi poguessin agafar. Arrengleraven uns petits carreus, col·locats correctament els uns darrere els altres, segons els havia ensenyat el mestre d'obres.

Eren pedres petites, manejables per un sol operari, trencades amb un punxó i escairades però no polides. Era una feina minuciosa i precisa que requeria atenció, perquè enllestir aquell ampit reforçava la seguretat dels qui hi transitarien.

A baix, als peus dels pilars ja construïts i que en certa manera sostenien el pont, una colla de paletes completament lliurats a la seva feina construïen un contrafort, un sortint del mur dels pilars ja drets destinats a reforçar l'estructura. No gaire lluny, a la base d'una altra arcada i també envoltats d'una intensa repicadissa i a les ordres d'Amadeu, uns altres operaris perfilaven un dels tres tallamars. Un esperó del pont a través del qual es trencaria el corrent de l'aigua i protegiria els tres pilars que quedaven més exposats a la virulència i la força de les aigües embravides.

A l'intradós, a la cara interior de l'arc del pont, hi havia damunt d'una bastida uns operaris que s'encarregaven de la imposta, una filera de carreus sobre els quals s'assentaria la volta, l'arc, un cop retirat el cindri.

Prolongació corba o formant angle, que tenen els pilars d'un pont amb la finalitat de no oferir resistència a l'aigua

Prim estava fent comptes sobre la quantitat de pedres que encara els faltaven. Anaven endarrerits, no hi havia més diners per contractar ni més homes per a les pedreres ni més mans per a l'obra. Va mirar cap a l'horitzó, amoïnat. Es va posar una mà al front fent visera perquè el sol el molestava. Mirava cap al camí pel qual solien arribar puntualment els carregaments des de la pedrera i el dubte li entelava la mirada, un punt ombrívola. Estava preocupat. Aquell retard no era normal. De cop, però, va veure que s'acostava un núvol de pols. I va pensar, alleujat, que era el carro que ja arribava amb la primera matèria necessària per tirar endavant les obres. Es va girar i va tornar a la feina sense donar-hi més importància. Anaven tard —pensava Prim— i per això el carreter manava la pressa als cavalls que estiraven la pesada càrrega.

—Ajudeu-nos! Ajudeu-nos! —cridava un dels picapedrers, mentre tibava amb força les regnes.

Però encara era massa lluny perquè el poguessin sentir. Els repics dels martells i els malls i el brogit que produïa l'obra ofegaven aquells crits esparracats i plens d'angúnia que venien del carro. Un carro buit, sense ni una pedra.

Va passar de llarg del punt habitual de descàrrega i no es va aturar fins a arribar al peu de les bastides.

Alguns operaris van deixar la seva feina i van començar a assenyalar el carro i a resseguir amb el dit el recorregut desesperat. El carretó no es parava i no era pas perquè els cavalls estiguessin desbocats, no. El neguit es va apoderar dels treballadors, que amb la por als ulls clavaven la vista en aquell carro que estava a punt de perdre les rodes.

—Ajudeu-nos, ajudeu-nos —es va tornar a sentir.

Aquest cop sí que els crits van ressonar per tota l'obra.

Prim no va baixar per l'escala de la bastida, es va deixar anar per una corda que penjava de la punta i ràpidament es va plantar a terra, just en el punt on només uns instants després va frenar el carro.

Prim es va acostar al picapedrer. Estava a punt d'atabalar-lo amb preguntes, però se'n va guardar bé prou en veure la fila que feia. Estava desencaixat, tremolava i duia la roba plena de talls i tacada de sang.

—Baixa, vine aquí a la vora del foc —li va dir Prim. L'home tenia espasmes. Combinava els gemecs amb els udols, entre dolorosos i tristos—. Calma't, tranquil, ja ha passat tot! —li xiuxiuejava Prim per mirar d'assossegar-lo i l'abraçava per donar-li confiança—. De pressa, porteu aiguamel i una manta! Hem de refer aquest home, com sigui —va ordenar, mentre l'ajudava a baixar del carro i el feia seure a la vora d'una olla que bullia tot el dia.

A Prim les preguntes li bullien dins del cap i li vessaven: què havia passat?, per què duia la roba ensangonada?, on eren les pedres? Però era conscient que s'havia de contenir. Aquell home no estava en condicions d'explicar res que fos coherent.

Un parell d'homes de l'obra van portar la manta i el gerro amb aiguamel. El picapedrer va recuperar el color i de mica en mica va entrar en calor. Un cop es va haver calmat i refet, Prim va començar a interrogar-lo.

—Com us dieu?

—Ventura de Trulls, senyor.

—Ventura, esteu ferit?

—No, Mestre Prim, jo he tingut sort.

—I aquesta sang? —va dir Prim, assenyalant les taques que portava a la camisa.

El picapedrer va somicar i se li van negar els ulls.

—... ha estat una carnisseria, senyor. Ens han atacat. Més de la meitat dels homes són morts i la resta estan malferits. Els qui es poden valer per ells mateixos vénen com poden cap aquí, ajudant els qui no poden caminar.

20

Una tempesta infernal

Res ni ningú no podia preveure que el dia s'acabaria d'una manera tan fosca i tràgica. Havien passat poques setmanes d'ençà de l'atac a la pedrera. Feia un matí de principi de setembre radiant. El cel era serè i el sol ja no cremava, brillava de manera que la llum era més nítida, més pròpia de la tardor que no de l'estiu. Bufava un vent molt lleuger que feia fins i tot més agradable la feina i eriçava sense voler l'aigua que baixava plàcida riu avall com una llengua de plata que llepava les canyes que creixien a les vores. A l'altra banda del riu, Ítram hi va veure el seu pare amb l'abat. Tenia els pergamins a la mà i assenyalava el punt de les obres que estava més avançat. L'abat assentia amb el cap i se'l veia refet per la manera com la seva brigada d'operaris anava enllestint la feina. L'estructura del pont creixia lentament, ara una pedra ara una altra... amb la paciència i la tenacitat de les formigues. A l'estiu s'aprofitava el bon temps per treballar i reforçar els fonaments, els pilars que s'aixecaven sobre les pedres que hi havia al llit del riu. Quan plovia només treballaven els fusters i els obrers de la pedreres.

Havent dinat, mentre els treballadors anaven pujant la paret d'un dels pilars, el cel es va anar enfosquint. El vent, que fins llavors havia estat agradable, començava a fuetejar amb força les pells dels obrers, ja prou castigades pel sol i pels anys de treballar a la intempèrie en tota mena de condicions meteorològiques.

—Mestre Prim, potser ens convindria deixar-ho, per avui —va insinuar amb un punt de preocupació Amadeu, l'oficial—. Apuntalem les estructures perquè no pateixin l'embat del vent ni de l'aigua que pugui baixar i demà serà un altre dia.

—Hem d'aprofitar tant com puguem les hores de sol, Amadeu. No patiu, que no farà gran cosa —va respondre-li Prim, aixecant la vista al cel.

—Voleu dir, senyor, que no ens exposem al perill que la feina feta aquests últims mesos se'n vagi aigua avall?

—Confieu en mi, Amadeu, i no passeu ànsia, que això no serà res més que una tronada. Molta fressa i poca endreça. Vós sou patidor de mena i us estic agraït que en certes ocasions em feu tocar de peus a terra.

»Els vostres consells em són molts útils per prendre algunes decisions determinades. Amb el vostre seny i la meva rauxa mantenim l'equilibri d'aquesta obra, estimat Amadeu. Però estigueu tranquil, que acabarem la jornada d'avui sense més patiments del compte, us ho puc assegurar.

No va tenir temps de girar-se cap a la bastida. Un tro eixordador li va fer xiular les orelles. Va fer el gest de tapar-se-les amb les mans i un llamp el va mig enlluernar. Li feia l'efecte que s'esberlaven totes les pedres que meticulosament s'havien anat disposant als pilars i a les bases de les arcades. El discurs tranquil·litzador que acabava de pronunciar quedava en no res. Era el preludi del que se'ls tirava a sobre. El vent empenyia una cortina d'aigua i pedra que s'acostava amenaçadora des del nord i que, sense que gairebé se n'adonessin, la va descarregar sobre els seus caps. Els va caure d'improvís.

Aquell vent, entre calent i humit, xocava amb un corrent d'aire fred i sec i feia girar el núvol, que va agafar forma de remolí. Aquell embut d'aire s'estirava cap avall, arribava a l'aigua i actuava com un fibló, una mànega que penjava del cel amb una altura imponent i desfermava vents huracanats. Tot al seu voltant girava, s'enlairava i sortia rebotit per l'aire. El pànic es desfermava entre els bracers, que corrien espaordits. L'aigua de la pluja donava forces a la del riu i avançaven juntes i eixamplaven el llit del Fluvià fins a engolir tota forma de vida animal o vegetal que hi hagués pel voltant.

El mestre d'obres va fer sonar el corn perquè els seus homes correguessin a arrecerar-se cap a la ribera i pugessin sans i estalvis cap a les torres, situades a l'entrada del pont. Saltaven de les bastides, s'empenyien els uns als altres. Hi havia por, terror, pànic. No volien morir ofegats en aquelles aigües on havien après a nedar. Fugien per salvar la vida. Moltes famílies depenien de la construcció del pont. Pares i fills hi dedicaven un jornal sencer per uns miserables sous de plata que els permetia viure al llindar de la misèria.

Les bastides de roure i pi negre trontollaven, grinyolaven, i algunes es començaven a esqueixar, es desfeien, esgavellades per l'embranzida que agafava l'aigua, la mànega que avançava destruint sense miraments a banda i banda, i per l'enrenou dels homes que fugien a corre-cuita.

Un dels picapedrers es va entrebancar amb el cap d'una corda que s'havia deslligat d'una barana de la bastida i va caure a l'aigua. No va tenir temps de patir, perquè en caure ja estava inconscient. Va picar de cap amb una de les grans pedres que hi havia al riu i el va deixar estabornit.

Va desaparèixer de seguida engolit per la força d'aquella aigua, marronosa per la terra remoguda que arrossegava del fons a la superfície i que barrejava la de la vora del riu amb la que el corrent havia anat absorbint fins a desbordar un llit que tenia un cabal sobrenatural.

L'espectacle que la natura havia desfermat en aquell tram de riu i la destrucció que anava deixant al seu pas va arribar a orelles del sagristà de Santa Maria. Llucià era a ca l'argenter a recollir uns canelobres i, quan va sentir aquelles noves, li van faltar cames per sortir corrent cap a la capella. En el seu cap hi bullia una idea. Si allò era realment una força sobrenatural, empesa pel dimoni, qui sap si potser la força de les estelles de la creu de Crist, que el comte Tallaferro havia dut de Roma feia unes quantes dècades dins la Veracreu, podria servir per aturar aquella crescuda. Ho havia d'intentar i no podia perdre temps. Les bastides es vinclaven submises al poder de l'aigua i finalment s'esberlaven. La conseqüència funesta era que els obrers queien indefensos dins d'aquell remolí. El riu s'estava desbordant i l'aigua s'enfilava fins a límits perillosos per a les cases que estaven a tocar de la ribera.

Va entrar com un llamp fins al fons de la sagristia. Va obrir una capelleta on es guardava la creu de dos braços amb les sagrades relíquies. La va embolicar amb una saca i va sortir com un esperitat del temple. Els peus li tocaven el cul. Li costava respirar. La Veracreu pesava i els braços li començaven a fer mal. Va fer el cor fort per poder arribar al final del carrer del pont. La seva intenció era plantar-se al límit del penya-segat. Les aigües estaven més xarbotades i enfurismades que mai. Feia estona que en sentia la remor. Però un mal pas va fer anar per terra Llucià i la Veracreu.

La creu va sortir rebotida, va rodolar, sense trencar-se, i es va aturar al marge de l'estimbarri. La dolçor amarga de l'aigua del riu llepava la base de la creu.

XARBOTADA agitar-se la superfície d'un líquid, sacsejant-lo

Desolat i amb la mirada perduda sobre l'aigua, Prim passejava la seva vista incrèdula per aquell paisatge devastat i pen-

ESTIMBARI: Fer caure des de dalt d'una timba

sava en les advertències que havia sentit al mercat, a la taverna...

Li ho havien dit una i altra vegada: el principal enemic són les riuades, perquè ataquen de sorpresa, sense avisar. Amb prou feines havia plogut aquell any. Un hivern i una primavera amb pluges inapreciables havien donat pas a un estiu sec, els camps s'esquerdaven com si demanessin a crits: aigua!

Li ho havien advertit fins a la sacietat: les pluges de la tardor són torrencials, diluvianes. El que no havia caigut en tot un any ho podia deixar anar en una sola tarda amb conseqüències catastròfiques. Ja ho diuen: el setembre asseca les fonts o s'emporta els ponts. El que fins llavors havia estat un anèmic corrent d'aigua s'havia convertit en un mar d'aigua dolça amb conseqüències ben agres i funestes. El llit del riu estava desfet, desdibuixat. Esborrat. Només veia aigua, molta aigua que empenyia fang, troncs, pedres que destruïen i arrasaven tot el que trobaven al seu pas. L'esforç, el sacrifici, les penúries de tot l'estiu se n'havien anat aigua avall, riu avall.

Que lluny quedava encara, pensava Prim, el dia en què es col·locaria l'última pedra, el bisbe podria beneir el pont i el poble ho celebraria amb una festa multitudinària.

Una veu premonitòria va trencar aquells pensaments amb veu alta de pontífex:

—Si les aigües d'aquest riu parlessin, podrien explicar moltes històries!

21

El respecte a la natura

Prim va aixecar el cap. El va treure del mig de les cames, on, ensopit i pensarós, recordava tot el que acabava de passar. Va llançar una mirada encara compungida cap a la seva esquerra, d'on venia la veu ronca i trencada que li havia fet aquella advertència.

—Com dieu? —va mussitar Prim.

Hi havia un home vell que caminava lentament però amb fermesa cap a ell.

I per fer-ho s'ajudava amb un bastó, una vella i llarga arrel de savina que havia trobat al bosc feia anys. Una verga que, pel que explicaven, brandava enèrgicament quan discutia.

Una vara amb tanta energia que, quan assenyalava cap al cel, tenia la força i el poder necessaris per fer ennuvolar el sol i desfermar petites tempestes.

—Si abans de posar-vos a treballar haguéssiu tingut la cura d'escoltar-vos les aigües d'aquest riu, ara no us estaríeu aquí lamentant —va advertir el vell.

Duia una casaca llarga que li arribava als peus i es recollia l'abundant cabellera blanca amb una cua.

—Qui sou, vós... Què voleu dir? —preguntava Prim, desorientat, com si es despertés d'un malson.

—La meva identitat, creieu-me, ara no té importància. Només sóc algú que us aconsella que abans d'actuar contra la natura tingueu la precaució d'escoltar-vos-la. Us diré més: de respectar-la. El problema el teniu davant vostre, només l'heu de voler entendre per poder-lo solucionar. —I va deixar anar una altra sentència—: El riu té els interrogants, però també les respostes.

—Què voleu dir, que el riu s'ha rebel·lat en contra nostra perquè no volia que hi construïssin al damunt? —va preguntar amb incredulitat el mestre d'obres.

—Els déus de les petites coses, com els de les grans, també volen ser escoltats, respectats i que els tinguin en compte —li va advertir l'home, mentre amb el bastó assenyalava les aigües del riu—. Només us demano... —i va deixar la paraula penjada, suspesa, com si rumiés molt profundament el que anava a dir— que demostreu pel riu el mateix respecte i la mateixa devoció que teniu pels déus dels altars. Aquestes aigües flueixen en un sentit o en un altre segons els designis de Numen.

—De qui heu dit? —li va demanar en un to d'estranyesa.

—El riu és de Numen. —Va xiuxiuejar el nom com si no gosés despertar la divinitat de les aigües.

—Què voleu dir? —va preguntar el constructor.

—Hi ha algú que ha manipulat la voluntat del riu perquè no vol que la vostra empresa tingui èxit i ha posat aquestes aigües contra vós —va dir tranquil·lament.

—Què dieu... Suggeriu que algú ha...? Per l'amor de Déu —s'anava indignant—, si era un aiguat desfermat! Em voleu fer creure que he estat víctima d'un encanteri?, au, va! Aneu-vos-en a una altra banda a prendre el pèl, que no estic per orgues.

—Això, això, clameu a Déu, demaneu-li explicacions, però no és pas a Ell a qui us heu d'adreçar. Val més que no us equivoqueu, senyor. Qui persegueix el vostre fracàs a fe que sap com fer-ho. —I se li va dibuixar un somriure sorneguer a la cara—. Però és igual, ja us ho fareu, vós i la vostra tossuderia. —Amb els braços va fer com aquell qui espanta mosques i el va advertir—: Penseu que, si seguiu així, sense voler venir a la raó, ho perdreu tot: els vostres homes, l'encàrrec, el prestigi i qui sap si també la vida.

Feta l'advertència, que sonava com una amenaça, va girar cap i cua i se'n va anar per allà d'on havia vingut. La seva silueta ja es desdibuixava a l'horitzó quan va sentir:

—Escolteu, ei, espereu!

El constructor va reaccionar amb aquest crit mentre s'aixecava i mirava d'acostar-se, fent tentines, fins allà on hi havia el vell. Amb prou feines podia aguantar-se dret, perquè encara estava atuït pel desastre que acabava de viure. El cap li bullia. Li estava a punt d'esclatar

—Digueu-me, què se suposa que haig de fer? —preguntava angoixat i a mitja veu.

El vell es va girar i amb un cert aire d'indiferència li va dir:

—Primer heu de creure, senyor meu. A mi m'és indiferent si em voleu fer més cas o menys. No m'ho invento. Per què us hauria de venir amb aquestes històries si no fossin certes... Per qui m'heu pres! Però vull que entengueu que no podeu fer res si abans no creieu en el que us he dit: que aquestes aigües són de Numen.

—Molt bé, molt bé... —deia nerviós el constructor—. Però és que em costa creure en encanteris, maleficis, conjurs i totes aquestes falòrnies... Collons! —va esclatar.

—No hi teniu res a perdre, ans al contrari —va insinuar el vell—. Podeu fer un ritual aquí, a la vora del riu, reconèixer l'autoritat de Numen i fer-li alguna ofrena adient.

—I si amb això no n'hi hagués prou? —el va interrompre amoïnat Prim.

—Sempre podeu recórrer a d'altres poders. Tinc entès que de la seva visita a Roma, ara fa uns quants anys, el comte va portar fragments de la santíssima Veracreu. Si és així, potser aquestes relíquies us podrien servir per desfer l'embruix que hi ha sobre aquestes aigües que busquen entorpir la bona marxa de les obres.

—Us sento parlar i encara me'n faig creus, que una avinguda d'aigua...

—No continueu per aquest camí, amic constructor —el va interrompre—. Vós creieu de debò que aquesta devastació —i assenyalava amb el bastó cap al llit completament desfigurat del riu—, la fúria amb què ha baixat l'aigua, és pròpia d'una riuada de finals d'estiu? —Va deixar la pregunta a l'aire i ell mateix es va respondre—: Aquí hi han intervingut altres elements al marge dels naturals.

—Entesos, em dono per vençut. Us demano perdó i digueu-me com han de ser aquestes ofrenes a Numen —va demanar Prim.

—Quan vulgueu, veniu a veure'm a casa meva, als peus de la muntanya de Guix, i us donaré tot el que us cal.

Dit això, aquell vell savi va desaparèixer pel tombant del riu. Prim es va tornar a asseure amb la mirada perduda seguint les tímides onades d'aigua dolça, però enverinada, que venien a morir a la vora del riu.

22

L'hospital

No tenia la funció sanitària ni tampoc la d'administrar cures pròpiament dites, sinó que més aviat tenia una activitat hospitalària, en el sentit més estricte de la paraula. L'hospital, a recer del monestir, acollia i alimentava homes i dones pobres, rodamons, pelegrins, infants abandonats i altres persones malaltes i de vida miserable. Els religiosos del monestir de Sant Pere se'n feien càrrec i el gestionaven. El centre es mantenia en part gràcies als donatius de molts dels finats que per guanyar-se més de pressa el cel ho deixaven indicat així en els seus testaments.

Va ser un vespre, allà a l'hospital, mentre els monjos repartien el plat de pobres, quan una dona malalta i mig moribunda va estirar la màniga de l'hàbit de fra Basili per explicar-li el que havia vist.

—No patiu, de seguida us serviran —li va dir el monjo per tranquil·litzar-la.

—No, no tinc pressa per sopar, pare, no és això el que vull. Només vull que m'escolteu...

—Voleu confessar-vos ara, germana?

—No és ben bé una confessió, no m'heu d'absoldre de cap pecat... Només us volia dir que el cambrer de l'abat té uns costums ben estranys per ser qui és i tenint el càrrec que té.

—Fra Florenci? —va preguntar estranyat el germà Basili—. Per què? Si és un home de costums rectes, molt estricte, assenyat i rigorós. És un home d'església com n'hi ha pocs, cregui'm! —va sentenciar el monjo.

—Doncs això deu ser de dia, perquè de nit, quan es pensa que ningú no el veu —i la dona va fer anar la mà com si es tractés d'un vano—, Déu n'hi do!

Fra Basili no va dir res, però pel posat del seu rostre es veia que no entenia on volia anar a parar aquella dona. Ella va continuar:

—El vaig veure entrar al Boc Bord. Sap on és aquesta taverna, germà? —Fra Basili va fer un cop de cap afirmatiu—. El seu superior hi va entrar d'amagatotis per trobar-se amb aquell bastard del comte d'Empúries.

—I com ho sabeu, això, bona dona? —va preguntar, arrufant les celles, fra Basili.

—Perquè jo hi era i el vaig veure.

—I fa molt que vau veure el germà Florenci?

—Deu fer... —la dona va aixecar la vista cap al sostre de l'hospital i va bellugar els llavis com aquell que fa comptes— uns..., no ho sé, però fa temps, quan encara servia en aquell antre.

I va deixar anar una ganyota de fàstic.

—I després de tants anys i en el vostre estat, preteneu que us cregui?

—Vós mateix, però he pensat que ho havíeu de saber. Tot i que aquella nit hi havia una mica d'enrenou i el cambrer de l'abat anava engiponat amb una túnica negra, el vaig saber distingir. I com que va pujar cap a l'habitació en què només uns instants abans havia accedit Hug d'Empúries... vaig lligar caps. Ara, si no voleu creure aquesta vella, ja us ho fareu —i va acabar de dir això quan dos monjos van arribar davant seu per servir-li l'escudella.

—Au, va, preneu-vos això, descanseu i no hi penseu més —li va dir fra Basili, donant per tancat el tema.

23

El bosc dels Queirons

Les obres es van aturar indefinidament. Prim no sabia quan s'hi tornaria a posar, ni tan sols sabia si podria tornar-s'hi a posar. Hi havia por entre els jornalers i es negaven a tornar a treballar després del que havia passat, tant al riu com a la pedrera. Exigien unes mínimes condicions de seguretat que ni ell, ni el comte, ni l'abat no els podien garantir. Prim hi donava voltes mentre esmorzava menjant unes fogasses, unes llesques planes i arrodonides de pa bast. Les acompanyava amb fogassó, una peça de formatge tendre. Es va beure un got de vi, tot d'una tirada, i va fer un pensament. No les tenia totes, però si aquell bruixot el podia ajudar a desfer un possible encanteri que afectava les aigües del riu, ho havia de provar. Valia la pena arribar-se fins a la seva cabana situada a la falda de la muntanya Blanca, més enllà del temut bosc dels Queirons. Sabia que no era fàcil arribar-hi i que li podien sortir greus complicacions en mirar de travessar-lo. Fins al punt de posar en perill la seva vida. No ho havia dit a Ítram per no espantar-lo més del compte. L'havien advertit de la perillositat d'endinsar-se pel bosc, un territori aspre i feréstec on creixia una flora i una fauna diferents de la resta. Era l'hàbitat ideal per a un munt d'espècies i bestioles salvatges que, segons deien, estaven sotmeses als amos i senyors del bosc: els queirons. Un monstre engendrat pel diable.

Pocs, de fet ningú, podien explicar del cert com eren. Però Prim encara recordava el que havia explicat una nit a la taverna aquell mercader.

Explicava que, segons les antigues llegendes i les representacions que apareixien als llibres, fruit de la imaginació popular, els queirons eren unes bèsties enormes. Caminaven sobre dues potes tan lleugeres que, quan corrien, malgrat l'envergadura, eren prou ràpids per ser capaços de caçar qualsevol animal o persona. Ulls petits i grocs enfonsats en la immensitat d'un cap coronat per una cresta de tres punxes i una cara vermella de color de sang acabaven de donar forma a aquella monstruositat embotida en un cos de color gris pedra, mig de lleó mig de dragó, i amb cua d'escorpí. Prim va quedar esgarrifat amb aquella descripció i va pensar que els queirons —si mai havien existit, cosa que dubtava— devien haver estat creats per campar per l'infern, però, per un motiu que desconeixia, n'havien fugit per brandar per la Terra durant una època.

Amb tot això al cap, un calfred li va recórrer l'espinada. Va sospirar profundament, va fer el cor fort i va sortir de Besalú per la porta de Bell-lloc. D'allà estant podia veure com s'aixecava desafiant la magna silueta de la muntanya, sempre envoltada d'una anella de núvols grisos que semblava asfixiar el coll de la carena.

Emergia d'un bosc de color blau fosc que no li feia gens de bona espina. Va travessar la riera de Capellades amb un parell de gambades. Va pujar un turonet una mica costerut i davant seu s'estenia una infinitat de camps.

Els va travessar procurant de no trepitjar els que estaven sembrats. Sentia les esquelles d'un ramat de xais que li devien passar a prop; seguien els lladrucs d'un gos i els xiulets d'un pastor. Després va venir una lleu davallada del terreny que desembocava en una suau fondalada, coronada per una pineda, on mitja dotzena de vaques jeien a l'ombra després d'haver pasturat. Era la penúltima etapa abans d'internar-se dins una massa boscosa que li inspirava de tot menys confiança.

El sol que fins feia un moment li havia escalfat la cara va desaparèixer, com si les capçades dels arbres l'haguessin engolit. De cop, com si fos el vespre, la foscor i el fred l'embolcallaven. La piuladissa alegre i constant dels ocells que l'havien acompanyat durant el camí va emmudir. El silenci ho omplia tot. Això feia que se li amplifiquessin encara més el batec del cor i la respiració, cada vegada més intensos i accelerats.

Li costava caminar, perquè el terra del bosc era solcat per arrels nerviüdes dels grans roures que s'alçaven amenaçadors. Tenia por de perdre l'equilibri, caure i ser una presa fàcil per a qualsevol dels depredadors que el poguessin estar vigilant.

De fet, se sentia observat. D'ençà que havia posat els peus en aquella sinistra arbreda, Prim tenia la sensació que duia un grapat d'ulls clavats a l'esquena. Uns ulls que es podien convertir en urpes o ullals que l'engrapessin i l'escorxessin de viu en viu. Mentre mirava de convèncer-se de deixar de banda els pensaments de fugir, ni que fos mentalment, d'aquell lloc, va sentir un soroll que va fer remoure les branques més gruixudes dels roures, testimonis silenciosos de tantes malvestats que devien haver vist al llarg dels segles.

Aquella fressa va paralitzar Prim. No sabia què fer: si arrencar a córrer, o recular i abandonar la idea de travessar un bosc que el podia conduir a la mort. En tot cas, tampoc no sabia cap on havia de tirar. El cap li estava a punt d'esclatar i un segon soroll, que va sonar molt més a prop, aquest

nerviüdes - arrels nerviosas

cop més llarg, més agut i més esfereïdor, no l'ajudava gens a asserenar-se per poder pensar. Va girar el cap a dreta i esquerra, i entre la brolla i les branques caigudes d'un desmai li va semblar entreveure un forat prou gran per encabir-s'hi.

Hauria pogut ser ben bé el cau d'algun animal, però Prim no s'ho va pensar dues vegades. Va córrer tant com va poder, saltant per sobre dels troncs i les arrels que encatifaven un terra que començava a trontollar.

El terra es movia violentament i es va originar un gran terrabastall. Es va aixecar un vent que arremolinava les fulles i queia una pluja de branques que Prim mirava d'esquivar com bonament podia.

Se li va entregirar el peu i es va entrebancar amb una branca que acabava de caure, amb tanta mala sort que va anar a espetegar amb tot el costellam contra unes roques que hi havia sota el desmai, a uns quants metres de la boca de la cova. Va quedar estès a terra, immobilitzat per uns moments.

Es va empassar el dolor que li provocava la patacada i arrossegant-se, reptant com si fos una serp malferida, va aconseguir entrar en aquell forat que havia de ser la seva salvació. Prim va serpentejar un bon tros fins que es va sentir prou segur. No es podia posar dempeus, però tenia prou aire per respirar. Era com si fos un budell de pedra, fosc i calent. A fora se sentia la natura que bramava, cridava i picava amb força contra la paret on hi havia el forat. Quan li va haver semblat que tot estava més calmat, Prim va girar sobre si mateix com si volgués tornar a sortir per on havia entrat. Llavors es va adonar que amb tot allò se li havia esquinçat la roba i s'havia fet una ferida que sagnava força.

Prim va tornar a dins de quatre grapes. Els genolls li cremaven, perquè el terra d'aquella gruta era pedregós i ja els tenia ben masegats, a punt de sagnar, també. Desitjava amb totes les forces que aquell túnel conduís a alguna banda que li permetés descansar i reposar una estona abans de continuar el periple penós pel bosc. Se sentia cansat, molt cansat, i, quan va creure que estava prou lluny, va afluixar la marxa i va decidir estirar-se i dormir...

Quan es va despertar, li semblava que feia una eternitat que era allà dins, aquella mena de budell de pedra que s'entortolligava per l'interior de la muntanya. Havia perdut la noció del temps completament. No sabia si el que li havia passat ho havia somiat o ho havia viscut de debò. Es va adonar que tot havia estat real i que no havia estat somiant en veure's el trau al braç sagnant. Va obrir el sarró per fer un glop d'aigua, però es va adonar que amb les corredisses se li havia vessat tota i no en tenia ni una gota. Feia calor, tenia la gola seca i necessitava beure per hidratar-se.

Li va semblar que sentia un degoteig, la fressa de gotes d'aigua que queien per les parets dins d'un estany o d'un riu subterrani.

Es va posar de quatre grapes i arrossegant els genolls va recórrer un tram. Es va aturar, i el so de l'aigua s'havia fet més intens, més proper.

Es va afanyar i va accelerar la marxa, com si algú hi hagués d'arribar abans que ell i li hagués de prendre tota l'aigua. No sabia, però, si li quedava gaire distància per arribar-hi.

El corredor ara s'estrenyia ara s'eixamplava, feia pujades i baixades; els desnivells i la poca uniformitat del terreny li van passar factura. Els seus genolls en carn viva ja eren insensibles al dolor que li provocava aquella cursa contra rellotge i contra ell mateix per poder sadollar la set.

Després de transitar una bona estona, va veure una llum tènue: el conducte s'acabava i desembocava en un espai ampli amb el sostre alt, en forma de cúpula. Això li va permetre tornar-se a posar dempeus i estirar les cames, que les tenia ben engarrotades. Va agafar aire per omplir els pulmons, però una fortor de sofre li va tallar de seguida la respiració.

A l'altre costat hi havia una paret tatuada amb uns relleus i uns gravats, uns símbols que no havia vist mai abans. Va veure que l'aigua —que no sabia d'on venia— lliscava per aquella paret avall fins a anar a parar dins d'un estanyol. Una bassa que desprenia una pudor persistent.

Tenia un color oliós i pastós i la superfície bullia, perquè s'hi veien les bombolles. Se'n va anar corrents fins a l'altra punta de la cova per llepar desesperadament aquelles perles fresques que anaven a morir dins d'aquell bullit. No va tenir temps d'arribar-hi, perquè li ho va impedir un animal que va emergir de dins de les aigües. De pell lluent i lliscant, ulls metal·litzats, llarg i prim, semblava una anguila, però de grans proporcions.

Fremia, basculava sobre el seu propi eix i ensenyava una llengua bífida amenaçadora. Feia un xiuxiueig que posava la pell de gallina i, sense necessitat d'acostar-se on Prim s'estava immòbil, va desplegar el fibló com si fos un fuet amb què volia encalçar-lo. Es va ajupir i la fuetada a la paret molla va sonar com una bufetada. Es va aixecar per córrer sense mirar enrere cap a l'altra banda.

Però una patacada el va llançar a terra. Una altra bestiota, bessona de la primera, va sortir disparada del fons de l'estany, com si tingués una molla al cul. Es va abraonar sobre Prim i ell no la va poder esquivar. Unes urpes esmoladíssimes, com ganivets, es van enfonsar a la carn del constructor i el van arrossegar cap a la bassa.

El dolor era insuportable. Estava a punt de perdre el món de vista, però abans que l'engolís aquella bassa pudent i embafadora es va palpar nerviosament el costat dret del cinturó. Hi havia de tenir la daga. Confiava que hi fos. Es

FREMIA - TREMOLOR fortament,
estremit ESTREMIR-SE

pensava que potser l'hauria perduda amb tot aquell enrenou. Encara la duia. La bèstia l'arrossegava decidida cap a dins de l'estanyol. Prim es va regirar i es va rebolcar per poder-li clavar millor la daga, però els unglots li van esqueixar una mica més la carn. Va empunyar l'arma amb tota les forces que li quedaven. La hi va clavar al ventre. Daga i mà fins al fons d'una cavitat freda i viscosa.

Després va tirar l'arma cap amunt fins a la base del coll d'aquell monstre, que va llançar un crit esgarrifós, el va deixar anar de cop i, obert en canal, va caure d'esquena cap a l'aigua bullent. Prim s'ho mirava des del marge d'aquell petit precipici mentre s'eixugava un líquid blau fosc, tirant a negre, que havia sortit de les entranyes d'aquella bèstia que havia estat a punt d'endur-se'l a l'altre barri. Va ser llavors quan va veure la sang que li sortia gairebé a raig del costat. Es va esparracar la camisa per fer-ne tires, unes venes amb què pogués embolicar-se les ferides i mirar d'estroncar el doll de sang.

El cap li bullia, s'ofegava i encara tenia molta set, però li havien marxat totes les ganes d'acostar-se a la paret per llepar les gotes d'aigua. Es va incorporar com va poder i va tornar a entrar a la cova, una cavitat subterrània que havia resultat ser infernal. Va decidir continuar endavant.

«En algun punt hi deu haver una sortida, en algun lloc es deu acabar aquest malson», pensava Prim.

Sense forces, ni aigua, ferit i baldat per tot el que havia hagut de passar, el mestre d'obres no defallia i s'entossudia a trobar, enmig d'aquell laberint de pedra, un camí que el portés a fora. Però no sabia ben bé cap on tirar. Agenollat i de quatre grapes, va continuar gatejant una bona estona fins que al final d'un revolt va trobar la sortida de la caverna.

Les mans i els genolls li cremaven, perquè a mesura que la llum s'havia fet més intensa ell també havia accelerat la marxa amb el que això comportava per a les seves extremitats, ja prou masegades i ensangonades. Un cop a fora va respirar tranquil i alleujat.

Es va posar dret, va caminar un tros fent tentines i es va deixar caure uns metres més enllà, sobre una catifa d'herba. La va notar fresca i humida. El sol li tornava a tocar a la cara. De fet, el va enlluernar i tot. El cap li rodava i va perdre el coneixement.

24

Tafaig, el druida

Prim va obrir els ulls en dos temps. Primer a poc a poc i després ràpidament. Va mirar a un costat i l'altre. No sabia on era. Va fer un intent d'incorporar-se, el seu nas seguia una aroma de carabassa i ceba que li havia fet recuperar els sentits. Però de seguida es va haver de tornar a ajeure. Tot el que hi havia en aquella habitació ballava al seu voltant. Estirat, mirava el sostre de fusta i pensava on coi devia ser.

De l'altra banda de l'estança va sentir que algú cantussejava una cançó —va ser incapaç d'identificar-la— i immediatament va callar. Una veu que reconeixia prou bé li preguntava rient:

—Veig que heu sobreviscut al bosc dels Queirons. Això vol dir que sou apte per fer grans coses, no és així, amic meu? —El volum de la veu era cada cop més alt perquè s'acostava al llit de Prim—. No cal que em contesteu, ja tindrem temps de parlar-ne. He sentit que us movíeu i he pensat que ja us havíeu despertat, amic constructor!

I un somriure envoltat de cabells i barba blanca, la de Tafaig, va aparèixer davant de Prim.

Estava sa i estalvi a casa del bruixot. Va fer un gest com si es volgués llevar. Una mà arrugada però ferma no li ho va permetre.

—No, no..., ni pensar-ho. Heu de reposar. Heu perdut molta sang, us heu de refer de les ferides i el vostre cos ha de treure tot el verí que us va injectar la serpica, aquella mena d'anguila que heu trobat a la cova d'Esvedrà. —Li va acostar un bol de fusta—. Beveu aquest xarop, que us ajudarà.

—Quant fa que sóc aquí? —va preguntar Prim, mig somicant, mentre amb mig cos incorporat xarrupava aquell caldo fumejant que li havia acostat el druida.

—Fa tres dies. Després d'un petit moviment de terres que vam tenir, un terratrèmol que per sort no va fer cap destrossa important, us vaig trobar estès a terra a prop del clar de Turcà. Hi vaig sovint a collir dents de rata i, quan passo pel bosc de camí cap a la ciutat, m'aturo a sota d'un desmai on es fan unes nyàmeres excel·lents que em serveixen per a una colla dels meus destil·lats, xarops i altres beuratges terapèutics.

Prim va relacionar aquest petit episodi sísmic que deia Tafaig amb els sorolls i els tremolors que havia sentit dins del bosc. Ni rastre dels queirons.

—Entreu i sortiu del bosc sense cap protecció contra les bèsties que hi viuen? Hi teniu un pacte? Com us ho feu per travessar-lo sense que us toquin un pèl de la barba o no us ataqui qualsevol altra criatura? —va voler saber Prim.

—Val la pena viure, estimar la vida, sentir que formes part de la natura, que estàs en comunió amb la terra, els arbres i l'aire, i que t'agermanes amb tots els animals que viuen al teu entorn —argumentava Tafaig, mentre feinejava entre ansats i cassons—. Per això tinc una relació amb tot el que m'envolta que podríem definir com de bon veïnatge: ens respectem i ens ajudem en el que cal. No hi ha

NYAMERE - PLANTA HERBÀCIA, possiblement AROMATICA

ANSAT - olleta d'una nansa / CASO. RECIPIEN petit de metall AMB MANEC imposicions ni tampoc agressions. Hi ha lloc de sobres per a tothom en aquest món, només cal saber-lo administrar amb seny.

—I em voleu fer creure que els animalots que viuen en aquell bosc tenen «seny»? —va fer incrèdul Prim, mentre es tocava el cap amb el dit.

—No és el nostre seny, però sí que tenen un sentit comú que guia les seves accions, no fan les coses perquè sí ni per un instint animal irracional, tot al contrari.

—Què us fa parlar així? L'experiència?

—No, amic meu, no... L'experiència és un regal que t'arriba quan ja no et serveix de res o de ben poca cosa —va replicar el druida amb un gest conformista—. Parlo així, senzillament, perquè ho sé... Ja són molts anys!

Tafaig era un druida ric en coneixements. Era un home de bosc que de vegades feia de curandero. Tenia la capacitat de guarir, perquè coneixia les plantes i era capaç d'alleujar el dolor i fer marxar el mal només per la imposició de mans.

La gent li demanava consell fins i tot per curar el bestiar. Les creences populars el feien amo dels animals salvatges i d'éssers fantàstics i n'hi havia que fins i tot deien que l'havien vist a cavall d'un llop. Ell ho desmentia tot, això i totes les insinuacions de nigromància que el relacionaven amb pràctiques i encanteris més aviat obscurs, que donaven a entendre que tenia tractes amb els esperits, que podia entrar i sortir del més enllà perquè tenia un pacte amb el diable... Tafaig no es movia per aquesta banda, ans ben al contrari, podia fer servir les forces de la natura perquè les coneixia i hi estava en comunió.

—Jo vinc d'una tradició molt antiga d'homes i dones lligats a la terra i a la seva saviesa. La majoria dels credos i rituals estan relacionats amb les forces de la natura. La reencarnació és el cicle que regeix la nostra existència i per arribar a la màxima expressió de la nostra perfecció s'ha de procurar viure en harmonia amb la natura, només així es pot obtenir la potència i la força a través del contacte entre la ment humana i els esperits de la naturalesa. És el meu deure ajudar tothom que ho sol·liciti sempre que es pugui i fer servir el que la natura m'ofereix i tinc al meu abast.

—I podeu fer servir qualsevol cosa?

—Sí, encara que suposi sacrificar algun element viu de la natura, però aquesta és la seva grandesa. Mireu, els del meu ram ens regim per quatre preceptes que, un cop estan en marxa i activitats, alliberen una energia que es pot transformar en l'obtenció del que desitgem.

—I quins són?

—Primer heu de manifestar una voluntat constructiva. Després heu de desenvolupar una imaginació creadora. Per això heu de tenir fe i finalment mantenir el secret.

—Ja, però... pot ser que algú com jo, que no és ni druida ni bruixot, vulgui obtenir alguna cosa de la vida o de la gent a través de rituals i no se'n surti?

—Sí, evidentment, però la feina de l'aprenent és la d'observar i parar atenció per saber com canalitzar la seva energia per obtenir uns bons resultats.

—I com ho hauria de fer?

Van trucar insistentment a la porta de la cabana. Tafaig va obrir d'una revolada. Era un pagès que amb la cara desencaixada i amb veu tremolosa suplicava al bruixot que l'acompanyés fins a casa seva.

—El meu fill fa dies que ha caigut malalt i no li baixa la febre. A les nits delira i la dona i jo tenim por que... —Va mirar espantat a una banda i a l'altra com si es volgués assegurar que res ni ningú no el podia sentir, i va afegir en un xiuxiueig—: Ens fa por que no l'hagi posseït el diable.

Tafaig el va fer entrar i va començar a interrogar-lo.

—A veure, a veure. Expliqueu-me què feia el vostre fill abans d'arreplegar aquestes febres.

—M'ajudava en les feines del camp i tot d'una es va trobar malament. Se sentia cansat, molt cansat. Tossia i sobretot esternudava molt. Deia que tenia molt de mal de cap i es queixava que li feia molt mal el pit.

—I li va venir de cop?

El pagès s'ho va rumiar un moment i va contestar:

—Ben bé de cop no.

—No recordeu quan es va començar a queixar?

—Potser... —El pagès es va gratar el clatell i va fer una ganyota amb els llavis que li van quedar en forma de ferradura—. Potser... —semblava que anava recordant—, potser va ser després d'un dia de feina que estàvem molt suats. Ens vam asseure sota l'ombra d'un arbre on teníem el càntir amb aigua fresca. S'hi estava molt bé. Passava molt d'aire, un aire fresc...

—Ja en tinc prou amb això, bon home —va sentenciar Tafaig.

—I és greu?

—No, si l'atenem a temps. —Es va girar cap a uns armaris, va remenar una calaixera i Prim hi va veure uns flascons. El druida en va prendre uns quants, se'ls va posar en un sarró i, adreçant-se-li, li va dir—: Me'n vaig però tornaré de seguida. No us mogueu del llit.

—Ah, no —va dir Prim mentre s'incorporava—, jo us hi acompanyo! Per res del món no em vull perdre poder veure el druida Tafaig en acció.

—No, no és possible, mestre Prim. Us convé reposar i us heu de recuperar. Nosaltres —i es va mirar aquell pagès— no tenim temps per perdre. Salut!

Va agafar el barret, la casaca i la vara i va sortir amb el pagès empenyent la porta. Va deixar Prim amb la paraula a la boca, però li van faltar cames per seguir-los.

Si bé és veritat que les cames li feien figa i li costava mantenir l'equilibri, va seguir el rastre que deixava el guarà amb què havia vingut el pagès. A més, no vivien gaire lluny. Al tombant d'una pinassa va veure un maset i va distingir-hi la figura alta i terrandosa del bruixot i la del pagès, més basta i arrodonida.

Prim es va acostar a la porta d'aquella senzilla casa de pagès i de fora estant se sentien els crits roncs del noi malalt. El pobre pagès tenia motius per pensar que algun esperit se li havia posat al cos. Havien deixat la porta oberta. Hi va entrar sense que ningú el veiés i es va procurar un amagatall per seguir tota l'operació del druida.

Un bordegàs esprimatxat i blanc com la calç jeia en un llit al fons de l'habitació principal. Va sentir que Tafaig demanava que li portessin un parell de dotzenes de cargols vius. Quan els va tenir els va començar a manipular. Uns quants els va posar en un pot amb sucre i va demanar a la dona del pagès que estigués al cas de la bava que feien i que la guardés. Li va ordenar que la pasta resultant la untés en un drap i que més tard ja l'hi demanaria. La dona va obeir diligentment.

Mentrestant, el druida va treure les closques a la resta de cargols. En va agafar uns quants, els va ben arrebossar amb sal i els va embolicar amb gansalla un per un damunt dels dits del peu del noi. Després va fer el mateix amb quatre cargols més i els va posar a les plantes dels peus. Finalment, ho va embolicar tot plegat amb aquell drap moll de xarop de cargols que havia manat de preparar a la mestressa de la casa. A més, va fer empassar al noi una cullerada d'esperit de flors de saüc.

—Així et baixarà la febre i el dolor —va explicar Tafaig sense desconcentrar-se al xicot, que de vegades es convulsava. Però encara no havia acabat —. Teniu conills? —va preguntar al pagès.

—Sí, per què? —va preguntar amb una angoixa compartida amb la seva dona.

GANSALLA - Fil d'empalomar, anella o rotllana de cordill o d'una altre matèria prima i flexible.

—Mateu-me'n un i porteu-me'l de seguida.

—El que vós digueu —va contestar i va sortir corrents cap a fora al corral.

Mentrestant, Tafaig enretirava de l'esquena del malalt la sola d'una espardenya d'espart impregnada de vinagre que ja s'havia refredat.

—És un bon remei —va dir a la dona—, però per trencar pulmonies no n'hi ha prou amb això.

El druida va treure del sac que havia portat dues terrines: una amb un líquid marronós i una altra amb un de blanquinós. Amb dues fulles de col aplicava al malalt cataplasmes de sagí i sucre al pit i a l'esquena, i li feia fregues amb oli calent de llangardaix.

Llavors va entrar el pagès. A les mans hi duia el conill sacrificat agafat per les dues cames.

—Aquí el teniu —va dir, mostrant-li l'animal, que encara era calent.

—Gràcies —va fer el druida.

I sense treure les mans ni la vista del cos del fill del pagès, li va ordenar que l'escorxés i li tragués la pell i que la hi portés de seguida.

El pagès no va preguntar res i va fer el que li demanava Tafaig.

Un cop aplicades totes aquells cures i ungüents amb poders remeiers, Tafaig va procedir a embolicar el pit del malalt amb la pell de conill que acabaven de matar. Va tenir molta cura que la part de dins de la pell toqués la pell del malalt.

—Si veieu que al vostre fill li puja encara més la febre, mateu un altre conill i feu el mateix que m'heu vist fer i així tantes vegades com calgui. Si feu el que us dic, d'aquí a tres dies el vostre hereu ha de tornar a estar trempat com un gínjol.

—Molt agraït, Tafaig, la meva dona i jo us donem les gràcies.

GINGOL. MOLT DESPERT

—No es mereixen, de debò, ja sabeu on sóc per al que us convingui —i van encaixar les mans.

Es va posar el barret, va donar una llambregada darrere la columna de fusta on Prim s'havia amagat per veure tota l'escena i li va dir amb voluntat de renyar-lo, però només una mica:

—Mestre constructor, vós deveu venir amb mi o us estimeu més quedar-vos a fer companyia al malalt?! Com que no hi ha manera que em feu cas...

La parella de masovers es va sobresaltar quan el van veure sortir de darrere la columna. Ho va fer amb els braços enlaire en senyal de pau.

—Dispenseu-me, jo no us volia incomodar. —I adreçant-se al druida—: Sí, sí, i tant que vinc amb vós, espereu-me.

—Anem, que no tenim tot el dia —va dir el druida ja sortint per la porta.

I van caminar plegats tots dos en direcció a la muntanya de Guix.

No es van adreçar cap paraula en tot el camí, però quan tot just acabaven d'entrar a la cabana de Tafaig, Prim li va dir:

—Em fa l'efecte que tenim una conversa pendent. Us recordo que vaig venir a veure-us travessant el bosc dels Queirons per saber, tal com em vau prometre, la manera de calmar les aigües del riu i que no tornessin a sortir de mare.

—Sí, teniu raó, mestre Prim...

Tafaig es va treure la casaca i el barret i li va donar l'esquena mentre entrava en una mena de rebost on tenia pots, atuells i altres andròmines indefinibles. En va sortir amb una petita gerra que contenia un líquid vermellós, es va dirigir cap al foc i es va encendre una pipa.

—Seieu —va dir Tafaig, assenyalant amb una mà un petit tamboret que hi havia al costat de la llar de foc, i li va oferir una mica del licor que acabava de buidar en dos gots—. Teniu, preneu-vos això, que us anirà bé.

—Gràcies. —Va agafar el got i es va asseure—. Què és?

—És un xarop de ruda que us reconfortarà. —I es va arrepapar a la gran poltrona que tenia de cara al foc—. És un beuratge molt senzill i molt saludable.

—I és difícil de fer o la fórmula té secrets que no es poden revelar?

—No, amic meu, i ara! —va dir Tafaig enmig d'un somriure—. Dues nous seques, dues figues, vint fulles de ruda i un gram de sal gruixuda, tot passat pel morter. Quan ha quedat una mena de pasta, s'hi afegeix un raig d'algun licor molt graduat i ja està a punt per prendre. —Prim va començar a xarrupar-lo—. De seguida notareu que us aniran marxant tots els mals i la sensació d'enterbolinament que teniu per culpa del verí que encara us corre per dins. —Va fer una pipada llarga, i el fum que deixava anar formava uns anells que es dissipaven—. Vós, mestre Prim, venint com veniu de la Llombardia, no coneixeu les propietats de la ruda?

—No.

—Són infinites i molt eficaces per a tota mena de verí, i és una planta molt apreciada a les vostres terres. A Venècia creuen que la ruda genera felicitat, prosperitat i benestar a la família, i per això es planta als jardins, perquè floreixi ben a prop de moltes llars.

—Sí, ara que ho esmenteu, recordo —tenia la mirada perduda mentre anava assaborint aquell reconstituent— una dita que havia sentit ja fa molts anys. Deia: «Qui a casa té ruda no hi mor mai cap criatura».

—Sí, senyor..., és una planta màgica... Aquí la gent que viu a les muntanyes porten ruda penjada al coll per evitar encanteris de bruixes, fiblades de serp i picades d'escorpins. És màgica perquè creix sota la influència de Saturn i de

Mart. Antigament, un cop assecada, es feia servir en molts rituals màgics per encendre el foc sagrat.

Prim va escurar fins a l'última gota d'aquell beuratge i va reprendre la conversa que havia quedat estroncada per la visita del pagès.

—Tafaig...

—Humm —va respondre el druida mentre feia una calada.

—Em vau dir que si us venia a veure em podríeu donar el que necessito per fer front a l'embruix. Com ho haig de fer per posar fi a l'encanteri?

Va xuclar la pipa i va deixar anar un núvol de fum que va perfumar tota l'habitació.

—L'únic que us cal és...

—

Prim amanyagava el penjoll que duia a la mà i que després s'hauria de lligar al voltant del coll. Allò i res més era el que li calia per desfer l'encanteri de les aigües embruixades del Fluvià. Tafaig li havia donat el penjoll i les instruccions perquè les aigües encantades tornessin al seu estat original. Es va acomiadar del druida i va tornar a Besalú per un altre camí que li havia indicat el vell bruixot, lluny del bosc dels Queirons. En va fer força via i abans del que comptava ja va albirar les muralles. Sense passar per casa es va dirigir cap al riu. L'esquelet del pont a mig fer li va provocar un sentiment d'angúnia, de ràbia i tristor. No les tenia totes, però Prim sabia que era tan important dir les paraules com creure-se-les. El ritual que havia d'oficiar era el que li havia encomanat Tafaig i l'havia de seguir fil per randa. Només la remor de l'aigua acompanyava el silenci que dominava l'escena. Enfilat dalt de l'últim pilar construït, Prim s'havia de penjar al coll una bosseta de cuir que li havia donat Tafaig. A dins, però, no sabia què hi havia.

Un cop allà dalt i amb les mans obertes de cara a l'aigua del riu, primer havia d'aixecar la vista cap al cel i proclamar la seva lleialtat:

—*Oh, Suprem Creador, estimadíssim Pare de tots els éssers vius, allunya d'aquest indret les forces malignes i protegeix-me d'enemics i perills que habiten en l'invisible. D'embruixos i de maleficis, siguin provocats o naturals. Permet a aquest mortal que l'imponderable esperit de Numen m'escolti i així pugui garantir d'ara endavant els meus projectes i les meves empreses!*

Després, sense moure's, va fer la següent invocació mirant al riu:

—*Oh, tu, Numen, mostra't propici als meus precs i il·lumina la meva intel·ligència perquè sàpiga complaure't i vetlli perquè res ni ningú destorbi el teu son i les teves aigües. I perquè així sigui rep d'aquest, el teu humil servent, aquesta ofrena!*

S'havia d'arrencar allò que duia al coll i llançar-ho de primer cap amunt procurant que en baixar fes un cercle complet a l'aire abans d'enfonsar-se a l'aigua. Com si així d'alguna manera es tanqués el cercle de l'encanteri que amb unes altres intencions havia obert fra Florenci. Si no s'assegurava que feia una volta, Prim podia córrer el risc que el sortilegi no funcionés.

No ho sabia, però dins d'aquell minúscul sarró hi havia la seva pròpia sang. Tafaig li n'havia extret una mica la tarda que el va trobar desmaiat al clar de Turcà després d'haver travessat el bosc dels Queirons.

El pontífex va baixar del pilar i es va mirar la seva obra mig estrafeta. Es va tocar les ferides i després va deixar anar un sospir mentre mirava les fosques i tranquil·les aigües que baixaven riu avall. Va enfilar cap a casa pensant que si aquell ritu l'havia fet bé, les obres del pont es podrien tornar a engegar. Amb aquestes cavil·lacions va arribar al barri de la Força.

«Ja sóc a casa», va pensar, en veu alta. I tot seguit va pronunciar el nom del seu fill: Ítram.

25

La venjança d'en Bóta

Era una fortalesa inexpugnable. El castell del comte de Besalú tenia diverses funcions: servia de plaça militar, exercia com a nucli del domini comtal fent tasques administratives, també com a capital i, a més, tenia un ús senzillament domèstic, d'habitatge dels comtes i els súbdits. En el cas del de Besalú, les tres atribucions es donaven alhora i de vegades encara n'acollia alguna més, com quan va ser durant dos dies seu papal.

El centre del castell era la torre mestra, des d'on es descabdellava la muralla, de tres metres de gruix, feta amb grans carreus de pedra, que embolcallava el turó i tancava el recinte convertint-lo en una fortificació.

A més de la torre principal que presidia el conjunt, n'hi havia quatre més, distribuïdes segons els punts cardinals, al nord, al sud, a l'est i a l'oest. Uns punts de guaita excel·lents.

Qualsevol atac o qualsevol visita inesperada es veia venir de seguida i es podia repel·lir des dels merlets, on s'apostaven els millors arquers del comte per aturar la primera línia enemiga i, si convenia, destruir amb fletxes de foc els primers campaments que es poguessin establir pels voltants. Els qui vivien dins d'aquestes muralles estaven segurs, molt segurs. Però l'amenaça no va venir de fora, sinó de dins.

Si hi havia alguna cosa dins el castell que estava tant o més protegida que la vida del comte i la seva família això era l'aigua.

L'aigua era un element bàsic i imprescindible per a la subsistència del castell: les persones, els cavalls i el bestiar en depenien absolutament.

És clar que sempre hi havia excepcions i precisament l'aiguader era un home que hauria pogut subsistir només a base de vi. Per les seves venes ja feia anys que no hi corria cap altre líquid vermell que no fos el fruit de la vinya. Fugia de l'aigua com els gats, però paradoxalment ell era l'encarregat de vigilar-la. Algú hauria pogut pensar que era un càstig viure i treballar envoltat d'aigua. No obstant això, hi havia molt poques persones que sabien el lloc exacte dins del recinte on es trobava l'aigua, fos en sitges, aljubs i cisternes, o fos el pou. Era un bé que es guardava dels perills exteriors, enverinaments i setges.

Damià, que és com es deia l'aiguader, era un home solitari, més aviat grassonet, que anava una mica encorbat, de galtes vermelles, ulls vius i una mica de cabells que li envoltaven la coroneta. Portava un gipó blau fosc i arrossegava unes botes llardoses del mateix color.

Vivia entre l'església i les cavallerisses del castell, en una petita estança: amb prou feines hi cabien un llit i una taula.

S'havia guanyat merescudament el sobrenom d'en Bóta. No sols perquè en tenia la forma —tot ell era igual que una bóta: panxa imponent, rodona i prenyada de vi, i cap lleugerament ovalat—, sinó també perquè les escurava fins a no deixar-hi ni una gota de vi. També cal dir que més de dues i tres vegades havia baixat rodolant el pendent del castell quan, fart de vi, perdia l'equilibri i queia a terra rostolls

GIPO. peça de vestir que cobreix desde els muscles fins a la cintura, cenyda i ajustada al cos i amb màniguetes avall perquè era incapaç d'enfilar la pujada del camí de tornada cap a casa.

Tot va passar una nit en què Damià va beure més del compte, molt més que qualsevol altra nit. La taverna era un bullit de gent: comerciants, meuques, soldats del comte...

Damià havia baixat a sopar, com sempre solia fer, però aquell vespre va començar a beure molt més aviat que de costum.

Assegut a la seva taula habitual, en un racó perquè ningú el molestés però des d'on controlava tot el local, Damià va començar a parlar sol i cada vegada ho feia més alt. Escopia renecs, insults i fàstics contra el comte i la seva família.

Ningú no li feia cas tret de Marçal Matamala. Aquella nit havia decidit passar-la a la taverna i, malgrat la fressa que hi havia al seu voltant, es va fixar en l'aiguader, apartat i solitari de la resta, dient penjaments del poder comtal.

Va veure l'oportunitat davant dels seus ulls: la possibilitat de collar l'aiguader del castell, una peça clau, providencial, per als plans del comte d'Empúries d'afeblir el de Besalú per apoderar-se'n i fer-lo seu.

Li parava atenció i no va dubtar a acostar-se-li. Ho va fer, però abans va passar pel taulell. Es va presentar davant de Damià amb dues gerres que vessaven de vi.

—Salut, amic, us veig molt atribolat. Per quins set sous? Quines raons teniu per estar tan indignat? —va preguntar Marçal Matamala.

—No estic indignat i vós no n'heu de fotre res, dels meus maldecaps —li va etzibar Damià.

—Ningú no ho diria... Pel vostre to de veu, sembla que ho vulgueu escampar als quatre vents, que tingueu ganes de compartir-ho. —I li va acostar la gerra de vi. Damià se'l va mirar de reüll al mateix temps que, amb un somriure interessat, Matamala li oferia aquella temptació—. A mi m'ho podeu explicar, no tingueu por. Buideu el pap, de debò, vinga...

I després de dir això, es va fer un silenci que només envoltava els dos homes com si estiguessin aïllats de la resta de clients de la taverna.

—Diuen que va ser un error, una equivocació fatal, però no li ho perdonaré mai —va començar Damià des del fons de la seva veu—. Tota la seva família i els seus descendents ho pagaran, ho vaig jurar i serà així.

—Què voleu dir? De què parleu? Qui es va equivocar amb què? —s'hi va interessar Matamala.

L'aiguader, tot i el seu estat profundament etílic, va trobar un to que li va permetre continuar el relat. Matamala l'escoltava atentament.

—Quan el germà del nostre comte Bernat II, Guillem, aquell que anomenaven el Tro, tenia el poder sobre aquestes terres, va enviar un destacament dels seus homes al veïnat de Clarinyà. Algú els havia informat que en una de les cases d'aquell burg s'hi amagava un dels homes més buscats del comtat, Quintí, «el Falcó», un bandoler sanguinari que assaltava les propietats del comte i havia assassinat uns quants súbdits, i per això tenia atemorida tota la comarca. Els homes del comte amb el saig al capdavant van arribar al llogarret per detenir el Falcó i el seu grup i executar la sentència que pesava sobre ells. Els habitants, espantats per la presència d'aquell petit exèrcit, es van tancar a casa seva amb pany i forrellat. La meva família, la meva mare i la meva germana van fer el mateix. Estaven soles. Aquell matí, com cada dia, jo havia anat al bosc que hi ha a la sortida del poble. El meu pare, que al cel sia, ja feia anys que no hi era. Havia mort després d'unes llargues febres que el van fer patir molt. Els soldats es van dirigir cap a la casa que els havien indicat i, en trobar-se-la tancada i barrada, es van pensar que el Falcó els havia parat una trampa. El saig i els seus homes van encerclar la casa i, quan la van tenir envoltada, van cridar fins a tres vegades el nom del Falcó i li van demanar que sortís i es

SAIG.- PAG. 73

lliurés sense resistència. Es va fer un silenci, aquell silenci tan dens i pesat que precedeix les desgràcies. Van ordenar fer una foguera davant de la casa i, un cop va estar ben abrandada, els tres arquers van sucar les punxes de les fletxes dins de les flames. Les puntes que estaven embolicades amb unes teles xopes d'oli es van encendre com una teia.

»En rebre un senyal del saig van disparar tres tandes de fletxes cadascun que van anar impactant en diversos punts de la casa: al teulat, al graner, a la façana principal, i tres més van travessar les finestres i van començar a calar foc dins de l'habitatge. Els soldats somreien mentre les flames anaven consumint la casa.

»Es van començar a sentir crits histèrics de desesperació que de seguida van quedar ofegats per la crepitació del foc. Els botxins continuaven rient, contents d'haver posat fi a una de les amenaces de la zona.

»Es van quedar contemplant com el foc devorava les últimes fustes de la casa per assegurar-se que d'allà dins no en sortiria mai més ningú. El saig va ordenar que es retiressin i van anar desfilant cap a la sortida del poble amb la satisfacció d'haver fet una bona feina estampada a la cara.

»Quan els homes del comte van ser fora, els veïns van anar corrents fins a la casa per mirar d'apagar les flames amb galledes i gibrells plens d'aigua, però ja era massa tard. Del bosc estant vaig veure una columna de fum, vaig deixar les eines i vaig arrencar a córrer. Quan hi vaig arribar, em vaig trobar amb una casa totalment calcinada i un munt de cendra fumejant.

»Els veïns em van explicar el que havia passat: el saig del comte havia vingut a buscar la quadrilla de Quintí, «el Falcó», sense saber-ho s'havien confós de casa i després d'avisar-lo l'havien cremat.

»Dues persones innocents, la meva germana i la meva mare, van morir carbonitzades. Sobre les restes de tot allò que havia estat casa meva i la meva família vaig jurar que les venjaria!!!

Damià xarrupava el got que Matamala li havia anat omplint durant la seva explicació. L'aiguader va continuar:

—Al cap d'algun temps van detenir el Falcó i la seva banda i els van penjar. I al comte Guillem, tot i que em vaig alegrar quan el van assassinar, no l'he perdonat mai. Per això vaig venir a Besalú i vaig començar a treballar a les dependències del castell ben a prop del comte Bernat II i la seva família: per poder, algun dia, complir el meu jurament.

Matamala va assistir extasiat al relat de l'aiguader i la seva tragèdia familiar i l'admirava per la capacitat de beure sense perdre l'oremus. Ràpidament, però, es va posar en guàrdia i li va oferir ajuda per tirar endavant el seu propòsit.

—Si voleu disposo dels mitjans per fer realitat el que fa temps que busqueu: venjar la mort dels vostres i netejar el seu honor —li va dir Matamala amb una veu ronca mentre Damià no parava de beure. Matamala va continuar—: Es tracta de fer-ho d'una manera molt subtil, tant que ningú no sabrà que heu estat vós. És més, no caldrà vessar ni una sola gota de sang.

Quan va sentir aquestes últimes paraules, Damià va separar els llavis del got, el va deixar a la taula parsimoniosament i es va interessar per la proposta.

—... i com se suposa que haig d'eliminar el comte i la seva família sense tacar-me les mans de sang? —va preguntar-li, mirant-lo amb els ulls mig tancats i movent el cap lleugerament endavant i endarrere.

Matamala es va acostar tant com va poder a l'aiguader, que tot ell pudia de vi, i tapant-se el nas i la boca li va donar la solució.

—... com dieu? —va dir Damià com si bordés.

Matamala, que s'havia tapat la boca i el nas amb la mà per no vomitar, se la va haver de treure. La fortor del vi es barrejava amb la pudor corporal que deixava anar l'aiguader i es feia gairebé impossible de respirar. Es va girar per agafar aire i li va repetir la proposta.

L'aiguader va somriure de satisfacció i va deixar veure les seves dents grogues i corcades. El somriure que provoca la venjança. Una revenja que només és per als insensats, per als irreflexius i per als ressentits. Per als qui no saben ni poden perdonar, com era el cas de Damià, la venjança és el camí. Per això només el recorren els descreguts, els qui no creuen en ells mateixos i en la possibilitat de canviar, com l'aiguader. Així pensava Damià, tot i que ell no ho sabia, encegat i obsessionat amb una sola idea que fins ara havia estat un somni. Ara veia que seria una realitat ben aviat..

26

Sense aigua

L'encarregat de les cavallerisses, en Baldiri, va donar la veu d'alarma.

L'angoixa li va pujar des del coll de l'estómac fins a la boca. Es va endur un disgust que el va trasbalsar i just després d'haver estat tan a gust.

Tenia un costum que no era gens ben vist per la gent. Fornicava amb animals. Amb un animal concretament. A diferència d'altres no empaitava i muntava qualsevol bèstia que anés de quatre grapes i tingués un forat. Ell buscava una de les truges que campaven pel corral. Una i prou. La fidelitat d'en Baldiri envers aquell animal ja l'haurien volguda moltes dones del comtat, desateses per uns marits que quan no les atonyinaven se n'anaven de putes o, quan n'estaven mancats i ocasionalment, assaltaven algun corral i violaven alguna cabra o gallina. La d'en Baldiri era una desviació, una perversió, sí, però era una acció impulsada pel cap i el cor, no pas pel baix ventre. No era, doncs, una acció animal ni instintiva —bé, instintiva potser sí—; en tot cas, obeïa a la raó, una mica trastornada, potser també, per uns sentiments difícils d'explicar i de compartir; però aquella penetració era fruit d'un acte racional, pensat però malaltís,

ABJECTA = PERVINGUT AL DARRER GRAU DEL ABAIXAMENT

 VIL, DIGNE DEL MES GRAN MEINYSPREU.

al capdavall. Normalment, en totes les espècies els mascles es relacionaven amb les femelles de la seva mateixa espècie, i els humans, en teoria, no n'eren una excepció. És clar que Baldiri amb el seu comportament trencava aquesta lògica d'aparellament. De tota manera, ell no tenia pas la sensació de fer alguna cosa abjecta, absurda i bruta, al contrari. Entrava a la cleda empès pel desig i solia declamar paraules dolces, suaus i tendres. Ho vivia amb tota naturalitat. I mai tan ben dit. Es deixava endur pel que un bon dia la mare naturalesa li havia posat al davant: una truja.

El menava una naturalitat encegada i plena de passió, la mateixa que sent l'enamorat que obre el cor i el seu desig a la irracional naturalesa de l'amor. Només que en el seu cas aquell acte natural d'amor era una animalada, una salvatjada. Si mai l'hagués vist algú l'haurien considerat un acte depravat d'una perversió ben extrema. Un acte ofensiu, vomitiu i tot, per a la resta d'humans. El que per a ell era una sentida història d'amor diferent, hauria estat interpretat com una aberració, una malaltia que s'havia d'extirpar perquè no contaminés la resta del cos social.

L'estat d'enamorament era tan excepcional que ni la terrible fortor que desprenia no sols la seva truja, sinó el conjunt dels corrals, el feia enrere del seu propòsit. Obria la portella de la cort i les altres trugues ja s'apartaven i li deixaven el camí lliure. L'objecte del seu desig, immòbil en un racó, l'esperava per ser envestida. Els seus grunys es barrejaven amb els gemecs de plaer de Baldiri, que la cobria amb una combinació de delicadesa i suavitat, de força i determinació, amb un ritme digne del més preuat dels sementals de les cavallerisses del comte. Aquell animal no s'immutava per res del que passava darrere seu. Mentre durava l'acte, passejava tranquil·lament la vista per la cort on la resta de porcs jeien, menjaven o senzillament miraven com ella cap a l'infinit pels barrots de fusta que tancaven l'espai. Baldiri acabava

EMPES = TANCAR. INCOMPLETAMENT. AJUSTAR LA PORTA

extenuat, ho feia com el millor dels amants, volia quedar bé davant de la seva estimada. En acabat, desmuntava i amb un llarg sospir s'espolsava la verga mentre es mirava extasiat i embadalit com la truja se n'anava a enfonsar el cap a la menjadora.

Satisfet, es cordava els pantalons i se n'anava a dormir sol però amb un somriure als llavis i amb una calma i una serenitat que li omplien l'ànima. L'endemà al matí quan s'aixecava li picava l'entrecuix. No en feia mai cas, cada vegada que cobria la truja notava la mateixa molèstia. Es gratava mentre buscava alguna cosa per trencar el dejuni.

Cada dia, després de menjar pa amb oli i sal i una llenca de pernil per esmorzar, i abans que es llevés ningú, Baldiri es transformava i a cap hora ja feinejava als estables perquè els homes del comte tinguessin a punt les muntures. Uns cavalls impecables ben alimentats, nets i raspallats, ensellats i a punt per si havien de sortir a primera hora del matí. Era un enamorat dels cavalls. Un home senzill, més aviat prim i optimista per naturalesa. S'acostava cap a la portalada dels estables xiulant alegrement i amb un broc de romaní als llavis per tenir un bon gust a la boca. Baldiri va obrir els dos batents, dues fulles de roure massís. Les xarneres normalment xerricaven i feien renillar, tot i estar acostumats a aquella fressa, alguns cavalls.

Però aquell matí no es va sentir res. El va estranyar. El va sobtar tanta quietud, perquè no sentia ni el caminar pesarós dels cavalls dins de les quadres. Només els lladrucs —més aviat els udols— del seu gos el van posar en alerta. Va anar corrents fins a l'abeurador que hi havia al fons de les cavallerisses i va veure davant seu l'estesa de cavalls, morts.

Li va caure la branca del romaní dels llavis, es va agenollar, es va senyar, es va tapar els ulls amb les dues mans i es va posar a plorar desconsoladament.

XARNERAS = FRONTISSES

—No pot ser, no pot ser —repetia incrèdul Baldiri, que ja s'havia acostat de quatre grapes fins als cossos sense vida d'uns animals que fins llavors havien estat la seva, de vida.

Mentre els amanyagava el llom, el cap de Baldiri mirava de buscar respostes a uns interrogants que semblaven impossibles de contestar. Què ha pogut passar? Qui ha pogut fer una cosa així? I, sobretot, com? Un descuit de la guàrdia era impossible, la seguretat del castell era sagrada; les muralles, infranquejables. La vàlua i la lleialtat dels homes eren inqüestionables, la seva noblesa insubornable els deixava fora de sospita.

No se'n sabia avenir, no entenia què havia provocat la mortaldat que tenia als peus. Unes cabòries que van quedar interrompudes un instant pel vol d'un colom que ventava l'aire amb les ales i que es va posar sobre l'abeurador.

Baldiri va alçar els ulls cap a la finestra per on havia entrat l'ocell i ni la va veure forçada ni amb cap barrot trencat: tot era normal.

Va abaixar la vista cap als cavalls que jeien morts sense cap senyal de violència. No hi havia sang enlloc.

La qüestió ja no sols era saber qui i com havia entrat al castell i als estables, sinó també com se les havia empescat per matar tots aquells animals d'una bufada. Baldiri es gratava el cap i se li va avinagrar la cara.

No tenia cap indici, ni una pista per on començar, sense rastre del o dels assassins. Ja es disposava a anar a veure el capità de la guàrdia per fer-li saber la tragèdia de les quadres quan va sentir una fressa quasi imperceptible. Un soroll mort.

Com si hagués caigut a terra alguna cosa molsuda, gairebé sense voler, sense amb prou feines fer soroll. N'hi va haver prou perquè Baldiri girés cua i tornés cap a l'abeurador on havia deixat aquella escena que trigaria anys a oblidar. Ajagut, al costat d'un dels bassals d'aigua que es feien sovint al voltant de l'abeurador, hi havia el colom. L'ocell que feia tan sols una estona havia entrat volant a les cavallerisses amb la intenció de beure ara era allà, estès a terra com si fos un drap moll. Baldiri es va acostar a l'ocell, el va agafar i se'l va mirar. Era mort, ben mort. Es va aixecar.

Se li van empetitir els ulls, va arrufar les celles, va llançar una mirada inquisitiva cap a l'abeurador i, de cop, com si l'haguessin pessigat, se li van obrir els ulls.

—És l'aigua..., és l'aigua —repetia insistentment Baldiri—. L'aigua està enverinada! Déu meu, si han emmetzinat l'aigua dels pous i ja han mort els cavalls, tothom al castell està en perill. Ho haig d'aturar, pot ser el principi d'una gran catàstrofe. Haig d'avisar tothom.

Va sortir corrents cap al pati del castell i es va encreuar amb un dels soldats que el va aturar.

—Baldiri, on aneu tan esverat?

—No em puc entretenir, és molt urgent que vegi el capità de la guàrdia —va respondre sense parar-se.

—Per què? Què passa? Què és això tan important que no pot esperar? —va preguntar

—Estem en perill, algú ha enverinat l'aigua! Vés, corre i digues a tothom que no toquin l'aigua per res del món: qui en beu es mor. Ja no queda cap cavall viu. No ho sé, fes que toquin les campanes, que tothom es reuneixi al pati. Va, vinga, mou-te —exigia Baldiri al soldat, que s'havia quedat astorat pel que li acabaven d'explicar.

Baldiri va continuar corrent fins a les estances del capità. Hi va arribar esbufegant i sense alè. El capità sortia per anar a esmorzar.

—Què us passa, Baldiri, on aneu sense espera? —el va interrogar

—Us, agrr..., us, agrrr... —no podia articular ni una paraula perquè li faltava l'alè.

—Tranquil·litzeu-vos, Baldiri —li va dir el capità, fentlo entrar a la seva habitació i oferint-li un got d'aigua d'una gerra que tenia a la taula.

—Nooooo! —va cridar Baldiri—. No, senyor, gràcies, però us vinc a dir que he descobert que l'aigua del castell està enverinada. He trobat els cavalls morts i sort d'un colom, que m'ha fet adonar que l'aigua, l'aigua, ens matarà a tots. Hem d'avisar el comte i a tothom —va explicar tot d'una tirada Baldiri.

—Un moment, un moment —feia el capità, atabalat—. Però, què dieu, Baldiri?

—El que sentiu, no podem perdre més temps, s'ha d'avisar tothom que no begui ni un glop més d'aquesta d'aigua. —Baldiri va llançar l'aigua del got que li havia ofert el capità a terra i, quan va tocar l'empedrat de l'habitació, va fumejar com si hi hagués alguna substància corrosiva—. Algú ha enverinat els pous, senyor, i els primers que han llepat l'aigua han estat els cavalls. Els he trobat morts aquest matí quan he entrat als estables.

—Els cavalls són morts? —va preguntar com si no s'ho acabés de creure.

—Sí, senyor, morts i sense cap senyal de violència, ni una porta o finestra esbotzada, ni una taca de sang.

»Mentre estava rumiant què havia passat ha entrat un colom, ha begut a les basses d'aigua que cauen de l'abeurador i també l'ha dinyada. Primer em pensava que havia entrat algú al castell, però quan he vist això he pensat que la causa era l'aigua.

—Si és tal com expliqueu, algú ens ha traït pels interessos d'un tercer i vol eliminar el comte. Torneu als estables, Baldiri, i procureu que ningú, ni persona ni bèstia, s'acosti a l'abeurador. Que algú us ajudi amb els cavalls. Vaig a avisar els homes i el comte. Estem en perill. Aneu, Déu vos guard.

Les campanes de l'església van començar a repicar amb gran sorpresa de tothom. La gent feia cap al pati.

I com que una desgràcia no ve mai sola, mentre el capità enfilava cap a la planta noble del castell on hi havia el comte i la seva família, un dels homes que feia guàrdia el va escometre i li va comunicar que un exèrcit, de com a mínim uns sis-cents homes, estava arribant i els encerclava, uns a l'esplanada de davant del castell i la resta a l'altra banda del riu, a tocar de les obres del pont.

Per sort, el comte i la majoria de persones que habitaven al castell encara dormien o tot just es començaven a llevar.

El capità va fer dos trucs curts, ràpids i seguits a la porta de l'habitació del comte.

—Sóc jo, senyor, és urgent, molt urgent: ens ataquen! —va avançar el capità.

El comte va obrir de seguida la porta.

—Què passa, Guillem, per què toquen les campanes? Qui és que ens ataca?

—No ho sabem, senyor. Però porto males notícies. D'una banda, un exèrcit de cinc-cents homes s'està desplegant davant de les nostres muralles i ens estan encerclant. I, de l'altra, algú dels nostres ens ha traït i ens ha enverinat l'aigua. En Baldiri ha trobat tots els cavalls morts a les cavallerisses.

—Entesos. Ordeneu que tanquin tots els portals, que els arquers es preparin dalt de les muralles i que tots els nostres homes estiguin armats i a punt al pati d'aquí a mitja hora.

Hug d'Empúries
Guillem d'Orlons

27

El setge

Rosegava un bri de farigola que li penjava dels llavis. Mossegava la base d'aquell branquilló i el gust li omplia la boca. Mentre se li refrescava, va mig tancar els ulls i es va mirar, més ben dit, va escrutar amb preocupació el que tenia davant seu, en un horitzó cada vegada més proper. El pastor es va treure el broc de farigola de la boca i va xiular el gos perquè anés replegant el ramat i les ovelles no s'esgarriessin.

Una gran ombra fosca i desafiadora, com una taca d'oli, es va anar estenent per l'esplanada que moria als peus de les muralles del comtat. Era com si aquell turó vessés centenars i centenars d'homes armats. Un líquid lluent fruit de la lluïssor de les cuirasses metàl·liques. Les tropes d'Hug d'Empúries van aparèixer de darrere la muntanya i es van anar distribuint davant del castell. Es distingien els estendards taronges i negres que onejaven al vent amb arrogància. Una gran munió de banderes agitades visceralment des de l'estómac, irracionalment, obeïen ordres sense pensar. Del tronc central d'aquell immens cos guerrer —una massa compacta i uniforme que avançava decididament cap a la fortificació— se'n van desprendre dues parts, dos braços: un anava en direc-

RETRUNYIR = SORROLL FORT A LA MANERA D'UN TRO

ció cap al monestir de Sant Pere i els barris que quedaven fora muralles, i l'altre cap al riu. L'exèrcit es va instal·lar al marge del Fluvià i va tancar el cercle que havia d'estrènyer el comtat fins a asfixiar-lo.

El soroll metàl·lic compassat cada vegada es feia més audible, cada cop eren més a prop i començava a retrunyir a les muralles de Besalú. Era el so de la guerra.

A primera línia avançava la infanteria. Empunyaven unes llances que com a mínim feien dos metres, a punt per atacar i per defensar-se empalant l'enemic en el moment que se'ls llancés al damunt. No era previsible que hi hagués un combat cos a cos. Més aviat els atacs vindrien des de l'aire, per això els escuts, els cascos, els elms i les cuirasses els farien més servei per protegir-se de les fletxes, les pedres i altres projectils que els disparessin des de darrere les muralles.

Cobrint-los les espatlles hi havia la cavalleria, protegits de cap a peus i armats fins a les dents. Just darrere seu una bona dotació d'arquers, i tancant el contingent, tres catapultes. I encara a la rereguarda un bon grapat d'homes més armats per si a última hora calia intervenir per desestabilitzar l'enemic.

Començava a fosquejar i Hug va donar als seus homes l'ordre d'acampar. En un moment, aquell camp va quedar esquitxat de vermell i blanc. Així és com es veien, des de dalt del castell, les fogueres que havien encès i les tendes que havien plantat per passar-hi la nit.

De seguida va començar a pujar una certa remor de gatzara i gresca, fins i tot se sentia música. Guillem d'Ortons, el capità de la guàrdia comtal, s'ho mirava amoïnat des d'una de les torres, on s'anaven rellevant alguns dels millors arquers del comtat. Es va girar una mica d'aire i Guillem es va abrigar amb el mantell que li penjava de l'esquena. Es va embolicar fins a sota el nas amb aquella capa, tot i que la cota que duia era prou gruixuda, i en anar cordada al coll i

ELM = CASC DE FORMA CONICA QUE DEIXABA EL ROSTRE DESCOBERT.

subjecta a la cintura per un cinturó, no li entrava aire al cos de cap manera. Les esgarrifances de fred les hi va provocar la imatge que veia. Amb una mà a l'espasa que duia al costat de la sivella, pensava. S'havia de combatre el setge, però com ho farien sense aigua i amb tota la població a dins? Quants dies podrien aguantar?, es preguntava. Necessitaven un miracle.

Va baixar a la sala on el comte i la resta de l'assemblea l'esperaven. També hi era Ítram, que va demanar al seu pare que el deixés acompanyar-lo i van quedar que s'ho miraria d'un racó estant.

Quan el capità de la guàrdia va entrar, va fer una salutació marcial al comte i després va saludar amb un afectuós cop de cap a l'abat i també al mestre d'obres. L'abat havia cregut oportú i convenient que pels seus coneixements el constructor assistís a aquella trobada d'emergència. Totes les idees serien benvingudes, no es podia descartar res, per molt eixelebrat que semblés el pla. El comte va intervenir i ho va fer per asserenar els ànims.

—Aquesta tarda he estat a la capella, resant davant de la Veracreu, i Jesucrist, Nostre Senyor, m'ha il·luminat. M'ha recordat que a finals de mes, d'aquí a un parell de setmanes, el Sant Pare serà a Girona. Hi ve per celebrar un concili i no ve sol. L'acompanya el seu exèrcit personal, un dels millors del món i que, a més, té la protecció divina. Ja coneixeu la bona relació que hi ha entre el comtat de Besalú i el bisbe de Roma. En virtut d'aquesta relació, gairebé d'amistat, he decidit que enviarem algú a Girona que li pugui explicar el que passa. El Papa ens pot ajudar i ho farà.

En aquell moment Guillem d'Ortons va demanar la paraula.

—Senyor, celebro que la venerable Veracreu us hagi guiat tan ràpid cap a una solució, però no veig la manera de fer-la efectiva. No podem sortir per enlloc, estem assetjats per les tropes d'Empúries.

Les paraules del comte havien portat una mica de llum a les cares dels assistents a la reunió. Ara, però, la reflexió de Guillem d'Ortons les va tornar a ennuvolar i a sumir en una pesarosa preocupació. Un silenci incòmode va embolcallar la reunió.

—Ja ho tinc! —va cridar Prim, fent un bot de la cadira.

Tothom a la sala es va girar sorprès cap al constructor per aquella sortida tan inesperada, fins i tot per a Ítram.

—Perdoneu —es va disculpar Prim—, però de sobte —i es va tocar el cap amb un dit— he recordat que el meu fill, Ítram, ja fa temps em va explicar que una vegada va sortir del barri jueu per un camí, en certa manera, secret.

»No m'ho va saber explicar gaire bé perquè tenia el cap enterbolinat. Era de nit i no sabia ben bé per on passava. Recordo que em va estranyar que aquesta comunitat hagués fet una mena de passadís per entrar i sortir del comtat sense retre compte a ningú. El meu fill em va explicar que era un caminet que anava paral·lel al riu i que fins i tot en un punt del recorregut es desviava per unes galeries subterrànies cap a fora muralles per sota el riu sense que ningú en tingués la més mínima constància.

Durant la seva explicació no va mirar el seu fill en cap moment. Com si no hi fos.

Els assistents a la sala van quedar bocabadats amb el que explicava el seu pare. Se'l miraven i es giraven cap al racó on era i l'interrogaven amb la mirada: els jueus tenien un túnel per entrar i sortir?

El comte no sabia com havia d'actuar: si fer-lo destruir i castigar els jueus per aquell desafiament i atreviment o deixar-lo obert i treure'n un rendiment per al comtat.

Prim es va mirar de fit a fit el comte i ell li va demanar amb un gest que continués.

—Gràcies, senyor. —I li va tornar l'agraïment amb una petita reverència—. Crec que podríem fer servir el camí dels jueus per sortir de Besalú i anar a Girona a demanar ajuda al Summe Pontífex. Així segur que els soldats d'Hug d'Empúries no se n'adonen... Què me'n dieu, senyors? —va preguntar Prim, adreçant primer la mirada al comte i després a la resta d'assistents.

—Us haig de confessar, mestre Prim —va començar el comte—, que no deixeu de sorprendre'm, francament. I no sé si us haig de fer castigar per no haver-me'n informat abans o si us haig de donar les gràcies perquè ens obriu les portes a una solució.

—Us demano disculpes, senyor, jo no sabia que vós no n'estàveu al cas... —es va excusar Prim com bonament va saber i va poder.

Des del seu racó, Ítram, es volia fondre.

—És igual, ara és igual —va fer el comte amb una ganyota com de menyspreu envers el seu mestre d'obres—. Ara mateix, el que compta és la seguretat del comtat, això és el més important... —Es va aixecar de la cadira i va començar a fer voltes sota l'escut comtal que presidia la sala de la reunió i mentre s'amanyagava la barba—. És una idea arriscada però no pas impossible —va sentenciar finalment el comte—. Hi enviarem el millor guerrer del comtat. —I es va mirar el capità de la guàrdia—. Guillem, t'encomano la missió d'anar a Girona a trobar el Sant Pare i fer-lo coneixedor d'aquesta situació en què ens trobem per culpa del pla d'Hug d'Empúries per fer caure el comtat de Besalú.

—Senyor, permeteu-me que us contradigui —Guillem d'Ortons es va aixecar adreçant-se al comte—, però jo no vull abandonar Besalú estant com està envoltada de més de mig miler d'homes armats que poden llançar un atac en qualsevol moment. Crec, senyor, que haig de desobeir les vostres ordres perquè entenc que la meva presència aquí serà molt més profitosa per defensar el castell i el comtat, i per coordinar els nostres homes davant d'un imminent atac de les tropes d'Empúries. I encara goso, senyor, suggerir-vos que si nosaltres ens preparem i aguantem un primer embat, tot aquest temps que guanyarem. Segons el meu modest parer, senyor, a Girona hi hem d'enviar algú que no sigui necessari aquí, tot i que sóc molt conscient que qualsevol persona que pugui agafar una arma ens pot ser útil per fer front a l'enemic.

L'assemblea es va tornar a quedar muda. Uns instants que es feien eterns i en què es podien sentir els batecs del cor dels homes que estaven asseguts esperant que els caigués una solució del cel.

Prim va mirar el seu fill. Li brillaven els ulls i li va somriure. Tenia una mirada que Ítram ja li havia vist abans, aquella que infon confiança.

El mestre d'obres va fer el cor fort i es va aixecar d'un bot del seient. Es va posar una mà al pit i va dir:

—Senyors, el meu fill, Ítram, hi podria anar. —I el va assenyalar amb la mà estesa—. Coneix bé el camí i sap qui el podria guiar fins als afores del comtat. És prou ràpid, valent i astut per arribar sa i estalvi a Girona i demanar audiència davant del Papa.

Ítram no s'ho acabava de creure. Ell mateix pensava oferir-se, però ho trobava poc assenyat. Es pensava que li dirien que era una ximpleria, que on volia anar un noi com ell amb quinze anys acabats de fer... Sentia una barreja de por, nervis, alegria i excitació. L'esperança que dipositaven en ell era considerable i ja patia per si respondria a les expectatives que pogués generar entre els notables reunits en assemblea, sense saber què diria el comte, que era, al capdavall, qui tenia l'última paraula.

—Només faria falta que vós, senyor —el seu pare continuava—, demanéssiu al Papa l'ajuda per escrit amb el segell comtal estampat perquè, quan el meu fill li doni el missatge, Sa Santedat pugui veure que no es tracta de cap ensarronada. Serà la millor manera d'assegurar-nos que l'ajuda es posa en camí en qüestió d'hores.

L'abat va fer costat a la decisió del mestre d'obres. Es va girar cap a Ítram i li va picar l'ullet i, sense esperar cap resposta, es va girar immediatament cap al comte amb una mirada i un gest que li donaven a entendre que podia estar segur que aquell sacrifici que feia Prim era una bona sortida.

El comte el va estudiar amb la mirada durant força estona. En acabat va sentenciar:

—Senyors, no en parlem més. Si hi esteu tots d'acord, que sigui així. Que Déu Nostre Senyor i la santíssima Veracreu ens emparin!

I, feta aquella invocació, el comte es va aixecar i es va dissoldre la reunió.

El comte se'n tornava cap a les seves habitacions i, en passar pel costat d'Ítram, es va aturar i li va dir:

—Besalú confia en tu, jove Ítram, sé que no ens decebràs.

Li va agafar la mà, la hi va estrènyer i se'n va anar. El seu pare se li va acostar i, mentre l'abraçava, l'abat el va beneir. Van sortir plegats en direcció cap al monestir i la resta d'assistents van anar desfilant cap a diferents estances del castell. Guillem d'Ortons, després de felicitar Prim i d'animar Ítram, se'n va anar amb els seus homes. S'havien de preparar per resistir.

———

Fra Florenci vivia el setge des de l'hospital dels leprosos, fora muralles. Ell n'era l'administrador i, amb l'excusa de passar comptes amb el rector que tenia cura d'aquell petit sanatori, havia deixat el monestir just uns dies abans.

—L'exèrcit d'Empúries està a punt d'arribar a les portes de Besalú —el va informar un dels homes al servei de l'hospital.

Va arribar acalorat del bosc on havia anat a fer una mica de llenya i va explicar que havia vist passar les tropes en direcció cap a la capital del comtat.

—Això és terrible —va dir el cambrer de l'abat, fingint un to que simulava preocupació—. Aviseu de seguida el mossèn!

Fra Florenci va esbossar un somriure malèvol quan el servent va sortir corrents a trobar el rector.

«Tot va seguint el seu curs», pensava el monjo, mentre es fregava les mans, i se les va ficar dins de les mànigues bogals de l'hàbit.

Dos pardals, dos pit-rojos, es menjaven les llavors acabades de sembrar en un camp de blat. De cop van aixecar el vol, espantats, per la fressa dels cascos dels cavalls que van passar al galop com una exhalació. Era la cavalleria de l'exèrcit d'Empúries. Un grapat de pedretes que hi havia al camí van sortir disparades i van caure al lloc on feia una estona els ocells estaven picossejant.

BOGAL. BALDER

28

La boira

El temps es va girar en contra del comte d'Empúries. Semblaven acampats enmig del no-res. Densa i pixanera, la boira ho envaïa tot i semblava que hagués engolit el comtat sencer. Amagats darrere aquella espessa cortina blanquinosa, havien desaparegut la muntanya i el castell. Però fins i tot l'home més assenyat dubtava que a l'altra banda hi hagués vida. La suau capa vaporosa de la boira cobria totes les tendes i s'hi entortolligava com si es tractés de delicats serrells. Els camps del voltant fumejaven, ben bé com si algú estigués cuinant des del fons de la Terra... No se sentia res, hi havia una quietud inquietant. Una pàtina líquida cobria les tendes, la mateixa que havia apagat les fogueres que havien cremat tota la nit i havia deixat xops els qui muntaven guàrdia. Els efectes d'una boira que enterbolia l'ambient i feia que qui volia veure-hi cinc metres més enllà del nas s'hagués de fregar els ulls com si hi tingués fum o sorra. No s'hi veien perquè era impossible veure res. Una torxa avançava cap a la tenda major. A dins l'esperaven.

—Preparo els homes, senyor? —va preguntar Matamala en entrar, mentre ofegava la flama.

—De moment, no —li va contestar Hug d'Empúries—. Hem de suspendre l'atac. No ens podem arriscar. No coneixem prou bé ni el terreny, ni l'entorn, ni les forces de l'enemic.

—Ni parlar-ne, senyor, no podem perdre ni un minut més. Per a mi, ja hauríem pogut atacar ahir. Crec que va ser un error acampar i esperar avui, demà, demà passat. Si ens hi hem d'estar gaires dies més, els homes es començaran a cansar i hi ha perill de desercions. Ara ja podríem ser els amos del comtat i mireu com estem, aquí: plegats de braços esperant que escampi la boira. Aquesta és la vostra estratègia?!

—Prou, ja n'hi ha prou. Qui us heu pensat que sou? No tolero aquest llenguatge ni tampoc que qüestioneu les meves ordres. He dit que ens esperarem i això és el que farem. Comuniqueu-ho als vostres homes. És tot el que heu de fer: callar i obeir, fins ara no us havia costat gens.

—I mentrestant, què voleu que facin: que raspallin els cavalls, que juguin a cartes, que descansin?

—Hi ha molta feina a fer. Potser ens hi haurem d'estar uns quants dies o setmanes, mantenint el setge. Portem prou provisions i molts animals, i som molts homes, per tant convindria que la infanteria s'encarregués de fer una sèquia per assegurar una bona evacuació de les aigües fecals i residuals. Això si no voleu que us mati la disenteria o alguna altra malaltia infecciosa abans d'entrar en combat.

—I no podríem cremar i destruir tots els cultius i camps de pastura del comtat?

—No, capsigrany! Seré l'amo d'aquestes terres i l'últim que voldria seria ser propietari d'un pedregar. Aquest comtat no sols és ric en terres, sinó que són situades en una part privilegiada del territori que jo vull dominar! Vull tenir el control d'una zona que té molta influència econòmica i política. Us ha quedat clar?!

—Sí, senyor —va fer amb un gest de menyspreu mentre es disposava a sortir de la tenda.

—Matamala!

—Què passa, ara?

—Digueu als homes que facin el que us he dit i un cop ho hagin fet... Que estiguin a punt! Quan s'aixequi la boira els caurem a sobre —va dir Hug d'Empúries, assenyalant cap al castell—. No tindran temps ni de respirar. No s'adonaran que ha tornat a sortir el sol perquè els portarem la foscor. Actuarem amb tanta celeritat que ni se n'adonaran. Tan ràpids com el tro que ja retruny abans que et puguis tapar les orelles, tan veloços com el llamp que ja enlluerna abans que puguis tancar els ulls. Per a ells serà com un malson, no en va el malson d'un home és el somni d'un altre i aquest és el meu somni: veure com les muralles de Besalú cedeixen...

Matamala va sortir de la tenda renegant i remugant.

29

La mezuzà

El calendari jueu tenia moltes festes religioses. A part de l'any nou, se celebrava el Yom Kippur o dia del perdó, en què es respectava un dejuni escrupolós. La Pesah, la festa de Pasqua, que era de les més importants. A les cases se celebrava la cerimònia del Seder de Pesah, que era un sopar ritual on s'havia de menjar pa àzim, pa sense llevat. Durant el sopar es llegia el llibre de l'èxode d'Egipte. En aquestes celebracions, gairebé sempre s'encenien llums i s'utilitzaven tota mena de llànties. Però la més destacada, la més brillant per la seva lluminositat i simbologia, era la de la Hanukà o Festa de les Llums. Com una mena de premonició, amb l'arribada de la festivitat de la llum també es va aclarir la traïció de Jeremies. La Hanukà se celebrava al desembre i commemorava la purificació i la reinauguració del temple de Jerusalem el 165 abans de Crist.

La festa durava vuit dies. Cada dia s'encenia una llum d'una llumenera de nou candeles, vuit d'iguals, i una novena de més gran que era auxiliar.

En l'últim dia de la Hanukà, a la sortida de la cerimònia a la sinagoga, un veí de Jeremies acompanyat de la guàrdia comtal el va assenyalar. Quan el traïdor els va veure va arrencar a córrer.

—És aquest, ell és en Jeremies!

Es van valer d'un costum tan sagrat per als jueus, el de la mezuzà, per teixir tot el pla. Els jueus —Jezabel ho havia explicat a Ítram— col·loquen la mezuzà en una escletxa a la dreta de la porta de casa seva. És una caixeta que conté un petit pergamí enrotllat d'esquerra a dreta perquè quan es desenrotlli s'hi pugui llegir: SH-A-D-A-Y, que vol dir «Totpoderós», i totes les persones que la toquin quan entren a una casa quedin beneïdes. Jeremies va quedar amb un dels homes de Matamala que substituiria el petit pergamí per un altre de semblant on especificaria els canvis de torns de la pedrera de Serinyà, la quantitat d'homes que hi solien treballar i la freqüència de sortida dels carros plens de pedres cap a Besalú. Durant un mes, el vigilant de les obres del pont i Matamala es van comunicar per mitjà d'aquest sistema, el menys sospitós per donar-los les coordenades necessàries per parar-los una trampa. Els veïns de Jeremies no es podien ni ensumar el que passava al seu barri, només a quatre passes de casa seva. Jeremies no havia guardat el dol per la mort del primer rabí de la sinagoga, com marquen les normes de la comunitat i la Sagrada Escriptura. Cruel i sense cor, Jeremies tenia un comportament molt estrany. No es preocupava de la part més espiritual de la seva vida.

Era una ànima turmentada i sovint havia proferit ultratges a la llei religiosa. Finalment s'havia convertit. Malgrat això, sabia que si l'enxampaven no li perdonarien mai que hagués utilitzat un ritual tan sagrat del judaisme, on es venera el nom del Totpoderós, per teixir la traïció, perquè hi sortiria perdent tant el poble de Besalú com el poble jueu. La comunitat era tan petita i reduïda, que tothom podia saber qui havia abandonat la fe i qui fingia haver-ho fet.

Ja feia nits que els veïns de la casa del rabí difunt veien moviments estranys a la porta del costat de casa seva i no van dubtar a avisar la guàrdia comtal, que va arrestar Jeremies i se'l va endur acusat d'alta traïció. La comunitat estava trasbalsada i l'aljama es va reunir d'urgència.

ALJAMA

MESQUITA PRINCIPAL
D'UNA POBLACIO

30

L'enigma del canelobre daurat

Li feia més mal la consciència que l'esquena. Els pecats que s'allotjaven a la consciència de fra Agapit li coïen més que cap de les ferides que li provocaven les fuetades que cada nit s'infligia per mortificar-se. Fra Agapit volia però no podia explicar al pare abat el que Magalí li havia dit. L'abat havia de saber que algú estava organitzant un pla per fer caure Besalú. L'abat ho havia de saber, així podria avisar el comte amb prou temps perquè estigués previngut. Però fra Agapit es preguntava insistentment nit i dia com dir-li-ho sense revelar-li la font, com explicar-li-ho sense posar-se en evidència.

Així, amb aquestes cabòries i maldecaps rondant-li pel magí, és com l'abat va trobar fra Agapit aquell dia que va baixar a la cripta del monestir.

La figura del pare abat baixant per les escales va sobresaltar el monjo, el qual poc s'imaginava que s'hauria d'encarar amb aquell dilema tan aviat.

—Us he espantat, fra Agapit? —li va preguntar l'abat, en veure'l tan inquiet i pàl·lid com la cera.

—No, i ara! Déu vos guard, molt reverend pare. Només... —li tremolava lleugerament la veu—, només que no us esperava. Què us porta fins aquí baix?

—Una qüestió, benvolgut germà, com us ho diria?, certament delicada —va fer el pare abat amb un gest de preocupació.

Fra Agapit suava com mai sota els hàbits. Tenia les mans i les aixelles ben molles. Temia el pitjor. Algú l'havia vist i el pare abat li venia a recriminar la seva depravació i a castigar-lo expulsant-lo del monestir i condemnant-lo a vagarejar per aquests mons de Déu com un desgraciat.

—És tan delicat, germà Agapit, que la conversa que ara tenim ha de quedar... —i va fer una pausa que al monjo li va semblar una eternitat—, només —i va aixecar una mica la veu—, entre vós i jo. No se n'ha de saber mai res, perquè en depèn el bon nom de la nostra institució i de moltes altres persones, començant per mi mateix... —va dir, i li va donar l'esquena.

El martelleig del cor era tan fort, que fra Agapit es pensava que devia ser impossible que l'abat no el sentís. Era tan intens, que estava convençut que li sortiria per la boca.

—Vós direu, pare... —fra Agapit va fer en un posat d'abatiment—. Estic a la vostra disposició per servir-vos en el que faci falta. Però abans confesseu-me...

—Us he parlat mai de la joia hebrea?

Fra Agapit estava ben desconcertat, el pare abat ni l'havia sentit.

—Com dieu?

—La menorà, un canelobre ritual d'or de set braços.

—No, no sé què és —va respondre intrigat el sagristà.

—La història que explica la tragèdia ha quedat gravada en un relleu a l'arc triomfal de Titus a Roma. S'hi veuen els jueus captius que transporten cap a la capital de l'Imperi la menorà d'or. Un dels tresors del temple de Jerusalem, arrasat per les hosts romanes del general Titus, fill de l'emperador Vespasià, l'any 70 després de Crist.

HOSTES ? NO

HOST = EXÈRCIT en campanya

»La llegenda, que la Santa Seu sempre ha negat, situava la menorà als soterranis del Vaticà, reposant al costat d'altres tresors del segon temple de Jerusalem. Herodes el va aixecar sobre les ruïnes del primer temple, construït per Salomó per custodiar l'Arca de l'Aliança.

—I com ha vingut a parar a aquí?

—La seva sortida de Roma no és clara i la seva arribada a Còrdova encara menys. Però el cas és que, fruit de les ràtzies dels comtes catalans en aquella ciutat andalusina, en les quals havia participat l'exèrcit que dirigia el pare del nostre comte, es van dur a les nostres terres molts objectes de valor. I el canelobre hebreu va venir a parar aquí. L'arribada va ser accidentada i es va voler desviar l'atenció sobre aquest objecte tan preuat. Des de llavors han circulat infinites versions dels fets, fins i tot s'ha dit que s'havia venut. Amb el pas dels anys, però, els rumors i les tafaneries es van anar apagant i l'objectiu de mantenir el canelobre lluny de tothom s'ha aconseguit. Fins ara —va deixar anar un sospir—, que ha arribat l'hora de retornar-lo als seus propietaris o, si més no, als seus hereus. Aquest canelobre és el segon símbol més estimat pels jueus després de l'Arca de l'Aliança.

Fra Agapit estava confós i atònit, tant que feia estona que la sang no li corria per les venes.

—Germà Agapit, hem de tornar a la comunitat jueva un tresor molt valuós per a la seva fe que ha estat tot aquest temps amagat a les entranyes del monestir. —L'abat es va dirigir cap al fons de la cripta—. Acompanyeu-me, germà. —Fra Agapit el va obeir—. Heu tingut tancada amb pany i clau i molt a prop vostre una de les peces més venerades per la comunitat jueva, la menorà.

Amb el peu va apartar una saca vella i esfilagarsada i va quedar al descobert una trapa amb una anella. Bocabadat, fra Agapit seguia totes les maniobres de l'abat sense entendre res.

—Em podeu ajudar, germà Agapit?

L'abat va estirar l'anella i de l'interior de l'amagatall en van extreure una caixa que contenia un objecte. La van obrir i, embolicats amb un mantell negre, s'endevinaven els braços daurats de la menorà.

Un cop el canelobre va quedar a la vista dels dos religiosos amb tota la seva magnificència, fra Agapit va preguntar:

—I per què, molt reverend pare, precisament ara s'ha de tornar aquest canelobre als jueus?

—Fill meu —i l'abat el va abraçar per l'espatlla—, gairebé no sortiu d'aquesta cripta ni del monestir, amb prou feines veieu la llum del dia, però heu de saber que Besalú està assetjada.

—Assetjada? —va obrir els ulls i va aixecar les celles en expressió de sorpresa.

—Sí, germà Agapit, el castell s'ha quedat sense aigua, perquè ha estat emmetzinada, i podria ser que les viandes també estiguin afectades. El comte ha demanat als jueus totes les provisions que puguin tenir per resistir i, a canvi, els vol tornar allò que és legítimament seu. Ho enteneu?

—Besalú assetjada... Assedegada... i a punt de caure. —Es va tapar la cara amb les mans—. No hi he estat a temps, pare, perdoneu-me! —va suplicar, llançant-se als peus de l'abat.

—I ara! Vós no en teniu pas la culpa, de què us hauria de perdonar? —li va dir l'abat mentre l'agafava per les aixelles per ajudar-lo a aixecar-se.

—M'heu de confessar, pare abat, perquè he pecat —va dir capjup el monjo—. Sabia que s'estava planejant un atac contra el comtat i no us n'he dit res.

—Què em dieu, fra Agapit? —i l'abat va arrufar les celles—. Vós estàveu al corrent d'aquest complot per fer caure Besalú? —L'expressió de la cara de l'abat s'havia endurit com una roca—. I com és que ho sabíeu i no me n'heu dit res? Contesteu, si us plau.

CAPJUP_ CAPBAIX EN SENYAL D'ABATIMENT

—Jo, jo... doncs... —fra Agapit panteixava i no li sortien les paraules mentre es recargolava els dits d'unes mans suades—. Mireu, he pecat doblement —va aconseguir dir finalment, mirant a terra i evitant els ulls encesos de l'abat—. Us he enganyat a vós, reverendíssim pare, i a tota la comunitat, però és que, a més, m'he condemnat, perquè he caigut en el pecat de la carn.

—Com?! —va cridar enèrgic l'abat—. Heu tingut relacions sexuals aquí, al monestir?

—No, aquí no, al bordell del Portalet.

—I això què hi te a veure, amb el fet que estiguéssiu al cas de l'atac contra el castell?

—La noia amb qui tinc relacions...

—Això vol dir que encara ara la veieu?! —el va interrompre cridant l'abat.

—No, no, molt reverend pare —va contestar el frare, penedit, en un intent d'apaivagar la ira de l'abat—. Volia dir la noia amb qui tenia relacions, d'això ja fa molt de temps, fa molt que no hi he tornat. —Aquelles paraules van provocar una punxada de dolor al cor de fra Agapit i que se li neguessin els ulls, sabia que la seva estimada Magalí havia mort—. Però l'última vegada que hi vaig anar la noia m'ho va explicar.

I li van tornar les imatges d'aquella nit a l'habitació de Magalí, amb la noia ensangonada i malferida. Se li va fer un nus a la gola que li va costar de desfer, però ho va intentar. Es va escurar la gargamella, va agafar aire i va continuar:

—Em va dir que un dels homes amb qui solia allitar-se era un element important de l'exèrcit d'Empúries i li va fer un seguit de promeses, entre les quals deslliurar-la de la prostitució i convertir-la en una dona respectable quan entressin a Besalú i el comte d'Empúries governés. S'estava teixint un pla perquè fos així.

Aquestes últimes paraules encara ressonaven a les parets en forma de volta de la cripta de Sant Pere. Després es va fer el silenci. Un silenci feixuc i que sobretot pesava sobre la consciència de fra Agapit, el qual, lluny d'haver-se alliberat amb la seva confessió, es veia davallant a l'infern pel doble pecat comès.

Mentre l'abat rumiava què havia de fer li va llançar una pregunta:

—Què en queda, dels vostres vots de pobresa, obediència i, sobretot, castedat? —I va reblar el clau de la sentència—. M'heu decebut molt, germà Agapit, molt —va repetir l'abat, mastegant aquell adverbi—. Jo confiava en vós. —Fra Agapit va ser incapaç de respondre, ni tan sols va arronsar les espatlles. Estava abatut i a mercè del que decidís l'abat—. Havent sopat vindran els germans Ivó i Abdó a buscar la caixa.

I, dit això, l'abat se'n va anar de la cripta i va deixar fra Agapit plorant de genolls i picant amb els punys el terra d'aquella estança que havia perdut tota la seva brillantor. L'endemà fra Agapit es va penjar.

La mort de fra Agapit no va ser l'únic disgust que va tenir l'abat. La traïció de fra Florenci, el seu cambrer i mà dreta, li provocaria un altre disgust, i trigaria a refer-se'n.

D'ençà d'un quant temps, coincidint amb la presentació del projecte de construcció del pont del mestre Prim, l'abat veia el seu cambrer més neguitós, més desconcentrat, com si visqués en una altra dimensió, en una altra vida. La relació entre ells dos s'havia anat deteriorant. El seu comportament distant, fred i poc atent, tot al contrari de fins aleshores, havia marcat les últimes setmanes del cambrer al monestir. La seva sobtada visita als germans del monestir de Sant Miquel el va estranyar, però no hi va donar importància; en tot cas, pensava que potser l'estada entre els germans li seria profitosa i quan tornés no estaria tan esquerp i el seu caràcter no seria tan arruixat. Quan l'abat va saber el paper de fra Florenci en tot aquell complot, va lligar caps immediatament. Ara entenia el comentari que li havia fet el germà Basili; abans no hi havia donat cap importància. Fra Florenci no se'n va anar a cap monestir per compartir pensaments i experiències amb els germans de Sant Miquel: havia fugit abans que el comtat fos assetjat. L'abat no entenia què l'havia dut per aquell camí de perdició, quines promeses li devia haver fet Hug d'Empúries perquè es decidís a trair la comunitat i tota la gent d'un poble. Quan els captors de Jeremies van fer confessar el jueu, aquest va reconèixer que el monjo li havia explicat que aspirava a ser abat de Sant Pere de Rodes. L'autoritat de l'abadia i el monestir substituiria la de Sant Pere de Besalú després que Hug entrés al comtat i fes capitular Bernat II de Tallaferro.

L'ambició d'un home d'Església, d'un fins llavors fidel servidor de Jesucrist, d'unes profundes conviccions, va poder més que la devoció per la fe i la salvació.

ALJMA: consell de notables jueus

31

L'aljama

L'assemblea es va tornar a reunir a la sinagoga. Era la tercera vegada en menys de mig any. Un fet inusual. El consell, format per una vintena de membres de la comunitat, se solia reunir quan ho consideraven oportú. Darrerament hi havia hagut una sèrie d'esdeveniments que els havia gairebé obligat a convocar el consell. Primer va ser per reprovar l'actitud de Jezabel —portar Ítram fins a la sinagoga i el micvé, sense autorització—, i el seu pare, un insigne conseller de l'aljama, que és com s'anomenava aquest consell de notables jueus, va haver d'escoltar la repulsa de l'assemblea. El motiu de la segona convocatòria va ser doble: repudiar i castigar severament Jeremies, el vigilant de les obres del pont, i acordar de quina manera la comunitat podia refer el greuge que havia rebut el comte per culpa de les seves males arts.

Com que no es posaven d'acord en la manera de fer-ho, van decidir donar-se temps per reflexionar-hi cadascú i convocar l'assemblea en una altra ocasió.

Però a la reunió següent, a l'ordre del dia s'hi havia afegit un altre punt, i molt més urgent que pensar la manera de satisfer el desgreuge al comte.

El rabí que presidia la reunió va prendre la paraula:

—Tenim una situació que no ens havíem trobat mai abans. El comte m'ha fet saber que Besalú està encerclada i assetjada per les tropes d'Hug d'Empúries. Una maniobra que ha anat paral·lela a una altra que s'ha fet des dins del castell: els han enverinat l'aigua dels pous. Tots els cavalls han mort i algunes persones també.

»Creu que els atacs a la pedrera i la traïció de Jeremies formaven part d'un mateix complot per afeblir el comtat, fer-lo vulnerable i atacar-lo. No aguantarà gaires dies més, a tot estirar un parell o tres de setmanes. El comtat ens demana ajuda.

»Ha estat molt sincer, no m'ha amagat res i m'ha dit sense embuts que les provisions s'estan acabant, no tenen aigua i, com que les arques estan buides, necessitarà diners, els nostres diners!

Es va aixecar una remor per tota la sinagoga entre els membres del consell.

—No els hi podem negar! —va afegir taxatiu el rabí—. Ens ha ofert sempre la seva protecció i ara que ell, el comtat, ens necessita, la nostra comunitat no li pot girar l'esquena. A més, penseu que si el castell cau, darrere caiem nosaltres.

—Aliments els en podem proporcionar, però els diners? Per què els vol, el comte, els diners? —va interrompre l'argenter, Cresques Belshom.

—Resulta que ha d'enviar algú fora del castell a buscar ajuda a Girona, però les seves tropes són totes aquí, i això vol dir que s'han de mantenir, s'ha d'alimentar tot un exèrcit per aguantar prou temps fins que vinguin els reforços. Els diners no els necessita ara, sinó més endavant. El que els cal amb urgència són les vitualles.

»Hi he estat pensant i crec que el nostre deure és ajudarlo i així també restablirem el bon nom de la nostra comunitat per tot l'assumpte de Jeremies. Hi esteu d'acord? —va preguntar el rabí.

Es va estendre un xiuxiueig que es va allargar força estona fins que es va anar apagant. Finalment es va aixecar del mig del consell Salomó Fanegues, l'apotecari.

—Honorable rabí, distingits membres del consell, una petició d'aquesta naturalesa, tan desesperada i dramàtica, com la que ens fa el comte requereix una resposta molt meditada. No tan sols perquè ens hi juguem molts diners, sinó perquè ens hi va el nostre honor.

—M'he guardat per al final un detall providencial —va dir el rabí—. Us farà canviar de parer i veure molt clara la nostra col·laboració, ja que no ens hi podem negar de cap manera. Amb gran sorpresa meva, el comte m'ha promès que ens tornarà la menorà.

—La menorà?! —va exclamar tot el consell de l'aljama en ple.

—No pot ser! —deien uns.

—Com és que la té el comte? —preguntaven els altres.

—I què hi fa, a Besalú? —se sorprenien alguns membres de l'assemblea.

—S'havien esmentat tots els llocs més remots i inversemblants del món. Què ho fa, que sigui aquí? —interrogaven al rabí.

—Calma, calma... Durant molts anys ha estat amagada al monestir, després que els comtes cristians saquegessin Còrdova en les lluites amb els àrabs. Des de llavors la nostra menorà ha reposat aquí, a Besalú. I ara la tornarem a recuperar. Ara segur que ja enteneu per què no podem negar-nos a ajudar el comte.

32

El bosc dels Desmais

—Déu vos guard, fra Florenci! —Tafaig va interceptar el cambrer en un camí fressat que travessava el bosc dels Desmais, no gaire lluny de l'hospital dels leprosos—. Tot i que dubto que el vostre Déu estigui gaire content amb els vostres actes —li va deixar anar el druida mentre li barrava el pas.

El monjo va aturar la mula. Sense baixar i amb un punt d'altivesa i arrogància li va respondre:

—Insolent curandero! Aparteu-vos del meu camí. No em teniu cap respecte i tampoc no me'n mereixeu cap. No tinc per què escoltar-vos ni perdre temps amb vós, deixeu-me passar! —li va ordenar el frare.

—On aneu amb tanta pressa? Que potser us persegueixen els remordiments?

I Tafaig es va acostar per amanyagar el front de l'animal.

Petrificat, fra Florenci estava dret a la seva muntura sense moure ni un múscul i llançava una mirada ombrívola sobre aquell druida que l'interrogava de manera amenaçadora.

—Què voleu? —va escopir la pregunta.

—No res, parlar amb vós.

I Tafaig, després d'acariciar el morro d'aquella mula pacient, la va envoltar.

—De què? —va respondre secament i amb un punt de nerviosisme.

—De la vostra afició a canviar el curs de les coses i d'alterar la voluntat de la natura.

Fra Florenci va estrènyer els punys, va baixar del burro i es va encarar amb Tafaig. El druida va aprofitar aquell moment per clavar una plantofada a la mula, que va sortir corrent.

—No cal que ens escolti ningú, no trobeu?

—Maleït druida, me la pagaràs!

La mula va desaparèixer camí enllà i els dos homes van reprendre la discussió.

—Sé que us agrada anar contra natura i que heu estat jugant amb dos dels meus elements, l'aigua i el vent, per posar-los al vostre servei. Al vostre o al d'algú altre... —el va acusar Tafaig.

Fra Florenci va sospirar profundament i amb un posat transcendent va engegar:

—Què voleu dir, que són vostres? Qui us heu pensat que sou per atorgar-vos poders exclusius sobre els elements? Heu d'acceptar, i vós més que ningú ho hauríeu de saber, que hi ha cossos en la naturalesa que no es poden veure i que estan a l'abast de tothom. Recordeu Lucreci, benvolgut druida? Recordeu el seu *De rerum natura*, «Sobre la naturalesa de les coses»?

Tafaig va assentir amb el cap i el va convidar amb les dues mans que s'expliqués.

—«Els elements primers de les coses —va continuar fra Florenci— són invisibles, els ulls dels homes no els poden veure. La força impetuosa del vent és un d'aquests cossos invisibles. Escampa els núvols, assota el mar, recorre els camps i batzega violentament els cims de les muntanyes. El vent s'enfurisma i es rabeja contra tot allò que troba davant seu: enfonsa vaixells al mar, flagel·la boscos, escombra collites i estén la ruïna en un riu que... —i va fer una pausa acompanyada d'un somriure maliciós—, de sobte ha sortit de mare. Un torb sobtat, la gran torrentada, des de les altes muntanyes, fa engrossir el cabal a causa de les pluges abundants, arrossegant-hi trossos de bosc i fins i tot arbres sencers, sense que els ponts ferms puguin aguantar la força sobtada de l'aigua que arriba. —Fra Florenci acompanyava la recitació del vell i savi romà amb uns gestos que miraven de dibuixar la fúria desfermada del riu contra el pont—. D'aquesta manera, el riu impetuós es precipita contra els dics amb una força poderosa i tot ho porta a la ruïna. Amb fort soroll i sota les seves onades fa rodolar pedres immenses i arrossega tot allò que s'oposa als seus corrents. Tot ho empeny i s'ho emporta per davant, amb escomeses freqüents, de vegades amb un remolí tortuós que ho aixeca tot. Embranzides ràpides que tot s'ho emporta girant en un terbolí. El vent és invisible i el riu és visible. Tots els elements són forts per la seva sòlida simplicitat però quan es combinen es fa una densa barreja amb la qual mostren forces més vigoroses.» Lucreci, amic meu, Lucreci, romà d'ànima antiga i sàvia.

—Em voleu fer creure —va dubtar Tafaig— que aquella tempesta va ser la conjunció fortuïta de dos elements naturals?

—Sentim les olors i, malgrat això, mai no les veiem venir fins al nas, ni veiem la calor xafogosa, ni podem copsar el fred amb els ulls, ni acostumem a veure les veus...

—La destrucció i la devastació del dia de la gran riuada no és tan sols fruit de la combinació de l'aire i de l'aigua. Algú o alguna cosa els ha pervertit. Aquests elements no serveixen a la destrucció, sinó a la creació, tret que algú obrant amb males arts aconsegueixi que el Numen del riu segueixi el curs que li han marcat, que li han dictat. M'equivoco?

—No em sorprèn, vell bruixot, que penseu així. Venint d'algú com vós, que invoca els poders obscurs de la natura per guarir.

—Us ho repeteixo, fra Florenci, sé que heu estat jugant amb els meus elements: la terra, l'aire, el foc i l'aigua. I això no m'agrada. Us vinc a demanar que abandoneu aquestes pràctiques i que no desperteu el Numen diví del riu. Ni del riu ni de qualsevol altra cosa.

Fra Florenci ja feia estona que no l'escoltava. Va anar alçant els braços a poc a poc en direcció a Tafaig mentre mastegava unes paraules inintel·ligibles. Les fulles i les branques que hi havia al seu voltant es van aixecar i es van arremolinar fins a encerclar el vell druida. Aquest va encarar la seva vara de savina cap al fullam amenaçador i en va sortir un raig incandescent que les va cremar, les va desintegrar literalment.

Enmig d'aquelles cendres fumejants, la figura de Tafaig es va enlairar uns pams de terra, com si levités, i amb la mà dreta assenyalava el terra que trepitjava el frare. El monjo estava situat sota un roure i envoltat d'altres roures.

Fra Florenci va notar que perdia l'equilibri. Les arrels dels arbres es van espolsar la terra del damunt i amb una celeritat que va deixar el frare astorat li van abraçar el cos. Li lligaven el coll, les cames i els braços, i l'estrenyien fins que va deixar de respirar. Les arrels es van retirar ràpidament del cos del frare, que va caure a terra sense alè. Tafaig va fer una altra indicació i la terra va engolir les despulles de fra Florenci. Es va empassar el cos sense vida del cambrer en dos temps. Primer va desaparèixer fins a la cintura i després del tot. L'últim que en va veure Tafaig va ser la sola de les sandàlies gastades d'un monjo que va acabar sent víctima de les seves pròpies males arts. La natura li havia passat factura.

33

El comiat

—Ítram!

Era un dolç xiuxiueig, la veu de Jezabel que arribava al lloc on se solien trobar d'amagat als vespres, quan les ombres els emparaven dels ulls dels curiosos. Era un turonet a recer dels vergers que hi havia al barri del Catllar. Ell no tenia cap problema per arribar-hi, però ella... No va saber mai com aconseguia desaparèixer de casa seva durant una hora sense que la trobessin a faltar.

—Sóc aquí dalt, enfilat a la figuera —li va contestar, i la va ajudar a pujar.

—M'ha costat arribar, no és fàcil sortir del barri amb aquest estat d'excepció i de setge.

—Precisament d'això et volia parlar —li va dir amb una ganyota de resignació—. Demà me'n vaig cap a Girona.

—A Girona?! A què fer!?

—A buscar auxili. Hi haurà l'exèrcit del Papa de Roma i li portaré un document del comte sol·licitant la seva ajuda.

—I com penses sortir si estem envoltats? —va preguntar preocupada Jezabel.

—Pel camí secret dels jueus. Te'n recordes, del dia que em vau atendre a casa teva? —Jezabel va fer que sí amb el cap—. Així ho ha decidit el comte en assemblea. Simó m'hi acompanyarà.

Jezabel se li va llançar al coll i el va estrènyer ben fort amb els braços.

—Tinc por. —I li va agafar la cara amb les dues mans mentre unes llàgrimes li començaven a baixar galtes avall—. Por per tu, por de no saber què ens passarà, por...

Ítram li va fer un petó en un intent de fer-li passar tots els temors que pogués tenir.

—No has de patir per res, Jezabel. —Ara era ell qui li amanyagava la cara eixugant-li les llàgrimes, que no paraven de rajar d'aquells ulls verds. Havien perdut la brillantor perquè estaven ennuvolats, entelats de tristor—. Sabem el camí i ens protegirem l'un a l'altre.

—Però no sabeu què us trobareu quan sortiu a l'altra banda del poble ni què us espera en el camí fins a Girona.

—Has de confiar en mi —va dir a Jezabel, i també s'ho deia a si mateix, això li infonia valor i l'animava. Feia el cor fort davant d'ella, però la veritat és que també estava ple de dubtes—. Ho aconseguirem i tornarem amb l'ajuda necessària per trencar el setge. Promet-me que seràs forta i que no defalliràs. Si sé que penses en mi i m'envies energia positiva, això em farà més fort davant de qualsevol repte que se'm presenti.

—Sí, d'acord, però vigileu molt tu i en Simó, si us plau. T'estimo massa per perdre't. Resaré a Adonai perquè no us desempari ni un moment.

—Jo també t'estimo, Jezabel. Tot sortirà bé, ja ho veuràs.

Es van tornar a fondre en una abraçada molt forta i van estar així una estona molt llarga. Sentia els sanglots de Jezabel mentre pensava que ell també patiria, i molt, sabent que el setge ofegava el comtat i tots els qui hi vivien, incloenthi Jezabel. Abans d'anar-se'n i fer-se un petó llarg i dolç, Jezabel es va deslligar un penjoll que duia al coll.

—Espera't. Té, emporta't això. —I li va donar un penjoll—. Era de la meva àvia, els va ajudar i protegir durant la llarga travessia per mar des de la nostra terra fins aquí. A tu segur que també et protegirà.

—Gràcies, Jezabel.

El va ajudar a lligar-se'l al coll. Va tastar un últim cop els seus llavis de maduixa. No sabia quan els podria tornar a sentir.

34

El concili

Havia començat a la seu episcopal de Girona. El concili el presidia el delegat del Papa, Amat, bisbe d'Oleró. L'enviat de Roma va excusar l'absència del Sant Pare, Gregori VII, a la reunió. Una inoportuna malaltia l'havia obligat a fer llit durant quinze dies i els metges li van recomanar repòs absolut. No era el millor per a la seva recuperació fer un viatge llarg i després enfrontar-se a una colla de bisbes rebels. Amat no tenia una feina fàcil, prou que ho sabia. El seu posat era seriós i tenia la mirada ennuvolada. A una banda i a l'altra de la sala, asseguts en còmodes poltrones, hi havia la resta de prelats que havien estat convocats. Entre els assistents, els bisbes d'Agda, d'Elda, de Vic, de Carcassona i també el polèmic Guifré, bisbe de Narbona, que es feia dir arquebisbe per la gràcia de Déu. Ja els dies abans que se celebrés el concili, Guifré s'havia dedicat a intoxicar l'ambient i s'havia encarregat de teixir una conxorxa entre tots els bisbes per no acatar la voluntat papal. No estaven disposats de cap manera a fer cas de les exigències de Roma. El fet de saber que no venia el Papa en persona i que enviava un delegat va envalentir el bisbe Guifré a enfrontar-se a la pretesa llei que volia aplicar la Santa Seu. Amat duia ordres concretes i estrictes: imposar la rectitud i l'ordre, l'austeritat i la rigidesa en els costums. Des de feia alguns anys s'havien torçat en detriment de la indisciplina i els actes de simonia. El Vaticà sabia que molts dels qui estaven allà reunits s'havien beneficiat econòmicament, gràcies al càrrec eclesiàstic que ocupaven, i que això ho havien aprofitat per fer negocis bruts i poc honestos, sense cap mirament ni remordiment.

Però també sabia —i això, segons el Sant Pare, encara era més execrable— que molts dels prelats i dels seus súbdits havien comès o continuaven cometent un pecat mortal: el concubinat. Es tractava d'eradicar aquest costum, que donava llibertat absoluta a frares i abats de jeure amb dones fins i tot dins del mateix recinte del monestir.

Després de resar per la salut del Papa, Amat d'Oleró es va senyar i va obrir la sessió.

—Estimats germans —tenia les mans entrellaçades sobre el pit i les va desfer per desplegar els braços—, gràcies per les vostres oracions, estic segur que el nostre Sant Pare, Gregori VII, les haurà rebudes. Ja sabeu que el culte a la personalitat del nostre Summe Pontífex és tan important com el deure d'obediència no sols a ell, sinó també a la Nostra Santa Església i a la seva fe. I juntament amb aquests preceptes és tan o més important complir obligatòriament el del celibat.

Un rumor es va escampar per la sala i molts dels bisbes ja es miraven amb desdeny el delegat del Papa. Amat havia anat al gra i ara deixava que s'esvaís el xiuxiueig abans de continuar:

—Hem sabut que alguns de vosaltres feu servir la religió com a vehicle per aconseguir un benefici propi: per treure'n profit. Sabem que utilitzeu el vostre ministeri sagrat com a eina per controlar els més febles d'esperit de les vostres parròquies i diòcesis i abusar-ne. Manipulacions i coaccions que sovint s'exerceixen sobre els fidels més fràgils. L'únic objectiu no és dur-los a la salvació i a l'expiació dels pecats, no. L'única motivació és personal i egoista i alguns dels qui sou en aquesta sala —i va escombrar amb la vista tots els purpurats— us aprofiteu dels vostres fidels per influir socialment, amb finalitats econòmiques i, cosa encara més greu, amb finalitats sexuals!

—És intolerable! —Guifré, bisbe de Narbona, es va aixecar indignat i, adreçant-se primer als seus companys de concili i després al delegat del Papa, va engegar un argument de defensa tant del seu comportament com del dels altres—. Ens sentim buits i frustrats perquè aquesta Església, aquesta religió, no ens omple, no ens sap omplir. No ens sentim estimats, estem mancats d'afecte, estem incomplets, ens trobem i ens sentim sols i gairebé per un mecanisme psicològic ens dediquem a acumular riqueses, grans fortunes que després quan ens morim sols i sense descendència reconeguda van a parar a les mans de l'Església, engreixant les arques i el patrimoni de la institució. Si els fruits dels nostres pecats, els nostres fills, ara il·legítims, no ho fossin, heretarien totes les nostres possessions. I llavors, què passaria amb la vostra estimada Església? Quant de temps aguantaria? Per això, per qüestions econòmiques i no pas per raons morals, no podem tenir descendència ni amb concubines, ni amb dones, ni res que s'assembli a una relació amorosa completa. No fos cas que en les darreres voluntats el nostre testament fos a favor d'ella i els nostres fills, que ens han donat una vida plena, i no de l'Església, que ens ha fet malviure per aquesta ximpleria del celibat! A l'Església, a Roma, li convé econòmicament que se segueixi escrupolosament la llei del celibat!

—No sols reconeixeu que cometeu aquests pecats, sinó que a sobre acuseu que qui us aboca a aquestes pràctiques pecaminoses és la mateixa Església?!

Va ser una sessió tensa, no gens plàcida, llarga i verbalment violenta. La majoria de bisbes, esperonats per Guifré, plantaven cara a Amat, el qual, desconcertat i indefens, aguantava estoicament les esbroncades i les colèriques intervencions que acabaven en acalorades discussions. Fins i tot el purpurat de la regió d'Agda el va incomodar amb alguns comentaris de mal gust.

—No sols qüestiono la vostra fe, estimat bisbe d'Oleró, sinó que a més, i no són meres insinuacions, tinc persones de confiança que poden assegurar que les vostres preferències sexuals us fan córrer fins als patis de les escoles! —El bisbe d'Agda li va escopir les seves acusacions com si fossin verí.

També es va haver de sentir una colla de retrets. Sobretot li retreien que aquestes ordres de Roma eren d'una hipocresia clamorosa. Després de Guifré, el bisbe d'Elda, Hervé, va ser el següent a alçar la veu. Era un religiós que tenia una aparença més pròxima a la d'un forjador que no pas a la d'un fidel servent de l'Església. Protestava i acusava el Vaticà de no predicar amb l'exemple, de ser un niu de corrupció i concubinat conegut i mantingut per les pròpies institucions vaticanes. Se'n va fer un tip, d'anomenar bisbes i arquebisbes de l'òrbita de la cúria romana que passaven per fidels i sacrificats homes de Déu i tenien uns comportaments i unes activitats ben poc pastorals.

—En tinc prou de sentir-vos per certificar que el que em deien de tots vosaltres és cert —va deixar anar finalment Amat.

—A què us referiu? —va preguntar amb un cert aire d'irreverència el bisbe Guifré.

—M'havien informat que des dels vostres altars pregonàveu als quatre vents contra aquesta suposada vida plena d'opulència, excessos i pecats del Papa i la seva cort, i que fins i tot alguns de vosaltres —Amat s'anava encenent i va clavar els ulls en Guifré— goseu demanar públicament davant dels feligresos que el Papa hauria de purgar les seves culpes i d'expiar els seus pecats...

—És el que hauria de fer com tot pecador —el va interrompre cridant Guifré—. Hauria de reconèixer els pecats i demanar perdó i misericòrdia. Ell més que ningú hauria de donar exemple.

—Encara que fos veritat, que Déu sap que no ho és, com goseu estendre aquesta ombra de sospita? Però si no ho podeu demostrar... —Amat estava a punt de perdre els estreps—. Com us atreviu a fer una acusació tan greu i, a més, davant de les vostres parròquies? Que no veieu que això és un enorme descrèdit per a la nostra santa institució?

—Ja us hem dit què en pensem, de tot plegat, i què creiem que hauria de fer el Papa. O voleu que la gent se us giri en contra perquè no creieu en el que prediqueu?

—Ningú no pot jutjar el Sant Pare! —va explotar Amat—. És l'home de Déu a la Terra i li deveu respecte.

Les crítiques es van anar tornant cada cop més agres i van anar pujant de to, ben orquestrades i ben dirigides per la pèrfida batuta de Guifré de Narbona. No van arribar a les mans miraculosament, però Amat no ho va tolerar. Ja en tenia prou, ja havia aguantat prou per aquell dia.

Es va estimar més suspendre la primera jornada del concili i posposar-la per a l'endemà, un cop s'haguessin refredat els ànims després de la primera missa del matí.

—Germans, no crec que aquest sigui el clima més idoni per parlar d'aquestes qüestions, que acaben perjudicant i corrompent els homes, els pobles i, de retruc, les seves ànimes. S'aixeca la sessió. Demà al matí continuarem.

Amat se'n va anar a resar fins a la capella que hi havia just a l'altre costat del claustre. La seva sortida de la sala es va fer enmig d'un ambient enrarit.

L'espectacle i el silenci dels bisbes desautoritzaven i deslegitimaven la suposada integritat moral de l'Església com a institució i obrien les portes a la impunitat i la indecència. «Ja s'ho faran, ells i les seves consciències», va pensar Amat.

Només Guifré va adreçar la paraula al bisbe d'Oleró quan abandonava la sala. Uns mots que sonaven a comiat:

—Que Déu us beneeixi!

La resta de bisbes es van aixecar amb uns somriures complaents. Se sabien vencedors i segurament també entenien aquell comiat: a l'enviat del Papa li quedaven poques hores de vida.

La segona jornada no es va arribar a celebrar mai a Girona.

COLTELL - GENERE DE PLANTES HERBÀCEES BULBOSAS DE FLORS ROSADES O PURPÚRIAS

35

La missió

Ítram estava nerviós per la responsabilitat de l'encàrrec que tenien entre mans. Malgrat els nervis, però, estava a punt. Havia quedat de trobar-se amb Simó davant de la porta de casa per anar a buscar el camí dels jueus, travessar tot el barri, sortir del comtat i eludir el setge per poder arribar a Girona davant del Papa. Per a aquesta missió només s'enduia un sarró amb una mica de pa, embotit i formatge. A dins també hi havia el document del comte per al Sant Pare embolicat amb cuir i segellat amb cera vermella amb l'anagrama comtal. Mentre s'esperava va posar la mà dins del sarró i el va treure. S'entretenia mirant el segell del comte que tancava aquell plec de pell adobada. Se sentia important de ser el correu comtal, de ser portador d'una missiva tan decisiva. Estava decidit a defensar-la de qui o de què fos amb la vida, si calia. Per això, lligat a la cintura, a la dreta, també s'havia cenyit un coltell, per si l'havia de menester en alguna hipotètica baralla o per si li feia falta brandar-lo per amenaçar algú. No sabia si arribat el moment tindria prou empenta, sang freda o coratge per fer-lo servir... Estava repassant tota la seva indumentària quan Simó va aparèixer darrere les fulles de les portes de casa seva. Feia cara d'espantat, però de seguida que el va veure li va oferir el seu millor somriure, aquell amb què el va rebre el primer dia des del terrat de casa seva. Ell l'hi va tornar i es van confortar l'un amb el somriure de l'altre. Sabien que tenien una responsabilitat molt gran i dins seu no les tenien totes, no sabien del cert si la podrien complir.

—Anem-hi?! —li va dir amb un cop de cap i en un to decidit que volia donar ànims a tots dos.

—Som-hi! —va deixar anar Simó sense gaire convenciment.

Va tancar la porta darrere seu amb un cop sec. Van anar baixant el carrer en silenci, amb el cap cot i sense mirar-se. El setge també havia afectat la comunitat jueva i el seu barri. No hi havia ni una ànima pels carrers i les poques que van trobar semblaven fantasmes. Deambulaven i caminaven com posseïts per no sabien ben bé què o esporuguits per l'incert futur i s'arrambaven a les parets de les cases. Tot era molt estrany.

Van vorejar la plaça, pel costat de la sinagoga, i després es van internar per un carreró que s'obria enmig de dues cases. Era molt estret, tant, que Ítram va pensar que un home no gaire corpulent hi hauria de passar de costat o senzillament no hi cabria. A mesura que avançaven semblava que haguessin d'entrar a les parets. De cop, el terreny va fer un desnivell, que a cada pas era més acusat. La baixada era tan pronunciada que es van haver d'agafar a les pedres que sobresortien de les parets o ajudar-se amb els poms de les portes per no relliscar i caure de cul. Ítram va entendre que estaven baixant cap al riu. No sols perquè en sentia la remor cada vegada més a prop, sinó també perquè feia estona que hi havia molta humitat i, a més, pels narius del nas li entrava aquella olor tan característica de l'aigua fluvial. S'acabaven de quedar a les fosques i en Simó va treure alguna cosa de la bossa. Era una llàntia.

—Ara l'encendré. A partir d'aquí hem de seguir per un sender soterrat. És una galeria molt antiga amb un pam d'aigua que els meus avantpassats havien obert per estudiar la possibilitat de trobar els corrents d'aigües termals que després es van desviar i canalitzar cap al micvé.

—I com penses encendre-la? —li va preguntar.

—Vine, ara ho veuràs. —I li va fer un senyal perquè el seguís. Va fer tres passes cap a la dreta, en direcció al riu, i Ítram va sentir un soroll com si mogués unes lloses o unes pedres—. Dóna'm la mà. Ajup-te i vés alerta.

El va obeir i van entrar mig encorbats en una mena de passadís que tenia una llum ataronjada.

La llum provenia d'una llàntia clavada a la paret, que feia una flama esquifida. Simó hi va acostar el ble de la cera de la seva llàntia.

—Ja tenim llum per a tot el camí!

Es va girar cap a Ítram i li va ensenyar les dents blanques del seu somriure. Sense ni adonar-se'n, un núvol de ratpenats se'ls va tirar a sobre.

—Compte! —li va dir, i el va estirar cap avall—. Ajup-te!

Es van haver d'ajupir perquè no es clavessin ni les urpes ni les dents. Aquestes bestioles van de cap a la llum per mirar de caçar algun insecte que hi voleï a prop. Van sentir-ne molt a prop els xiscles i el batre de les ales. Els qui diuen que són muts i cecs no se sap pas d'on ho treuen. Un cop els va sobrevolar aquell estol de ratpenats, Simó va passejar la llum de la flama uns metres per davant seu i només es veia foscor i a terra un fangueig provocat per l'aigua que es filtrava per les parets.

—Les parets suen perquè estem enganxats al llit del riu. Damunt nostre hi ha la cavitat dels banys on es purifiquen les dones. Al final d'aquest llarg passadís trobarem una porta que dóna accés a una cova que ens situarà a l'altra banda del riu, al costat d'una deu que hi ha a l'entrada del poble.

Està a recer de totes les mirades, perquè l'entrada a la gruta queda dissimulada amb uns grans feixos de branques seques i unes pedres prou grans perquè ningú no sospiti que hi ha el que hi ha.

I va ser així. Al cap d'una estona de caminar per sota terra van veure una escletxa de llum.

—És allà —va dir Simó, assenyalant-la amb la teia mig consumida.

No van trigar gaire a arribar-hi. Van haver d'apartar el brancam i els pedrots que protegien l'entrada d'aquella ruta secreta. Ho van fer tan sigil·losament com podien. El cor els bategava molt de pressa i anaven amb molt de compte de no fer soroll; no sabien si just a l'altre costat hi havia soldats del comte d'Empúries.

La porta construïda a base d'elements naturals va cedir per l'empenta que feien els dos nois des de l'interior. Va caure com un mort i sense fer soroll. Abans de sortir es van esperar un moment. Escoltaven atentament per sentir qualsevol fressa estranya que vingués de l'exterior. L'únic que van captar va ser un vent suau que bufava i feia fregar les fulles dels arbres, i la remor de l'aigua del riu que baixava calma i lluent.

Es disposaven a sortir i ja treien les orelles i el cap pel forat, quan de cop i volta van tornar a entrar. Van sentir els càntics embriacs dels homes del comte d'Empúries. I després les grans riallades que deixaven anar.

Se sentien nítidament. Pel fort volum devien estar acampats molt a prop de la sortida de la cova.

Van sortir sigil·losament de l'amagatall. S'havien allunyat de Besalú i ja eren darrere de les files enemigues. Davant seu tenien el campament que havia muntat el destacament que controlava la part del riu. Una estesa de tendes i unes quantes fogueres que tenien de fons les obres a mig fer del pont. Ara se sentia música i tot. En una de les fogueres hi havia una noia que ballava insinuant-se als soldats que s'hi anaven acostant luxuriosos i bavejant.

—És fosc i estan prou distrets. Sortim a poc a poc, em penso que no hi ha perill —va dir Ítram.

—Entesos. Anem molt alerta on posem els peus, aquí fem un mal pas i...

Es va passar el dit gros pel coll com si tallés un tall de meló.

Es va empassar la saliva, es va fregar el coll i li va fer que sí amb el cap.

Sortien temorosos de l'amagatall però amb el pas ferm. Amb un ull posat a la foguera i l'altre a terra, i l'orella ben afinada per si feien fressa que pogués delatar la seva presència o per si sentien algun soroll que els posés en alerta. Es van anar allunyant de les tendes i ja entraven al bosc quan es van trobar de cara amb un soldat. Sortia de darrere unes mates on havia anat de ventre.

—On us penseu que aneu, vosaltres? —els va preguntar amenaçador i va desembeinar l'espasa. Tenien la punta de l'acer lluent davant dels ulls—. Contesteu o us escorxo aquí mateix i després us rosteixo a la brasa! —va bramar.

Un cop de suor freda va recórrer l'espinada d'Ítram i se li van disparar els batecs del cor. Sense ser conscient del que feia, es va veure a si mateix encarant-se amb aquell home que en feia dos com ell d'alt i d'ample. Li va apartar l'arma i el va empènyer amb totes les seves forces. Ho va fer tan ràpid que el va agafar desprevingut, estava segur que no s'esperava una reacció tan directa. Tot i apuntar l'espasa a les seves barbetes tenia la guàrdia baixa. Es va desestabilitzar i va caure. La por i la inconsciència devien proveir Ítram de valor per a una reacció així.

—Corre, Simó, corre! —va cridar, i va sortir volant.

Però Simó, paralitzat per la por, no es movia. Quan va fer el gest de sortir corrents ja era tard, el soldat des de terra se li va aferrar a la cama i el va fer caure d'una estrebada.

—Ítram, ajuda'm, Ítram! —cridava amb desesperació Simó.

El soldat estava escanyant Simó. Ítram va recular, va agafar una pedra i la va esclafar al cap del soldat, que va deixar anar Simó amb un gemec de dolor. L'homenàs es va posar les mans al cap per mirar d'aturar la sang que rajava sense parar i va caure rodó a terra.

Van córrer com mai havien fet. La por els tornava a empènyer endavant sense mirar enrere. Quan la resta de soldats s'adonessin que, per més restret que anés, el seu company trigava molt a tornar, sortirien a buscar-lo i, en trobar-lo mort amb el cap obert enmig d'un bassal de sang, el voldrien venjar i els buscarien per torturar-los i després esquarterar-los. Aquells pensaments els feien córrer encara més ràpid. Corrien travessant el bosc i només sentien les branques que els fuetejaven les cames i de vegades també les galtes. La claror de la lluna plena els guiava a través dels camps i els ajudava a trobar el camí per pujar muntanyes i baixar pujols. Van córrer moltes hores fins ben entrada la nit. Ells tenien cavalls i podien retallar distàncies molt ràpidament. Van caure exhaustos, extenuats, no podien més. No s'aguantaven drets. No es notaven els peus de tant com els cremaven. Tenien el cap a punt d'explotar. Estaven rebentats i havien estat a punt de morir. Quan van deixar de sentir la seva respiració accelerada, només hi havia dos sons que trenquessin el silenci: el cant d'una òliba i els gemecs de Simó, que plorava desconsoladament, amargament. Mentre ofegava els sanglots amb el cap enfonsat a l'herba es va anar adormint. Ítram ho va fer al cap d'una estona, però tenia pànic de tancar els ulls per si els trobaven.

36

Precs i preparatius

Assegut, més ben dit, ensorrat al setial, el seient de les grans cerimònies, el comte de Besalú rumiava. S'aferrava als braços d'aquell tron de faig massís que molts anys abans ja havia estat testimoni de decisions difícils, encertades o no, però determinants per a la vida del comtat. Ara estava davant d'un problema molt gros: afrontar un setge en desigualtat de condicions, amb clar desavantatge. Es va aixecar i va baixar decidit cap a l'església de Santa Maria. Els seus passos ferms i enèrgics van trencar el silenci del temple. Va entrar pel passadís central de la nau i ràpidament va trencar pel mig dels bancs en direcció a la capella de la Veracreu. Quan va arribar davant del petit altar va clavar un genoll a terra, es va senyar i va mirar fixament el cor de la creu. Just allà hi reposaven les estelles de la creu en què havien sacrificat el fill de Déu. Resava en veu baixa amb el puny al pit i amb un nus a l'estómac. Pregava perquè Ítram i Simó arribessin com més aviat millor a Girona. Pregava perquè tornessin amb les forces del Sant Pare. Pregava perquè fossin prou forts i hàbils per poder esquivar els perills i els entrebancs que els sortirien pel camí. Pregava perquè el comtat tingués prou resistència. I ho feia encomanant-se a la força que havia tingut el Salvador en els últims instants, penjat a la creu, per suportar el seu destí d'expiar el pecat dels homes. Aquella força i determinació era la que volia aconseguir per fer front al setge i deslliurar tot el poble del jou d'Empúries.

Va sentir uns passos que venien de la porta i s'acostaven amb celeritat cap a ell. Va alçar el cap.

—Senyor, disculpeu-me! —va dir la veu prenyada de preocupació de Guillem d'Ortons.

El comte es va girar, es va alçar i amb un gest solemne va posar les mans sobre les espatlles de Guillem. El va mirar als ulls.

—Quines noves em portes?

—No gaire bones, senyor. La boira ha començat a escampar i a baix, a l'esplanada, ja fa estona que hi ha moviments. L'exèrcit d'Empúries es comença a preparar per atacar, senyor. Sonen els tambors i no trigaran gaire a fer sonar els corns perquè els homes es posin en formació.

Sense abaixar els braços de les espatlles de Guillem, el comte va aixecar la vista cap al cel i per un moment, només per un instant, se li van humitejar els ulls. Va deixar anar un esbufec, un sospir que anava adreçat a l'Altíssim. Esperant que les seves súpliques haguessin estat escoltades.

—Entesos. Estem a punt, Guillem. Els homes estan preparats.

—A punt, senyor, tan a punt com ho poden estar en aquestes condicions. Esperen les vostres ordres.

—D'acord, doncs, anem-hi... —Es va girar cap a la Veracreu. Va tornar a fer una reverència amb el cap i es va senyar—. Que sigui el que Déu vulgui!

No van tenir temps de sortir de l'església de Santa Maria que ja van sentir el so dels corns i les trompetes que marcava el principi de la fi del temps del comtat.

Dels merlets estant es podia veure que els primers moviments estratègics dels d'Empúries es començaven a dibuixar davant del castell; les torres mòbils s'anaven farcint de soldats a punt d'enfilar-se per les muralles. Les catapultes estaven ben distribuïdes pel camp de batalla, de manera que buscaven que les pedres que es llancessin impactessin en tots els flancs de les parets. El blanc era molt gran i era impossible d'errar el tret, no es podia fallar, caigués on caigués la pedra feia forat, feia mal.

37

Camí de Girona

L'endemà al matí Ítram i Simó es van despertar amb tot el cos adolorit per la nit que havien passat. Es van aixecar i es van abraçar. Simó tornava a plorar i Ítram va mirar de calmar-lo. La seva processó anava per dins. Estaven afamats.

Van mirar dins dels sarrons, però amb la baralla i la correguda havien perdut el menjar. I no sols això. El document comtal que a Girona havien de lliurar al Sant Pare no hi era. La situació no podia ser més preocupant. Estaven perduts enmig d'un bosc, vés a saber on, lluny d'una Besalú assetjada i pendent de la seva arribada a Girona. I encara pitjor, si els soldats trobaven el document estaven perduts, el de l'exèrcit del Papa ja no seria un atac sorpresa, això si els rebia i es creia la història que li explicaven sense la certificació i verificació que suposava el segell del comte. Estaven asseguts amb les cames plegades i les mans aguantantlos els caps cots i abatuts.

Llavors un cant es va anar esmunyint entre els arbres i l'espessor del bosc. Una veu s'anava obrint pas entre les seves preocupacions i els anava omplint d'una estranya sensació de benestar. Van aixecar el cap i van mirar al seu voltant per intentar descobrir d'on venien aquells càntics. Era com un bàlsam per a totes les seves desgràcies, una melodia que els embolcallava en un ambient de tranquil·litat, de pau interior que els reportava un assossegament que abans no havien experimentat mai. Es van aixecar i gairebé hipnotitzats van seguir amb un somriure als llavis aquella tonada fins que van veure que venia de dins les aigües d'una gorga. Se sentia un xipolleig i van veure una noia que mentre nedava en aquelles aigües transparents refilava com un rossinyol. Es van estirar a la vora del cingle extasiats i embadalits. Ara no sols gaudien dels seus cants, sinó també dels seus encants. Quan va sortir semblava que les aigües s'haguessin apartat per ensenyar-li el camí cap a la ribera.

Continuava cantant mentre el seu cos tendre i carnós de formes arrodonides emergia de dins del riu i avançava. No sabien si era un ésser humà o una filla de la natura. Si no fos perquè es trobaven en el pic del migdia i només solen aparèixer les nits de lluna plena per rebre'n l'energia, haurien pensat que el que tenien al davant era una dona d'aigua.

Les gotes li perlejaven el coll i li feien brillar els pits i el tors. La cançó no s'aturava i ara es recollia els cabells cap a un costat per escórrer l'aigua que li havia banyat la rossa i ondulada cabellera. Se li escapaven alguns rínxols i blens sinuosos que reposaven sobre una meitat del pit esquerre. Semblava que fins i tot a l'aigua li sabia greu abandonar aquell cos de deessa, una aigua que regalimava, lliscava per l'esquena, pel coll, pel ventre pla, per les cames fins als peus. L'aigua besava i llepava suaument tots els racons d'una pell daurada i delicada com el cant que l'acompanyava. No aconseguien veure-li la cara. Finalment va sortir de l'aigua i va aparèixer de cos sencer: va oferir a la vista unes natges encantadores i unes cuixes modelades, rodones, fermes, que guardaven el secret del plaer, talment com si fossin les columnes del temple de la deessa de la passió. A la vora del riu hi tenia la roba. En cap moment no va deixar de cantar. Estaven embadalits davant d'aquell espectacle de la natura que es va estroncar. La noia va callar de cop i va deixar anar un crit. Va córrer a tapar-se. Per desgràcia no eren només ells que estaven gaudint de la bellesa del cant i de la cantant. Se li va acostar un home gros i fornit que portava una destral a les mans. No era ni soldat ni cavaller, feia més aviat tota la fila d'un llenyataire. Devia estar treballant al bosc i, atret pels cants de la veu melosa de la noia, s'havia acostat fins al riu.

Es mirava la noia de dalt a baix amb luxúria mentre avançava cap a ella. La noia, esfereïda per la presència cada vegada més pròxima d'aquell individu, s'afanyava a embolicar-se qualsevol part del cos que pogués quedar a la vista. Van veure que parlaven, però des d'allà on estaven era molt difícil arribar a entendre el que es deien. El llenyataire va deixar anar la destral a terra i la va bufetejar, ella va caure a terra de genolls i va quedar mig inconscient. Després d'això van baixar corrents amb la intenció d'ajudar-la. Mentre baixaven aquells marges molt costeruts, el cap d'Ítram bullia de preguntes i els remordiments el rosegaven per dins. Per què diantre no hi havien anat tan bon punt va aparèixer aquell home? Com havien de saber que li pegaria? Alguna cosa li deia que no hi arribarien a temps, que farien tard. Ítram no volia ni imaginar-se què li devia està fent aquell animal.

Més tard va saber, perquè ella mateixa li ho va explicar, que l'havia forçat, l'havia violat sense consideració. No s'hi havia pogut resistir, estava mig inconscient pels cops que li va donar. El seu cos, sense voler-ho, es va lliurar als desitjos d'aquella bèstia. Només recordava una forta pudor de suor, uns gemecs, una mà que li estirava els cabells enrere i una força brutal, gairebé animal, que l'envestia i l'esqueixava per darrere.

Quan van arribar a la ribera del riu l'home ja no hi era i la noia estava estirada amb la cara enfonsada a terra. Primer van pensar que potser era morta, però de seguida van veure que respirava. Ella no va sentir que s'acostaven. Entre tots dos la van envoltar i la van girar. Ítram li va desembullar els cabells que li tapaven la cara. Una cara amb les pigues justes per fer-la encisadora. La tenia plena de marques de còdols i pedres i masegada després de les bufetades.

La van abrigar amb la seva roba. Quan ella va sentir que la remenaven va gemegar, va obrir els ulls, i en veure'ls, es va posar violenta: els tirava coces i amb els punys picava a l'aire.

—Tranquil·la, calma't, ja ha passat. No tinguis por. Som aquí per ajudar-te, no ens facis mal! —li deien tant Ítram com Simó—. Aquell home ja no hi és, després mirarem de trobar-lo perquè pagui pel que t'ha fet.

Li van preguntar on vivia i la van acompanyar a casa seva.

Pel camí la noia va anar agafant color i de mica en mica va anar recuperant la consciència. Li feia recança confiar en ells, però quan va albirar casa seva ja es va sentir més segura. La seva família tenia una petita masia, que quedaba embolcallada per una heura que pujava per la façana principal. El camí que hi portava era resseguit per un mur baix, darrere del qual es passejaven unes eugues amb els seus poltres. A l'altre costat, un mosso feia fer unes cabrioles a un dels millors exemplars que tenien. L'animal trotava amb tanta elegància que ni tan sols aixecava pols dins d'aquell tancat. Es guanyaven la vida amb la cria dels cavalls i conreant unes terres que tenien al costat d'una església, a tocar de l'estany de Banyoles.

Eren a Porqueres, pel que els va dir el pare de la noia, mentre els agraïa el que havien fet, i ells devoraven i escuraven els bols amb fruïció després de tantes hores sense tastar res.

L'agraïment encara va ser més generós quan li van explicar el que anaven a fer a Girona i els va voler donar tant si com no un cavall dels seus estables per arribar-hi més de pressa. No van gosar dir que no davant d'un oferiment d'aquella mena. Mentre l'home preparava el cavall, ells, ja ben tips, van sortir a fora l'era i van estar parlant amb la noia, que es deia Alba. Es van interessar per aquella veu i la cançó.

—Quan vam sentir el cant i et vam veure ens pensàvem que eres una dona d'aigua.

—És que a mi m'agrada molt anar-me a banyar a les gorgues. Des de petita que el pare m'hi portava. M'explicava que la mare era una fada, una dona d'aigua. I, de fet, quan sóc en aquelles aigües sento com si una mena d'energia, de força, que surt de l'aigua em fes cantar així...

»Hi ha una llegenda —va continuar— que explica que al fons de l'estany de Banyoles hi ha submergit un palau de cristall habitat per unes dones d'aigua que pugen a la superfície i sedueixen amb els seus cants els homes que s'atreveixen a passejar per la vora del llac. Diuen que queden captivats pels cants i quan s'acosten a l'aigua les dones els atrapen amb una abraçada mortal i se'ls emporten aigües endins cap al seu palau.

»Però no és veritat. El pare és viu i es va enamorar d'una d'aquestes dones... La meva mare.

—De debò? I com va anar?

—Una nit de lluna plena el meu pare tornava cap a casa de treballar quan va sentir una melodia que venia d'un estanyol. S'hi va acostar i hi va trobar una dona d'una bellesa torbadora, d'ulls verds i cabellera rossa, pentinant-se els cabells amb una pinta daurada. Així que es van veure l'un a l'altra, la noia va deixar de cantar i el meu pare no va poder treure els ulls del damunt d'una cara adorable i d'un cos provocador que acabava de descobrir.

»Malgrat això, va poder articular unes paraules en forma de pregunta per saber qui era, d'on venia i què hi feia, allà. La noia se'l mirava, l'observava i no contestava. El pare insistia empès per un desig de saber qui era aquella aparició que notava que li estava robant el cor per sempre. La noia es mantenia silent però amb els ulls, dues maragdes brillants, clavats en el pare. Delicadament va tornar a preguntar per mirar d'indagar qui era aquella noia. El senyor que inventa el destí va encreuar els seus camins, i les seves vides van quedar lligades eternament. Finalment, després de molt insistir-hi, la noia li va explicar amb una veu dolça com la mel que era una dona d'aigua i que obeïa una llei de vida: malgrat la seva doble condició de mortal i immortal, li estava prohibit tot contacte amb humans; i l'advertia que allò era perillosíssim, sobretot per a ell. Si feia un pas més, ella l'encalçaria en una abraçada letal. Però el pare la va convèncer que sortís l'endemà, perquè ja no seria lluna plena i, per tant, es podrien abraçar. I va ser així: es van trobar i em van engendrar en un racó del bosc emparats pels arbres i els estels. Però la seva no va ser una existència feliç. Quan la mare em va parir es va morir.

»Fins aleshores havien aprofitat totes les nits que podien per veure's. Però una nit que la lluna no era plena i s'havien de reunir, el pare la va trobar arraulida i mig morta amb mi als braços... Amb molta cura la va tornar a l'aigua i a mi se me'n va endur cap aquí, cap a casa...

Van continuar parlant d'aquella fascinant història, però de cop i volta la conversa va fer un tomb. Alba, amb el cap jup i amb aquella veu preciosa ben trencada, assegurava que abans no havia pensat mai que li pogués passar una cosa així. I recordava vagament el que havia sentit quan aquell homenot en va abusar.

Es feia tard i, malgrat que els van convidar a quedar-se, els van acomiadar i els van desitjar molta sort en la seva missió. Van travessar Banyoles, van deixar enrere la vall del Terri i es van aturar a fer nit en un hostal de la parròquia de Sant Julià de Ramis. L'endemà havent esmorzat entrarien a Girona.

Tot just acabaven de començar a sopar que van entrar tres homes. N'hi havia un que anava vestit completament de negre. Aquest, des del pas de la porta estant, va ordenar a crits a l'hostaler que els servís el sopar i els allotgés. El pobre hostaler primer els va dir que li sabia molt de greu, però ja tenia totes les habitacions plenes i només els podia oferir el paller. Un dels tres homenots, el que semblava que portava la veu cantant, es va ofendre de mala manera amb les paraules de l'hostaler. Va girar la cara d'un mastegot a l'amo de l'hostal i li clavar un cop de puny al ventre. L'hostaler va caure de genollons davant d'aquells bergants.

La noia que l'ajudava a servir les taules era a l'altra punta de la sala i va deixar anar un crit:

—Pare!

I va sortir corrents de la cuina per anar-lo a ajudar.

Ella no havia perdut de vista el seu pare d'ençà que van entrar aquells brivalls. Tenia el drap d'eixugar les taules arrugat. Amb els nervis l'havia ben rebregat.

Ítram va veure que l'agressor i els seus companys s'intercanviaven mirades lascives i somreien en veure la noia de galtes vermelles i formes voluptuoses corrent cap al vell que tenien atemorit als seus peus.

—No passa res, filla, no passa res —deia l'hostaler mentre s'aixecava recolzant-se en ella i amb la màniga s'eixugava un regalim de sang que li baixava pel nas.

—Si no voleu que la vostra filla estigui tota la nit distreta i en vetlla —i l'agressor es va girar rient cap als altres dos que també es petaven de riure—, trobeu-nos ara mateix una habitació. —De cop es va girar cap a l'hostaler, i va esborrar la rialla sardònica de la cara amb una expressió que

BERGANT_ BRETOL, DE MALA CONDUCTA MORAL, BORDEGAS

va glaçar la sang de l'hostaler—. O preferiu —i es va acostar a la noia per amanyagar-li els cabells— que dormim al seu llit?

La filla de l'hostaler no va gosar moure's ni un pèl. La respiració se li va accelerar i gairebé s'ofegava dins del cosset. Se li notava una expressió de fàstic a la cara, fruit del contacte d'aquelles mans tosques amb els seus cabells fins.

—D'acord, senyor, ja hi podeu comptar —va claudicar submís l'hostaler.

—Així m'agrada. I encara una altra cosa...: que la vostra filla ens serveixi el sopar. I ja ens pot portar la teca, que estem afamats! —va dir, i amb la mà amb què li havia acariciat els cabells li va engrapar les natges.

—De seguida, senyor. Alícia, filla, vés a la cuina i porta'ls gerres de cervesa, plates d'embotits, carn estofada, bolets... i tot el que et demanin.

Amb ràbia continguda i resignada per la situació, la noia va obeir el seu pare i va desaparèixer darrere el taulell.

L'hostaler es va acostar a Ítram i Simó i, com que havien estat els últims d'arribar, sabien què els demanaria.

—Eeeeh..., escolteu —va començar titubejant—, us faria res..., hummm..., cedir la vostra habitació a aquests senyors que acaben d'arribar? —I se'ls va mirar de reüll. La por, el pànic, li dominava la mirada—. El cas és que a mi i a la meva filla ens faríeu un gran favor. Us puc acomodar al paller...

—D'acord, d'acord, hostaler —va avançar-se Ítram perquè no continués—. No patiu, el meu company i jo ja jaurem a la palla, eh, Simó? —I se'l va mirar; Simó feia que sí amb el cap—. No us hi amoïneu, bon home. Ja ens espavilarem.

—Us ho agraeixo en gran manera —va dir, posant-se la mà al cor.

Mentre l'hostaler se n'anava cap a la cuina es va encreuar amb la seva filla carregada de viandes cap a la taula del costat de la d'Ítram i Simó.

—Bon profit! —van sentir ells dos que la filla de l'hostaler desitjava a aquells comensals impresentables, mentre els deixava el plat a taula davant del qui anava vestit de negre.

Mig corder guisat, acompanyat de múrgoles, moixernons i rossinyols, i per sobre hi havia estès all i julivert trinxats.

Aquella nit, però, també hi va barrejar unes fulles de cicuta, una herba molt semblant al julivert però amb unes altres propietats, depuratives, en aquest cas. I va ser així. Aquella mitjanit, mentre els seus dos companys dormien, l'home de negre estava desvetllat i es recargolava de dolor. Unes onades de mal de ventre feien que del seu jaç estant veiés la padrina. Poc s'ho podia imaginar, que estava tan a prop de tornar-la a retrobar, i aquell cop seria per sempre.

L'endemà al matí, quan els seus homes el van anar a despertar, el van trobar fred i amb un lleuger to lila a les galtes que deixava intuir que ja feia hores que era mort. Ni s'imaginaven que aquella noia de l'hostal l'havia enverinat.

També és veritat que durant tot el sopar s'ho havien buscat.

Aquells tres cafres li deien de tot, la humiliaven i la grapejaven cada vegada que s'acostava per servir-los el menjar o omplir-los les copes de cervesa. Intentaven fer-la seure a la falda, però la noia s'esmunyia de les intencions d'aquells tres pocavergonyes que com més bevien més calents anaven. Es divertien veient que la noia feia l'esquerpa i no cedia als seus desitjos. Però quan Ítram es pensava que la història s'acabaria de la pitjor manera, sense que sabés ben bé com va anar tot plegat, va veure com incomprensiblement desistien de la intenció —semblava que la portaven no entre cella i cella, sinó entre cames— de beneficiar-se'n i deixaven de molestar-la. Va respirar alleujat per la pobra filla de l'hostaler. Ell i Simó patien per la noia, però tampoc no gosaven encarar-se amb els bergants, que els haurien empalat al costat del paller.

De fet, encara no havien acabat de sopar, perquè tota l'escena els havia fet un nus a l'estómac i no es podien empassar res més, i això que les viandes que hi havia als plats eren ufanoses, suculentes i tenien molt bona presència.

Per sort per a tothom, però, els seus veïns de taula, un cop van deixar tranquil·la la noia de l'hostal, es van dedicar a parlar d'algun afer que tenien entre mans. A Ítram i Simó els costava seguir la conversa. Entre el soroll del local i el fet que parlaven més baix, no podien entendre què coi deien. Prou que s'esforçaven a parar l'orella per mirar de captar alguna cosa, però ni tan sols tancant els ulls per provar d'abstreure's de la fressa i aconseguir que les orelles distingissin entre les seves paraules i els brams que omplien el local, van poder esbrinar res. Era gairebé una feina impossible. Devia ser alguna cosa molt important, que haguessin abaixat tant el to i el volum de les veus. El qui parlava més estona era el qui anava de negre. Ítram només va aconseguir entendre tres paraules. Va pescar tres paraules al vol i se li van eriçar els pèls del clatell: apòstols, Papa, mort.

—Ho has sentit? —va preguntar tot esverat a Simó—. Ho has sentit?

—No —xiuxiuejava—. No ho he sentit. Què han dit?

—No ho sé ben bé, però he entès un parell de paraules. Bé, de fet, són tres. I no em fan gens de gràcia. Han dit «apòstols» i després «Papa» i «mort».

—«Papa» i «mort»? Per aquest ordre?

—Sí, per aquest ordre.

—Estàs pensant el que em penso que estàs pensant?

—Voldria no fer-ho, però... no creus que estan tramant matar el Papa aprofitant que és a Girona? Aquests paios no sembla pas que portin unes intencions gaire bones... —Ítram se'ls va tornar a mirar de reüll—. I pel seu aspecte no em fa l'efecte que siguin bisbes que participin en el concili.

—I els apòstols? Què vol dir això dels apòstols?

—No ho sé, Simó, no ho sé. Potser és una manera d'anomenar els qui acompanyen el Sant Pare, jo què sé! Jo només et dic que posaria la mà al foc que aquests tres planegen matar el Papa, quan entri o surti del concili. Tant de bo m'equivoqui, però hi hem de fer alguna cosa, hem d'arribar a Girona abans que ells, avisar-lo i convèncer-lo perquè vingui a Besalú encara que no tinguem el segell comtal per certificar-ho.

—Molt bé, molt bé, i què vols que fem?

—De moment, anem a dormir i demà quan comenci a clarejar ens aixequem i cap a Girona.

A mitjanit, el portal del paller va grinyolar. Ítram, que tenia el son molt lleuger —el podia despertar el vol d'una mosca—, va obrir els ulls. No va arribar a aixecar el cap, però primer el va mig girar vers la porta i li va semblar que no veia ningú. Va pensar que devia ser Simó, que sortia a fer un riu. Però després va acabar de girar el cap vers l'altra banda del paller, d'on sortien els ronquets del seu amic. Es va espantar una mica i de seguida va poder distingir una silueta que es movia en la penombra que creava la claror de la lluna. I es movia cap a ell. Va empassar-se la saliva i va buscar el coltell que tenia amagat sota la manta. Un raig de lluna que entrava de biaix per la finestra del paller li va permetre veure que la figura que es passejava a les fosques es treia la peça de roba que la tapava, una mena de capa amb caputxa. I amb gran sorpresa seva, d'allà sota en va sortir, com una divina aparició, el cos de la filla de l'hostaler. Els ulls d'Ítram es van trobar amb els de la noia. Tenia una mirada ardent. Se li va posar a sobre suaument i li va fer l'amor. Primer ell es va deixar fer. Però després no se'n va saber estar, de resseguir-li les corbes, omplir-se les mans amb els seus malucs i els seus pits. Malgrat la foscor i la tènue llum natural que tímidament il·luminava aquell sòrdid paller, de tant en tant les seves mirades s'entrecreuaven en instants de plaer. Els pits de la noia ballaven damunt seu, les calces li tibaven. Ella ho devia notar, perquè amb un moviment salvatge el va alliberar d'aquella pressió. Es va doblegar enrere i ell, atent al seu desig, es va fer un lloc entre les seves cuixes. Mentrestant, ella s'entretenia a mossegar-li les orelles i el coll. Quan Ítram feia el més petit gest de voler sortir, ella el retenia a dins amb passió. Va entendre que aquella nit la noia de l'hostal l'havia posseït, havia sadollat els seus desitjos i alguna cosa més, perquè només fins que es va deixar anar no el va alliberar. Amb la punta de la llengua li va recórrer els llavis i li va fer un petó a la boca. Va interpretar que allò era la seva manera de donar-li les gràcies. Però no sabia ben bé de què. D'haver acceptat de dormir al paller, potser? I, per tant, evitar fer passar un tràngol a ella i al seu pare? La veritat és que mai no ho sabria. Ara, això sí, era la forma de dir gràcies més original que havia vist mai.

Ella es va aixecar, es va llançar la capa a les espatlles i va sortir tal com havia entrat, sense fer fressa. Ítram tenia els ulls clavats al cel. Hi havia un forat al sostre de la pallissa i, mentre contemplava el zenit, no podia parar de tocar el penjoll que li havia regalat Jezabel aquella nit, abans de marxar. I se sentia observat per ella, com si l'estigués mirant a través dels estels. Estava segur que sabia que li havia fallat i se li regirava l'estómac.

38

La força d'Empúries

Prim ja feia dies que havia penjat les eines i confiava poder-les fer servir més endavant. Es va posar una cuirassa, una cota de malles i un casc, i va demanar una espasa. Pensava en Ítram i confiava que pogués arribar a temps amb els reforços, vèncer el setge, i, sobretot, que ell pogués tornar engegar les obres. Prim s'havia compromès amb Besalú més enllà de la construcció del pont i d'oferir el seu fill: volia defensar Besalú, era el que volia fer, era el que li tocava de fer. Així ho havia dit ja a l'abat i ara ho repetia a Guillem d'Ortons.

—Si lluitem podem perdre, però si no ho fem estem perduts —deia el constructor.

Dret al mig del pati, el capità de la guàrdia comtal escoltava i assentia amb el cap després del raonament del constructor. S'estava davant d'unes grans olles fumejants. Ell mateix havia ordenat el dia abans que s'encenguessin aquestes peroles gegantines per bullir-hi l'oli. Un oli que estaria roent i serviria per impedir que les tropes d'Empúries poguessin accedir a l'interior del recinte. Els llançarien oli al llarg del camí sinuós que pujava cap al castell. En aquell mateix instant van notar una forta sacsejada. Dues grans pedres es van encastar contra la muralla central. Tot va trontollar. Al cap d'alguns segons, i com si s'esqueixés l'aire, una tercera pedra, volant com una exhalació per damunt dels seus caps, va entrar a dins del pati d'armes. No va matar ningú miraculosament, però va fer miques les dependències comtals.

Els homes i els servents es van dispersar esfereïts.

—Correu als vostres llocs! —cridava amb autoritat Guillem—. Tothom a les seves posicions! —ordenava el capità—. Tothom sap on ha d'anar i què ha de fer! Som-hi, no podem perdre temps! —I, adreçant-se a Prim, Guillem li va dir—: Acompanyeu-me, pugem fins al capdamunt de la torre de guaita.

—Us segueixo —va obeir diligent el mestre d'obres.

De dalt estant van poder observar amb més preocupació que les tropes que controlaven l'altra banda del riu també s'havien posat en guàrdia.

Els arquers llançaven sagetes amb les puntes incandescents, que van començar a impactar als teulats i a les cabanes. S'encenien com si res i el foc s'estenia ràpidament d'una casa a l'altra, que s'abrandaven en un instant com si fossin teies. Malgrat tot, el poble, que s'havia replegat dins de les muralles, no es rendia. Ja s'havien organitzat, i amb la poca aigua que tenien i amb uns recursos i uns mitjans més aviat magres —roba humida i branques de pi—, miraven d'apagar unes flames cada vegada més altes i més amenaçadores.

Mentre el nucli del comtat era castigat amb pedra i foc, l'exèrcit d'Empúries avançava des d'una banda i des l'altra, sabedor que dins de les muralles tenien altra feina que no pas oferir resistència a un enemic, d'entrada, molt superior. Però van errar el càlcul i van tenir una benvinguda amb què no comptaven. El cel sobre els seus caps es va tenyir de negre i no pas de fum, precisament. Els van rebre amb una pluja de fletxes. A raó de sis sagetes per segon, es van arribar a llançar milers de fletxes. La xiuladissa era eixordadora i la punteria dels arquers incontestable, perquè penetraven els cascos i les armadures enemigues fins al punt que van aconseguir que toquessin a retirada, momentàniament.

—Ara és la nostra oportunitat! —va exclamar Prim a Guillem d'Ortons—. Coneixem el terreny i ens cobreix la rereguarda. Els hem d'empaitar! Sortim darrere d'ells!

El mestre d'obres ja baixava les escales cap al pati per sortir amb la resta de l'exèrcit, però el capità va dubtar un moment.

—Va, capità, que s'escapen!

Guillem d'Ortons s'ho va rumiar. Dubtava, perquè creia que era massa precipitat i imprudent sortir a encalçar l'enemic, però finalment hi va accedir.

—Aneu-hi vós amb la resta, jo em quedo aquí!

Va ser així. La tímida retirada dels d'Empúries va envalentir les tropes de Besalú a sortir. Al principi no volien arriscar-se, però s'hi van veure amb cor. Els guerrers besaluencs comptaven amb la seva força i el seu coratge per fer front a l'avantatge numèric. No tenien temps de fer plans, reconsiderar la decisió o ni tan sols pensar... La lluita cos a cos, a què abans no volien arribar, ara feia venir salivera a tothom. El combat era un cúmul d'enfrontaments i sensacions properes al caos en què l'instint com més salvatge millor, aquesta era la regla. L'envestida, el xoc brutal dels ferros i els acers estava a punt d'esclatar. Marxaven a peu, amb pas ferm i lleuger per trobar-se de cara amb l'enemic que els assetjava i ara reculava. Anaven en formació, a punt per carregar contra un adversari que havia estat temut i a qui havien perdut el respecte i la por. De cop, Prim es va adonar que les tropes d'Empúries, que semblava que fugien i es retiraven, es giraven i se'ls encaraven. Des de diversos flancs del camp de batalla van aparèixer nous regiments de soldats adversaris, que venien de direccions diferents carregant com possessos amb uns brams i uns crits desaforats mentre brandaven destrals i espases. Un poderós xoc d'acer va fer saltar prou guspires per encendre el fragor de la batalla i fer brotar els primers glops de sang. Al costat del mestre d'obres van començar a caure els primers cossos mutilats. A Prim, com a la resta d'homes, li costava avançar en la lluita i fins i tot li costava mantenir l'equilibri, perquè s'entrebancava i trepitjava cadàvers. La lluita era tan cos a cos que no hi cabien. Estaven tan atapeïts que gairebé es feien nosa. Uns combatents que es barallaven al seu darrere li van clavar una empenta amb l'escut i el van desequilibrar, i va estar a punt de caure, perquè el terreny sota els seus peus era irregular. Va començar a relliscar, perquè ja hi havia basses de sang pertot arreu. Prim estava desbordat, immers en una orgia frenètica de sang, quan va veure amb pànic que un soldat d'infanteria se li acostava udolant com un boig. Aixecava la destral per sobre del cap i ell es va protegir amb l'escut. Quan li va descarregar un santíssim cop, l'escut li va quedar fet estelles. Prim va caure de cul a terra i quan es va aixecar per defensar-se amb l'espasa va sentir un soroll: xxxiiiuuu! Una fletxa acabava d'impactar en el front d'aquell soldat, que va caure sobre el fangueig en què s'havia convertit el camp de batalla.

39

El portal dels Apòstols

Ítram no s'aguantava dret. Després de la visita de la noia de l'hostal no va poder dormir en tota la nit. Estava desvetllat, i entre això i els roncs de Simó no va poder aclucar els ulls fins que ja es feia de dia i entrava un sol per la finestra que li venia a la cara. Els dos nois van anar un moment a l'hostal a esmorzar una mica, i la filla de l'hostaler va dedicar a Ítram un somriure i un bon dia de cortesia, com si la que hagués estat amb ell durant la nit al paller no fos ella. Es van acomiadar de l'hostaler i la seva filla, van ensellar el cavall i se'n van anar. Amb Simó no en va parlar, d'aquella trobada amb la noia, i —que ara recordés— ni li'n va dir mai res.

En el primer tombant, després de travessar un rierol, ja van veure no gaire lluny a l'horitzó l'esvelt campanar de la catedral de Girona. A migdia arribarien a la vora del riu Galligants.

Als peus de la muralla s'hi havia establert l'exèrcit de la Santa Seu. Van reconèixer els estendards i les banderes grogues i blanques. Quan van veure aquella estesa de tendes, es van mirar i van somriure, perquè aquell exèrcit doblava els efectius que Hug d'Empúries havia desplegat davant de les muralles de Besalú.

—Guaita això, Simó! —va exclamar Ítram—. Si aconseguim que vinguin amb nosaltres, esclafaran les tropes del comte d'Empúries amb tanta contundència que no quedarà res dret.

Van desmuntar dels cavalls i van passejar a peu pel campament fins que van arribar al portal de Sobreportes, una de les entrades a la ciutat. Allà hi havia dos soldats que feien guàrdia.

—Bon dia, Déu vos guard! —va saludar-los Ítram—. Com ho hem de fer per anar fins al Palau Episcopal?

—Heu de pujar un tros més, passar el portal dels Apòstols fins a la plaça dels Lledoners...

—Perdoneu —el va interrompre—, heu dit el portal dels Apòstols?

—Sí, això mateix. Que potser sou sord? —va contestar el més malcarat.

—No, no, us he sentit perfectament...

I es va mirar Simó amb les celles aixecades.

—Tal com us deia, quan arribeu a la plaça dels Lledoners, al costat de la catedral, hi trobareu el Palau del bisbe.

—Molt agraït.

Es van acomiadar d'aquells guàrdies amb cara de pocs amics i van entrar a la ciutat.

—Ho veus? —va dir a Simó mentre enfilaven un carrer empedrat força costerut—. Aquells tres homes d'ahir a la nit ordien un pla o tenien ordres de no sabem qui per matar el Sant Pare. Tot lliga! La mort del Papa, perquè el portal dels Apòstols és a tocar de la seu del Palau Episcopal, on es reuneix precisament el bisbe de Roma. Simó, no sé com, però hem de poder veure el Pontífex abans no ho faci cap d'aquells homes!

Van arribar al Palau i van demanar audiència. Els van fer esperar a l'entrada del claustre. Una bellíssima galeria d'arcs de mig punt abraçava un pati lluminós.

Contemplaven admirats l'arquitectura neta, senzilla i al mateix temps majestuosa del petit claustre, i la decoració dels capitells, una combinació d'elements florals i d'escenes de diversos passatges bíblics. Van sentir uns passos que s'acostaven. Era el cambrer del Papa.

No podien mostrar la carta de presentació del comte ni tampoc el segell comtal que pogués certificar la seva presencia allà reclamant una ajuda que ara veien impossible. Havien perdut la carta, però no pas l'esperança de parlar amb el Pontífex.

—Què voleu? Sa Santedat no us podrà rebre perquè no hi és, aquí. Hi ha el bisbe d'Oleró, el seu delegat.

A Ítram se li va parar el cor, va perdre el món de vista, l'aire no li arribava als pulmons. Es pensava que es desmaiava.

—Com dieu? —va fer gairebé sense aire.

—El Sant Pare no ha vingut i ha enviat el seu delegat a presidir aquest concili. De fet, ara mateix està reunit i no us pot atendre. Qui us envia?

—Venim de part de Bernat II de Tallaferro, comte de Besalú.

—Em deixeu veure la vostra carta de presentació perquè pugui saber de què es tracta?

I els va allargar una de les mans que tenia dins de les mànigues de l'hàbit. Ítram va fer veure que no el sentia i va començar a explicar:

—El comte sol·licita ajuda a Sa Santedat per fer front a Hug d'Empúries, el seu exèrcit ha sotmès Besalú a un setge que...

—Em podeu deixar veure la carta del comte? —va tallar amb impertinència insistent el secretari del Papa, de cara seca i arrugada com una pansa.

—Em sap greu —va dir Ítram, arronsant les espatlles i després abaixant el cap—, però l'hem perdut pel camí mentre miràvem d'escapar-nos de les tropes d'Empúries, que a hores d'ara potser ja han entrat a Besalú.

—Com voleu que em cregui que Besalú... —i aquell religiós va començar a caminar en cercles al seu voltant amb una mirada arrogant— no pot fer front a un setge amb la fortificació que, segons tinc entès, té el comte Tallaferro? —Es va aturar i, assenyalant-lo amb un dit amenaçador, va preguntar en un to desafiador—: És més, el comte no havia reforçat la seguretat de la vila amb un pont?

—Sí, senyor, en condicions normals el castell comtal podria aguantar mesos assetjat... Però ja fa dies que van passar una sèrie de fets que han debilitat les defenses del comtat. Algú va enverinar el pou de l'aigua del castell. Tot el bestiar, incloent-hi els cavalls, ha mort, i, a més, les obres del pont s'han suspès perquè la pedrera va ser atacada, hi va morir molta gent. I, per acabar-ho d'adobar, una riuada inoportuna ha esgavellat bona part del que s'havia construït...

Amb el front arrugat, no sé si fruit de la seva preocupació o de la seva expressió habitual, el secretari del Papa escoltava Ítram atentament.

—Encara que el que m'expliqueu pugui ser veritat, hi ha un altre punt que no em quadra: com heu aconseguit eludir el setge i sortir de Besalú?

—Senyor, és molt difícil d'explicar, però diguem que sabíem un camí que no és precisament de ronda i que tant se val com, però som aquí i, si no hagués estat per aquell soldat que ens empaitava, no hauríem perdut la carta i el segell comtal que ara verificarien això que us expliquem.

Va sacsejar lleument el cap i va dibuixar una ganyota de falsa impotència als llavis.

—Em sap molt de greu, però no podrà ser. —I va replegar mans i braços sota l'hàbit—. A més, el delegat del Papa s'estarà encara uns quants dies aquí de concili, i amb ell, l'exèrcit de la Santa Seu. I ara, si em disculpeu, tinc feina per fer —va dir, fent el gest de girar-se per marxar.

De cop Ítram va recordar la conversa dels tres homes a la fonda de Sant Julià de Ramis. Va allargar el braç i li va estirar la seva màniga.

—Senyor, heu de saber una altra cosa. Volen assassinar el delegat.

—Què dieu? —i es va girar tot ell encarcarat com si tingués torticoli—. D'on ho heu tret, això?

—Venint cap aquí, en un hostal de Sant Julià de Ramis hem sentit uns homes que situaven aquí, a prop del portal dels Apòstols, la mort del Papa. Si dieu que el Pontífex no hi és i que hi ha el seu delegat, molt temo que la seva vida, i potser la vostra també, corre perill.

En aquell moment va aparèixer la figura del delegat del Papa al final del passadís. Amat d'Oleró pujava cap a la seva habitació, va travessar el pati i es va trobar de cara amb Ítram, Simó i el seu cambrer.

—Què passa aquí? —va preguntar, adreçant-se al seu cambrer.

—Males notícies, senyor —va dir compungit el cambrer—. Us volen matar.

—N'esteu segur?

—No, no ho podem assegurar. Però, pel que expliquen aquests nois —i els va assenyalar—, no ens podem arriscar a esperar-nos amb els braços plegats.

—Qui sou?

Es van donar a conèixer i li van presentar els respectes del comte de Besalú. Li van explicar la situació del comtat i l'ajuda urgent que necessitava. Abans, però, li van tornar a explicar el que havien sentit i la relació de conceptes: portal dels Apòstols i la mort del Papa.

Quan va sentir això, el bisbe d'Oleró no va trigar ni un minut a convocar el seu exèrcit i traslladar-se a Besalú per tres motius: el primer, salvar la seva vida; el segon, acabar el concili amb els bisbes fidels i deixar constància de l'acte de rebel·lia de Guifré de Narbona i els altres purpurats; i el tercer, el compromís d'alliberar Besalú del setge d'Hug d'Empúries.

40

El principi de la fi

Els homes de Matamala s'havien avançat als soldats de Besalú que des dels merlets mantenien a ratlla el gruix de l'exèrcit d'Empúries sense deixar que les línies enemigues s'acostessin a les muralles. Tenien la intenció d'accedir a l'interior del castell per una entrada subterrània que els havia explicat l'aiguader. Un cop dins obririen les portes perquè l'exèrcit ocupés fins a l'últim racó de la fortificació. Però per poder-ho aconseguir abans havien de passar per aquell caminoi infernal i esquivar aquella pluja que cremava. Els llançaven oli roent, però per mirar d'avançar tiraven terra sobre l'oli per poder continuar caminant i no quedar amb els peus escaldats. Una maniobra que havien de fer amb els escuts alçats per cobrir-se també de les fletxes que des de dalt de les muralles disparaven els arquers. Artan de Corçà, Jan de Borredà, Francesc de Franciac i Gisbert d'Ermedàs encerclaven Marçal Matamala per protegir-lo. Una closca reforçada que s'escapolia del brogit infernal de la batalla de les pedres i les sagetes que sobrevolaven els seus caps. Miraven d'esmunyir-se i entrar a la fortificació des d'una altra banda del turó per un dels punts febles del castell: les clavegueres. Hi van arribar, però quan accedien al conducte van tenir una baixa inesperada. Jan de Borredà va rebre l'impacte de dues fletxes. Una li va anar a la cama i el va fer caure a terra de genolls, de manera que l'entrada a les clavegueres sense l'escut va quedar desprotegida i el seu cap també. La segona li va entrar pel clatell i li va travessar la nou del coll. S'havia quedat aguantant l'escut perquè la resta es pogués endinsar cap a les clavegueres i va ser abatut per una petita badada. Amb la ràbia de perdre el de Borredà els soldats del comte d'Empúries es van internar, ajupits, per aquell conducte fosc, pudent i infestat de rates. Arnau de Ventalló, guanyador d'una de les proves del gran torneig i des de llavors membre de ple dret de l'exèrcit de Besalú, els esperava a la boca de la claveguera que donava al pati. Els va obrir la tapa de l'enreixat i hi van pujar. Ningú no els va veure quan es van començar a distribuir per diferents punts del castell. El seu objectiu: obrir les portes.

Es van dispersar per la fortalesa. Artan de Corçà i Gisbert d'Ermedàs se'n van anar cap a les portes, i els altres dos, Francesc de Franciac i Marçal Matamala, van pujar cap a la torre principal.

Tot i jugar amb el factor sorpresa a favor seu, el de Corçà i el d'Ermedàs no van poder arribar a l'accés principal. Un grup d'homes de la guàrdia comtal els va encerclar, els va reduir, els va fer presoners i els va emmanillar. Després de torturar-los, els van penjar més morts que vius de les muralles. Era una doble estratègia: s'asseguraven que l'enemic deixava d'atacar amb catapultes i els feien veure com les gastaven amb els que capturaven. Sense miraments. Sense compassió. Matamala, acompanyat de Francesc de Franciac, pujava a cop d'espasa i deixava rere seu un rastre de sang. La seva idea era, un cop a dalt, substituir la bandera de Besalú perquè hi onegés la del comtat d'Empúries. Això indicaria a la seves tropes que tenien el camí lliure per entrar al castell, perquè, a més, trobarien les portes obertes. Matamala va haver de recórrer tot sol l'últim tram abans d'accedir a la torre. El de Franciac ja no el podia cobrir. Acabava de ser ferit mortalment per una fletxa que li havia travessat la cota de malles i la punta se li havia enfonsat al cor.

Va caure fulminat per les escales. Matamala ho va veure. Va mastegar uns renecs i va continuar pujant amb més fúria que mai cap a la torre, però quan ja gairebé era davant del pal de la bandera Guillem d'Ortons li va barrar el pas.

—Fins aquí heu arribat, aquest és el vostre final! —li va dir el capità de la guàrdia, apuntant-lo amb l'espasa.

—Això és el que vós us penseu! —li va contestar Matamala, mentre amb el braç dret apartava vigorosament l'arma de Guillem d'Ortons, desembeinava l'espasa i intentava ferir el seu enemic.

El capità va fer un bot enrere i va sentir com la fulla d'acer xiulava en passar-li per davant del nas. Es va posar en guàrdia i els dos homes van entrar en una lluita cos a cos, a mort. El vent del nord que bufava a la part més alta de la torre picava amb força la cara dels contendents i no els deixava gairebé ni obrir els ulls. L'espasa de Guillem d'Ortons esquivava tots els cops que, amb violència i acompanyats de crits i esbufecs, Matamala descarregava contra el seu adversari. Mentre tenia entretingut el capità de la guàrdia amb aquell joc de molinets i estocades amb més o menys perill, amb la mà dreta Matamala va empunyar la maça. La intenció era dirigir-la contra el costellam de Guillem, però el capità va veure venir la trajectòria endimoniada i amb males intencions de la maça i es va defensar. L'escut va esmorteir un cop que en cas d'impactar en el cos de Guillem l'hauria fet anar per terra i difícilment s'hauria tornat a aixecar.

Era una lluita sense fi. Quan un havia avançat uns quants metres, l'altre el feia recular, i al revés. Lluitaven envoltats d'una pluja de guspires que saltaven a raig pel xoc constant dels seus ferros, roents per la intensitat de l'enfrontament. Tots dos tenien un domini extraordinari de les armes i només un error o un cop de sort podia fer desequilibrar el combat.

Ja feia estona que s'havien tret els cascos i els cabells suats se'ls enganxaven al front. La durada del combat jugava a favor de Guillem. Com més s'allargava més possibilitats tenia de vèncer, però no era convenient ni confiar-se ni cantar victòria abans d'hora. El temible Matamala no estava acostumat a duels tan llargs. Ell solia resoldre els plets amb un parell de cops de maça ben donats i ben dirigits i després rematava la feina amb un tall d'espasa que era mortal. Ara feia molta estona que li pesaven les cames i es notava els braços engarrotats. Tenia la sensació que ja no dominava el combat i que anava reculant. Més que una sensació era una realitat. Guillem el marejava i l'enganyava simulant cops ara a l'esquerra ara a la dreta o girant sobre el seu propi eix. Feia l'efecte que l'hauria pogut desarmar i tallar a rodanxes en qualsevol moment. Però el capità es va estimar més cansar-lo. El feia ballar al so que volia mentre Matamala carregava a la desesperada i només aconseguia tallar l'aire, perquè el capità s'escapolia dels intents maldestres de ferirlo, que es quedaven només en això: un intent. Matamala entomava com podia la cada cop més enèrgica ofensiva del capità, acompanyada de fintes i jocs de cames que desconcertaven el seu rival.

A més, Guillem no defallia ni un instant i estava fresc com si tot just acabessin de començar. Matamala retrocedia i reculava instintivament davant d'una embranzida del capità, i en un mal pas va perdre peu i es va desequilibrar. Va girar la vista enrere per saber què l'havia fet entrebancar. En veure que només havia patinat es va voler resituar. Però això va ser la seva perdició, perquè en fer-ho va deixar al descobert i indefensa una part del seu cos. I això ho va aprofitar Guillem d'Ortons. El capità va enfonsar l'espasa fins al mànec a l'estómac de Matamala mentre se li acostava a la cara per sentir com deixava anar l'últim alè. Després, i encara amb l'arma al puny, va fer un moviment amb el canell com si obrís una porta. Se'n va separar per treure'n l'espasa que recorria el camí de tornada de la ferida mortal que li acabava d'infligir. Matamala va perdre l'equilibri i va fer uns quants passos enrere. Les cames li van topar contra un petit mur, al costat dels merlets. Va deixar anar un gemec, es va doblegar i es va desplomar pel buit, no sense abans picar amb el cap contra la paret de la muralla. Es va estavellar contra el terra del camp de batalla sembrat d'escuts, fletxes, pedres i cadàvers amb un cruixit com de branques trencades. L'impacte del cos masegat i sense vida de Matamala va anar acompanyat dels crits d'eufòria i de victòria dels soldats de Besalú, que s'ho havien estat mirant amb expectació.

FUMERRI - FUMERA

41

L'alliberament

La remor llunyana de la batalla i el fumerri que es veia de lluny donaven fe que el comte d'Empúries havia decidit aixecar el setge i atacar Besalú. Després de l'últim revolt, darrere un bosc de pins i alzines, va aparèixer davant dels ulls d'Ítram i Simó una imatge colpidora. Panys de parets de la muralla esbotzada per l'acció de les catapultes, diverses columnes de fum negre com el sutge que s'aixecaven de l'interior del castell. Se sentien timbals de guerra, però els batecs del cor d'Ítram encara sonaven més fort.

—Tant de bo que no hàgim fet tard —es va dir a si mateix.

En veure aquella situació, el comandant va fer un senyal al sergent major i es van donar ordres a les primeres línies de l'exèrcit d'avançar de seguida. Les hosts de la Santa Seu no sols tenien un aurèola divina, sinó que estaven revestides d'una dignitat enaltida per la seva vestimenta senzilla: blanca i platejada. L'exèrcit sant es va encomanar a l'Altíssim.

—Que Déu Nostre Senyor sigui amb nosaltres i els nostres sants patrons ens assisteixin! —van cridar.

Es van senyar de pressa i van esperonar els cavalls cap a la batalla. La segona línia ja s'arrenglerava i es preparava per atacar just després de la primera càrrega. Les tropes d'Empúries ni se'n van adonar, de la primera envestida. Estaven tan absortes i immerses en la incursió al comtat per la banda del riu que no van veure venir tota la cavalleria de l'exèrcit papal fins que van notar en les seves carns la càrrega més ferotge que s'havia vist mai. Els soldats del Pontífex van irrompre brutalment en les línies dels d'Empúries i els van trencar els esquemes. Tallaven caps i braços dels adversaris i esquarteraven amb precisió els cossos com aquell que desbrossa camins. Amb un parell de passades en van tenir prou per reduir a un munt de carn i ferralla els homes que formaven part d'aquell destacament. La segona fase va consistir a dirigir la seva força contra el gruix de l'exèrcit d'Hug d'Empúries, que ja feia hores que es concentrava a mirar d'enderrocar una part de les muralles per entrar a la capital. L'atac de les tropes de la Santa Seu va venir pel flanc dret i els de Besalú, en veure l'arribada dels reforços, van respondre amb més energia i convenciment. Primer des de darrere les muralles i després sortint a la càrrega per segona vegada consecutiva. Aquest cop, però, amb la seguretat que no haurien de recular cames ajudeu-me, perquè l'exèrcit del Vaticà arribaria on ells no podien ferho. Les tropes d'Empúries es batien en retirada a la desesperada i ni es paraven a recollir l'estesa de ferits que hi havia pel camp de batalla i encara menys s'aturaven pels seus morts.

Ítram va entrar trotant pel portal de Bell-lloc. Allà on li arribava la vista només veia destrucció: cases enrunades i gent ferida. I dins el seu cap un sol pensament: Jezabel.

—Ítram, fill meu! —Va sentir que el pare el cridava.

Va girar cap i cua amb el cavall i el que va veure el va horroritzar. Va saltar de la muntura i se'l va trobar amb una espasa a les mans i amb la roba estripada, enfangada i ensangonada.

—Pare, esteu bé? —li va preguntar mentre el sacsejava per les espatlles.

—Sí, estic bé, hem resistit, i tu? Veig que has aconseguit tornar sa i estalvi i amb aquest exèrcit. —Assenyalava amb l'espasa cap al camp de batalla—. Ho sabia. —I se li va abraçar—. Estic molt orgullós de tu, fill meu.

En aquell moment Ítram va veure que tenia una ferida que no li parava de sagnar a l'espatlla esquerra.

—Pare, esteu ferit!

—Ah, sí, això de l'espatlla. És una esgarrinxada, no res...

—Vull que us vegi un metge, de seguida.

—Molt bé, molt bé, però primer hem d'ajudar a reconstruir tot això —li va assegurar mentre es tocava el lloc de la ferida amagant un gest de dolor—. Pensa que el poble està desfet, però content d'haver aguantat el setge.

—Hi ha alguna part que hagi estat més castigada que una altra?

—No ho sé ben bé. He sentit que la zona més propera al riu i a les obres del pont, com que estava més desprotegida, ho ha passat molt malament...

—Però aquesta zona està en ple barri jueu?

—Sí, els jueus ho han tingut més complicat. He sentit que aquell metge jueu, David del Catllar, no donava l'abast. Han tingut més baixes. Has de pensar que la pluja de foc i pedra que han llançat sobre Besalú ha estat terrible i que...

—Me n'haig d'anar, pare. Quan torni us portaré a cal metge, que us curi això del braç.

Li va saber greu deixar el pare amb la paraula a la boca, però el que li explicava li feia témer el pitjor. La casa de David del Catllar era la casa de Jezabel.

Va córrer per aquells carrerons que un dia l'havien vist

passejar amb un càntir a les mans al costat de Jezabel. La devastació del barri feia pena, però no hi havia ningú. L'únic que va veure va ser un home que anava coix i li va preguntar on eren els altres. Era mut, no podia parlar, només va aixecar la mà i amb un dit tremolós li va assenyalar el carrer que menava a la sinagoga.

Del temple sortien crits i laments. I va entrar-hi amb el cor encongit. S'havia convertit en un hospital improvisat amb un munt de persones cremades i ferides que es recargolaven de dolor en unes màrfegues que cobrien tot l'enllosat vermell de la sinagoga.

La va veure al capdavall d'una filera de ferits. Era allà ajupida aplicant unes cures a una dona. Es va aturar i es va posar a plorar. No se'n va poder estar, de cridar-la:

—Jezabel!

I va córrer cap a ella mentre la noia aixecava el cap, espantada per aquell crit. Es va alçar i en veure'l va obrir els braços per rebre'l. Ell recordaria tota la vida aquella abraçada enmig de tanta desgràcia. La seva escalfor el confortava. I la seva, a ella. Havia arribat a casa. S'estimava aquella dona que tenia entre els braços. Es van mirar als ulls plorosos i no es van dir res. No calia. Ja tenien tot el que necessitaven. Només un petó llarg i amb gust de maduixa.

El comte de Besalú esperava el Pontífex per besar-li l'anell, però quan va veure que qui pujava fins al castell per presentar-se davant d'ell no era el papa Gregori VII, sinó el seu delegat, es va sorprendre.

—Déu vos guard... —va dir astorat el comte.

—No m'esperàveu a mi, oi que no?

—No. Però a fe que la vostra vinguda ha estat providencial, ens ha salvat de les grapes d'Empúries. Nostre Senyor i la santíssima Veracreu ens han guiat a tots plegats en aquesta missió.

—Teniu raó. Primer vaig pensar convocar les hosts de la casa de Barcelona i del comte de Cerdanya, els vostres aliats naturals, per ajudar-vos a fer front a aquest atac. Després, però, vaig entendre que no hi havia temps per perdre. De fet, és una missió que encara no s'ha acabat.

—I doncs, què voleu? No deveu voler sortir a empaitar les tropes d'Empúries?!

—No, estimat comte, l'únic que vull és acabar allò que vaig començar a Girona.

—A què us referiu?

—Al concili. Ara sóc jo qui sol·licita la vostra ajuda.

—Estic a la vostra disposició.

—Necessito tancar un assumpte pendent. El concili que m'ha dut fins a Girona l'he hagut de suspendre. Posicions enfrontades i visions irreconciliables de la manera de viure la fe cristiana des de l'interior de l'Església. I, a més, segons el que m'han explicat els vostres joves i valents emissaris, una conspiració per assassinar el Papa o a mi. Com que Sa Santedat no ha vingut per malaltia, m'haurien mort a mi. Per tant, voldria acabar aquí el concili per redactar-ne les conclusions.

Va ser així, doncs, com es va reprendre el concili a Besalú. Roma va poder fer neteja i expurgar l'Església de bisbes que havien comès faltes greus, simonia i concubinat. El més significatiu va ser l'excomunió del bisbe de Narbona, Guifré, i les diverses i severes sancions per als abats dels monestirs del comtat que havien fet les mateixes faltes. D'una banda, el comte Bernat II es va crear una colla d'enemics, però, de l'altra, tant ell com el comtat de Besalú en van sortir reforçats per la seva feina d'amfitrió, i els va deixar molt ben situats i molt ben vistos als ulls de la cúria vaticana. A les portes de Besalú i abans que partís cap a Roma, el bisbe Amat d'Oleró va tornar a rebre mostres d'agraïment sincer per part del comte i els seus súbdits per no haver dubtat de posar les tropes del Papa a disposició de Besalú.

Un quants dies després que la delegació vaticana se n'anés, Damià, l'aiguader, es va lliurar al saig i va confessar la seva traïció davant dels homes del comte, que el van detenir i el van empresonar. Els remordiments el rosegaven per dins, i més després de veure el que havia provocat. Mentre l'aiguader estava engarjolat, tot el poble es va arremangar perquè Besalú tornés a recuperar la seva fesomia. Es van necessitar uns quants mesos, mig any llarg, per refer tot el que s'havia malmès i perdut durant el setge i la batalla. Hi havia una feina, però, que ja no podia esperar més i per això les obres del pont es van tornar a engegar gairebé al mateix temps que les tasques de reconstrucció del poble.

I es van acabar en un temps rècord, extraordinàriament ràpid. En tan sols tres anys es van donar per enllestides. Prim Llombard rebia les felicitacions del comte, de l'abat i del bisbe mentre es passejaven per la calçada central del pont.

Després van baixar fins a la vora del riu per repassar l'acabat de l'obra. Feia pocs dies que s'hi havia fet el toc final. Va ser el dia que es va acabar d'instal·lar la porta caladissa, a la torre central. Estava formada per sis barres de ferro, cadascuna acabada en una afiladíssima punxa d'acer. S'apujava i s'abaixava amb l'ajut d'uns torns de fusta que estiraven les corretges de les politges que els membres de la guàrdia del pont farien trescar amunt o avall sempre que la defensa del comtat així ho requerís. El dia de la benedicció, i perquè tothom hi pogués passejar sense por i amb la tranquil·litat que la porta no els cauria al damunt, uns operaris es van encarregar d'hissar-la i va quedar falcada a la part de dalt. A la nit ja la farien baixar i el comtat quedaria tancat, fortificat. Mai més indefens.

CALADISA. PORTA QUE ES TANCA BAIXANLA

42

Joel o el futur

—Ja la tinc! —va cridar Joel content i va aixecar triomfant el braç on aguantava l'estaca amb què havia travessat aquella carpa lluent.

El peix es recargolava, remenava la cua i boquejava desesperadament l'aire. Un aire que es va omplir dels crits i les rialles dels altres nens, que se li van acostar fent festes, mentre llançaven les seves llances improvisades, unes branques de pi ben esmolades. Era habitual que la mainada baixés al riu per mirar de punxar algun peix amb aquells arpons que ells mateixos es construïen.

Les felicitacions estaven justificades, perquè els costava molt encertar i pescar-ne algun. Els peixos eren més lleugers que no pas aquells aprenents de pescador. Hi posaven molta voluntat, però encara no tenien prou traça per endevinar la trajectòria del peix. El vailet va córrer lleuger i orgullós amb la seva captura cap a casa. Va pujar per la ribera i va travessar el pont corrent. En aquella hora estava força transitat i, a l'altura del portal, a l'entrada, va haver d'esquivar un parell de persones que traginaven uns farcells molts grossos. Se'ls descarregaven de l'esquena per pagar els tributs abans d'entrar a la ciutat. El noiet va seguir el seu camí i va trencar per un carreró costerut que s'enfilava paral·lel a la muralla. Panteixava per l'esforç i pel pes que feia el peix. Va arribar suat i caravermell, però refet amb aquella carpa ufanosa encara que ja sense vida. Va picar a la porta i la va oferir a la seva mare.

—Guaita, mare, quin peix! —Joel va mostrar satisfet el seu trofeu—. L'he pescat jo sol!

—Rei meu, seràs un bon pescador! —li va dir Jezabel amb els ulls brillants d'orgull. Li va prendre el peix de les mans, el va abraçar tendrament i li va fer un petó al cap—. Vine, corre, entrem, l'ensenyarem al pare i ens el menjarem per sopar.

Ítram estava acabant d'escriure un text a la part de dalt de la casa, aquí al carrer Rocafort. Va deixar-ho tot i va baixar a la cuina, on Joel i Jezabel es miraven bocabadats la carpa.

El pare d'Ítram, el mestre d'obres Prim Llombard, havia acabat les feines que li havien encarregat per al comtat de Besalú, i després havia traspassat les eines al seu fill. Ara vivia retirat en una masia als afores de la capital, on feia una vida semblant a la que havia deixat a la seva granja de Siena, però amb una altra il·lusió: veure créixer el seu nét.

Sí, Jezabel i Ítram s'havien casat com moltes altres parelles que havien portat en secret el seu amor durant aquella època.

Les relacions entre jueus i cristians a Besalú van canviar molt després del setge. I van canviar per a bé. Tant, que les portes que tancaven el call es van desmuntar, el barri es va integrar al conjunt de la ciutat, i el respecte ha estat l'única llei que ha regit durant els últims anys. Tant de bo que més endavant no es trenqui l'harmonia que ja fa uns quants anys que ens acompanya.

Tant de bo que aquest pont entre les nostres dues comunitats es pogués estendre a altres comunitats en altres punts de la geografia d'aquest país i d'altres. Del fet que aquesta concòrdia i tolerància es mantingui instal·lada entre els habitants del comtat en depèn el futur dels nostres fills.

Besalú, 6 de maig de l'any 1075 del Senyor

MALVESTAT = ACCIÓ DOLENTA; MALDAT.

Epíleg

Pere Baró va passar l'última pàgina del manuscrit i va tancar el cartipàs de pell que guardava aquells lligalls. Li brillaven els ulls i els llavis li dibuixaven un somriure. Estava assimilant tot el que acabava de llegir. Però estava ben convençut del que havia de fer. Encara estava fascinat per tota la història que envoltava aquella estructura ara mig derruïda per les malvestats de la natura, o d'un altre origen, va pensar quan es va aixecar de la cadira i se'n va anar a la finestra per mirar-se el pont.

Ell també havia estat fins ara un incrèdul, un home que tocava molt de peus a terra i no parava gaire atenció a les històries de bruixeria, d'encanteris i maleficis.

Mestre d'obres de reconegut prestigi i reputació, Pere Baró repetiria el ritual que ara fa tres-cents anys Tafaig havia ensenyat a Prim Llombard. Una litúrgia pagana per assegurar que les seves obres arribessin a bon port. Volia dispensar a aquelles aigües el respecte que havia après que s'ha de tenir amb qualsevol element de la naturalesa i amb més raó, encara, amb un de primordial com aquest. L'aigua, que és el fluid de la vida, l'aigua, que fa possible la regeneració, la transformació, el canvi de tot un poble. És potser per això que una força amb tant poder i que genera tanta vida o que pot portar tantes desgràcies, tothom la voldria controlar. Pere Baró havia entès que respectant la natura i foragitant els mals esperits que poguessin créixer en aquelles aigües les seves obres no havien de témer res.

David del Catllar
ABRAHAM DEL CATLLAR

Notes de l'autor

Aquesta novel·la parteix d'un fet històric: la construcció del pont de Besalú a principis del segle XI.

L'escassa, per no dir gairebé inexistent, documentació sobre les obres del primer pont de Besalú, el del segle XI, fa que no es pugui conèixer el nom autèntic de l'autor, del mestre d'obres, però sí que es pot assegurar, segons les fonts consultades, que l'autor d'aquell pont, el pontífex —el qui fa el pont—, hauria pogut ser amb molta probabilitat un constructor de la regió italiana de la Llombardia, tal com es dóna a entendre a la novel·la. Sobretot per l'abundant presència d'estil llombard en la majoria de les parts de la construcció i perquè durant els segles posteriors aquesta manera de construir es va estendre no sols per altres punts de Besalú, sinó també en tot el territori català i hi va deixar mostres ben significatives.

La manera de construir i les apreciacions arquitectòniques de l'època són certes i estan documentades així. Els noms i les situacions són ficcions creades per l'autor. La ficció també permet a l'autor prendre's la llicència de fer conviure personatges molt allunyats en el temps que difícilment van arribar a coincidir, com és el cas del metge jueu David del Catllar, anterior a aquesta època, i familiar directe d'Abra-

JOAN DE ROURE PERE III
RAMON BORRELL
PRIM LLOMBARD BERNAT TALLAFERRO

ham del Catllar, una de les eminències mèdiques jueves que dos segles més tard prestaria els seus serveis al rei Pere III.

Respecte als fets que s'expliquen a la novel·la, n'hi ha de verídics i documentats, i d'altres d'inventats. L'arxiu d'Olot testimonia que Besalú va contractar els serveis de Pere Baró, mestre d'obres de Perpinyà, per reconstruir el pont el 1316. Joan de Roure era un draper conegut i reconegut pels seus draps a Besalú i en una infinitat de llocs al segle XIV, però no tenim cap constància que la vila de Besalú li demanés que es posés en contacte amb el constructor. És una invenció de l'autor.

Les torres del pont es van bastir cap al 1385 i formen part de les obres de fortificació que va ordenar el rei Pere III el Cerimoniós. Apareixen en el projecte de Prim Llombard perquè l'autor creu que són necessàries per a la trama de la novel·la.

L'anomenat estil romànic no fa altra cosa que imitar i interpretar l'arquitectura romana, amb mitjans generalment més modestos. L'arquitectura romana gaudia d'un prestigi enorme, i les obres d'enginyeria romanes, com ara els ponts, també. Malgrat que les construccions romàniques i romanes compartien el més essencial, hi havia matisos que les diferenciaven. La discussió entre Prim Llombard, el mestre d'obres, i fra Florenci, el cambrer de l'abat, és una manera d'escenificar aquestes diferències de criteri. L'any 1010, Bernat Tallaferro acudeix a la crida del comte de Barcelona, Ramon Borrell, per portar els estendards catalans fins al cor de l'imperi àrab, a Còrdova. La veritat és que tots els comtes —també el de Besalú i el d'Empúries, encara que anys més tard s'enfrontessin—, nobles i bisbes catalans hi van anar contractats inicialment com a mercenaris a favor d'una de les faccions que pretenien el califat. És ben cert que els croats es van endur un botí formidable. Tanmateix, el fet històric és molt més rellevant pel canvi de situació geopolítica que va comportar: els

BISBE AMAT D'OLERO →

cristians van passar d'haver de pagar tributs a Còrdova a imposar-ne —les paries— als nous regnes de taifes. Això va significar l'acumulació de riqueses en or per part de les classes dirigents cristianes, i els comtes van poder encunyar moneda pròpia, algunes d'or, seguint el patró cordovès: els famosos mancusos. Uns diners que en el cas del comtat de Besalú es van invertir en obra pública. La construcció del pont pels volts del 1060 s'emmarcava en aquests plans comtals d'ampliar la inversió en infraestructures civils i militars.

Al segle XI, la majoria dels carrers de Besalú no tenien nom. Per això els noms dels carrers de la novel·la són moderns, tret del de Rocafort, que ja està documentat en l'època comtal, en què transcorre l'obra. L'autor ha decidit fer servir els noms actuals per ajudar a situar millor l'acció. Per exemple, el carrer del Portalet —al final del qual l'autor ha situat fictíciament el bordell— al segle XIV tenia dos noms: d'una part del carrer en deien «carrer de l'hospital», i de l'altra en deien «carrer que baixa de les cortadores» o també «carrer que baixa al portal d'en Closes». En els documents, els carrers s'esmenten com a «carrer que allí passa» o «que va a tal lloc» o «a la casa d'en tal».

La presència de la comunitat jueva a Besalú està documentada a partir del segle XIII. L'any 1264, per exemple, Jaume I el Conqueridor atorga privilegis per a la construcció de la sinagoga. Se sap, però, que al segle XI —en la primera part del qual se situa l'acció de la novel·la— ja hi havia jueus a Besalú. Segons la informació i els experts consultats, és molt probable que el jueus estiguessin organitzats, tal com s'explica a la novel·la, i que, per tant, fessin vida al voltant dels banys de purificació —el micvé— i del recinte sagrat i de reunió —la sinagoga—, sota els auspicis de l'aljama.

Tant els banys com la sinagoga són vestigis de la cultura jueva encara ben visibles a Besalú, com també el carrer Rocafort i l'estructura del call jueu. La llegenda de la me-

MANCUSOS – NOM DONAT PELS CRISTIANS AL DINAR, MONEDA MUSULMANA norà, el canelobre sagrat de set braços, i el seu parador es remunta a segles enrere i l'autor l'ha volgut recuperar per a l'acció de la novel·la. La tradició hebrea situa la menorà al Vaticà, tot i que la Santa Seu no ha reconegut mai que tingui entre els seus tresors aquesta venerada joia jueva. El que no existeix, es tracta d'una mera invenció, és el camí dels jueus, la galeria subterrània que travessa el riu Fluvià per sota.

L'hospital de Sant Julià, tal com es coneix, va ser fundat pel monestir de Sant Pere de Besalú a finals del segle XII o als primers anys del XIII. Això no impedeix que al segle XI el monestir tingui una xenodòquia (un edifici o una estança destinada a donar refugi temporal als pelegrins i rodamons).

Els remeis populars que aplica el bruixot són autèntics, es feien servir en aquella època i en aquesta zona de Catalunya —la Garrotxa i l'Alta Garrotxa. El que no sap l'autor és si són efectius o no. També estan documentades d'aquest període les creences populars, com ara els poders de la Veracreu o certs rituals per demanar permís a divinitats paganes, com els déus dels rius o númens, per deslliurar-se d'un perill o perquè l'empresa que començava arribés a bon port. El que és una invenció absoluta de l'autor és que hi hagués uns animals semblants als queirons vivint als boscos de la zona.

Les receptes de cuina del menjar medieval i del menjar kosher jueu són autèntiques, fruit de la recuperació d'aquesta tradició culinària que han fet diversos estudiosos del nostre país.

La llegenda de les dones d'aigua al voltant de l'estany de Banyoles, al Pla de l'Estany i a localitats del seu entorn, està documentada i forma part de la tradició popular.

El concili de Girona es va celebrar, efectivament, l'any 1068, presidit pel delegat del Papa, el bisbe Amat d'Oleró, que va haver de fer front a les crítiques dels bisbes convocats en aquella sessió. Tal com recull la novel·la, es va haver d'acabar a Besalú, perquè el delegat enviat per Roma va haver de fugir cames ajudeu-me i va anar d'un pèl que no el matessin. El comte Bernat II de Tallaferro va oferir Besalú per finalitzar el concili.

El setge no és històric ni real, però la rivalitat entre el comtat d'Empúries i el de Besalú sí que va existir, i les diferències es van dirimir més d'una vegada a cops d'espasa. Ara bé, no hi ha constància documental que existís cap complot com el que explica la novel·la.

Besalú, novembre del 2006

Agraïments

Vaig començar a escriure aquesta novel·la ara fa quatre anys i mig, i en tot aquest temps, d'una manera directa o indirecta, hi han col·laborat moltes persones.

Vull agrair en primer lloc l'assessorament que he tingut de Joel Colomer i Jordi Sagrera, dues autoritats en la Besalú medieval, per les seves sàvies i apassionades lliçons sobre una època —la del comtat de Besalú des de finals del segle X fins a finals del segle XII— que només ells coneixen tan bé. Gràcies per haver-me deixat compartir una part del vostre coneixement en aquesta matèria.

També vull donar les gràcies a Joan Albert Adell i Miquel Orellana per les seves indicacions arquitectòniques, a l'Ajuntament i a l'Oficina Municipal de Turisme de Besalú per la facilitat a l'hora de fer-los consultes i de proporcionar-me tota la informació que m'ha calgut referent a la comunitat jueva i al període comtal, i al Col·legi d'Arquitectes de Catalunya, demarcació de Girona. Igualment vull donar el meu agraïment a Carles Redón i Canal Gràfic per ajudar-me a traslladar sobre paper el recorregut dels protagonistes d'aquesta història i fer que el mapa (a guardes) fos més viu i entenedor.

Gràcies a tothom que ha cregut que valia la pena publicar aquesta història i, sobretot, a tu per llegir-la.

13 ESCARRÀS
16 amuslensats
25 BIGARRAT
26 RENILLS
28 FELTRE
31 USERDA
36 TARTEROLA
36 FREIXE
40 ANAPS
41 VI HIPOCRATIC
43 XARNERES
43 RESCLOSIT
45 ADAFINA
46 TOVOT
48 LLEIXAS
49 COTNES
49 ALGEPS
52 GIROLA
53 DRAP BURELL
56 LLEUDAS
58 cindris
59 TRAVERTI
61 TAROTA
61 ALMASQUERA
62 LLICES
65 XXXX
67 cellajunt
73 SAIG
75 PENONS
75 CLACA
78 PIAFRBEN
82 ESQUELLARINC
102 OPES-CINDRI
115 SOSCAIRE
117 ROQUISSAR
117 ENCALÇ
126 ELMS-RETRUNYIR
128 CALADISA-TALLAMARS
132 MOLTA FRESA I
POCA ENDRESA XXX
134 XARBOTAR
ESTIMBARRI
137 NUMEN,
143 FOGASSÓ
144 QUEIRONS
145 NERVIUDES
148 FREMIA
150 TAFANIG
152 SERPICA
152 NYÀMERES
152 ANSATS CASSONS

153 DRUIDA
153 CURANDERO?
153 NIGROMANCIA
156 GUARÀ-SUCRE?
156 GANSALLA
157 GINJOL
163 GIDÓ
185 SAIG
170 ABJECTA
170 EMPES
171 XARNERES
177 RETRUNYIR
177 ELMS
183 BOGALS
184 PATIMA
186 XXXX
187 LA MEZUZA
187 HANUKA
189 ALJAMA
189 MENORA
192 RATZIES
193 CAPJUT
197 ALJAMA
197 MICVE
205 ADONAI
208 SIMONIA
213 COLTELL
223 XXX XX
228 GENOLLONS
234 XXXX
246 BERNAT II TALLAFERO
249 FUMERRI
254 TORRE CALADISA
256 CARAVERMELL
259 MALVESTATS
261. CATLLAR
263 MANCUSOS
264 XENODOQUIA
264 KOSHER
234 XXXX

234. Si lluitem podem perdre
si no ho fem estem perduts

186. No en va el malson d'un
home es el somni d'un altre.

Índex

BESALÚ
BOSC DELS QUEIRONS
RIERA DE CAPELLADA
PEDRERA JUÏNYÀ
RIU FLUVIÀ
PORQUERES